EDMOND GONDINET

THÉATRE

COMPLET

VI

UN PARISIEN

CLARA SOLEIL — LE ROI L'A DIT

A MOLIÈRE

PARIS

CALMANN LÉVY, ÉDITEUR

ANCIENNE MAISON MICHEL LÉVY FRÈRES

3, RUE AUBER, 3

1898

THÉATRE COMPLET

DE

EDMOND GONDINET

VI

IMPRIMERIE CHAIX, 20, RUE BERGÈRE, PARIS. — 1060-1-96. — (Encre Lorilleux).

Imp.Ch.Wittmann

Ce sixième et dernier volume contient un portrait d'Edmond Gondinet. C'est une gravure à l'eau-forte que nous devons à l'amitié d'un artiste éminent, M. Lalauze. Elle n'était pas achevée lorsque le premier volume a paru.

On trouvera également à la fin de l'ouvrage la liste des pièces de théâtre qu'Edmond Gondinet a composées, soit seul, soit en collaboration, et qui n'ont pu prendre place dans l'édition actuelle. Un certain nombre d'entre elles ont été représentées avec succès.

Nous signalerons comme particulièrement dignes d'attention : *Trop curieux*, le *Comte Jacques*, *Panazol*, *Gilberte*, la *Belle Madame Donis*, les *Vieilles Couches*, les *Cascades*, *Tant plus ça change*, le *Grand Casimir*, le *Nabab*, les *Braves Gens*, les *Affolés*.

La publication de ces pièces eût, malgré l'intérêt qu'elles présentent, excédé les limites qu'Edmond Gondinet avait lui-même assignées à son œuvre définitive [1].

La liste générale que nous donnons, et que nous croyons complète, éveillera sans doute quelques souvenirs et évitera peut-être quelques recherches.

M. G.

---

1. Elles existent en brochures (Calmann Lévy, éditeur).

UN PARISIEN

COMÉDIE EN TROIS ACTES

Représentée pour la première fois à Paris, sur le THÉÂTRE-FRANÇAIS,
le 23 janvier 1886.

PERSONNAGES

BRICHANTEAU.	MM. COQUELIN.
SAVOURETTE.	THIRON.
GONTRAN.	COQUELIN CADET.
PONTAUBERT.	GARRAUD.
FRÉDÉRIC DE FOUGEROLLES	BOUCHER.
GENEVIÈVE.	Mmes REICHENBERG.
LÉONIDE	MULLER.
MADAME PONTAUBERT.	CÉLINE MONTALAND.
EMBELLINE.	KALB.

S'adresser, pour avoir la mise en scène détaillée et les plans des décors, au régisseur du Théâtre-Français.

UN PARISIEN

ACTE PREMIER

CHEZ BRICHANTEAU.

Un salon rempli de bibelots de tous genres, garni de tableaux : à droite, deux fenêtres donnant sur le boulevard des Italiens; à gauche premier plan, porte de la chambre de Geneviève; du même côté, en pan coupé, la porte de l'antichambre; cheminée au fond, au milieu; au fond, à droite, grande ouverture en draperie.

SCENE PREMIÈRE

FRÉDÉRIC, puis GONTRAN.

Frédéric sort du fumoir en continuant sa conversation avec une personne qu'on ne voit pas.

FRÉDÉRIC.

Saint-Mandé. C'est à Saint-Mandé que la fête se donne. Je vais vous montrer votre invitation. Je l'ai vue sur un meuble. (Il va à la table.) Non.

GONTRAN, entrant.

Monsieur de Fougerolles cherche quelque chose?

FRÉDÉRIC.

Une carte d'invitation avec des Amours coloriés.

GONTRAN.

« Madame Léa Folkani prie M. Brichanteau de venir planter la crémaillère dans son nouvel ermitage, à Saint-Mandé? »

FRÉDÉRIC.

Précisément.

GONTRAN.

Monsieur n'ira pas à Saint-Mandé.

FRÉDÉRIC.

Ce n'est pas ce que je vous demande.

GONTRAN.

Monsieur trouve déjà que la Bastille est trop loin de Paris.

FRÉDÉRIC, cherchant toujours.

Je tiens à lui montrer son invitation.

GONTRAN, la tirant de sa poche.

Je voulais l'offrir à une dame de mes amies, à cause des Amours.

FRÉDÉRIC, riant.

On vous la rendra.
Il va pour rentrer dans le fumoir.

GONTRAN, très respectueusement.

Monsieur de Fougerolles voudrait-il me donner un conseil?

FRÉDÉRIC.

Volontiers, Gontran.

GONTRAN.

Monsieur n'aime pas à être dérangé.

FRÉDÉRIC.

Surtout quand il fume.

GONTRAN, avec conviction.

Il a de si bons cigares! (Changeant de ton.) J'ai là, dans l'antichambre, un monsieur de Montauban.

FRÉDÉRIC.

Renvoyez-le.

GONTRAN.

C'est un parent.

FRÉDÉRIC.

Raison de plus.

GONTRAN.

Je le pensais. (Hésitant.) Mais il m'a donné deux louis.

FRÉDÉRIC.

Oh! c'est un ennuyeux de première classe. Il reviendrait. Je vais le recevoir pour Brichanteau.

GONTRAN, avec chaleur.

Merci, monsieur. Je n'aime pas à voler l'argent qu'on me donne.

FRÉDÉRIC.

Vous aimez mieux voler l'autre.

GONTRAN.

J'aurais moins de remords.

Il sort.

FRÉDÉRIC, allant à la porte du fumoir.

C'est à Saint-Mandé, je vous le disais bien.

SCÈNE II

PONTAUBERT, FRÉDÉRIC.
Contran introduit Pontaubert et se retire.

PONTAUBERT, à Contran.

C'est bien, j'attendrai.

FRÉDÉRIC, rentrant.

Monsieur Pontaubert ?

PONTAUBERT.

Monsieur de Fougerolles! Comment va-t-on, au cercle?

FRÉDÉRIC.

Très bien. C'est vous qui êtes de Montauban?

PONTAUBERT.

Neuf mois sur douze. Je suis Parisien le reste du temps.

FRÉDÉRIC.

Êtes-vous parent de Brichanteau?

PONTAUBERT.

De très loin. Il ne s'en doute pas, et je ne lui en aurais jamais parlé; mais ma femme...

FRÉDÉRIC, étonné.

Vous êtes marié?

PONTAUBERT.

J'ai même une fille de dix-huit ans.

FRÉDÉRIC.

Vous n'en disiez rien.

PONTAUBERT.

Quand je viens passer quelques semaines à Paris pour

me retremper l'esprit et le cœur, il me semble inutile de
raconter que je suis père de famille.

FRÉDÉRIC.

Et on ne le devinerait pas.

PONTAUBERT.

Il faut me voir à Montauban.

FRÉDÉRIC.

Dans la morte-saison?

PONTAUBERT, naïvement.

Oui. J'ai une femme charmante, qui n'a qu'un défaut
particulier à la province. Elle tient à étonner son département. Elle m'a présenté pour la députation, — sur une
liste indépendante. J'ai eu sept voix, mais mon nom a été
sur tous les murs de Tarn-et-Garonne pendant trois semaines. Elle a fait élever sa fille au lycée de Toulouse, parce
que c'est une nouveauté et qu'elle a pensé que cela ferait
plaisir au Gouvernement. La semaine dernière, elle a vu
sur une lettre de part le nom de Baptistin Pontaubert à côté
de celui de Brichanteau; elle en a conclu qu'elle était cousine à un degré quelconque de ce Parisien effréné, dont les
journaux mondains s'occupent si souvent, et elle m'a obligé
à partir immédiatement, — pour la présenter. Elle est en
bas dans un fiacre, avec sa fille.

FRÉDÉRIC.

Vraiment?

PONTAUBERT.

Mais je tiens à voir Brichanteau, — avant, — pour le
prévenir que j'ai une femme.

FRÉDÉRIC.

Vous savez qu'il ne reçoit jamais avant deux heures.

PONTAUBERT.

Oui, mais...

FRÉDÉRIC.

Et rien au monde ne le ferait déroger à ses habitudes.

PONTAUBERT.

Vous, cependant?

FRÉDÉRIC.

Moi, je ne compte pas.

PONTAUBERT, changeant de ton.

Vous êtes toujours son meilleur ami?

FRÉDÉRIC.

Toujours... je suis gai, je ne le contrarie pas, et je ne lui apporte jamais de mauvaises nouvelles.

PONTAUBERT, gravement, baissant la voix.

Soyez sincère. Comment me recevra-t-il?

FRÉDÉRIC.

Vous n'avez eu que de bonnes relations?

PONTAUBERT, fat.

A mon dernier voyage, je lui ai enlevé la petite Octavie.

FRÉDÉRIC.

Ne croyez pas ça. On n'enlève jamais personne à Brichanteau. Il est toujours parti la veille.

PONTAUBERT.

Vous me rassurez.

FRÉDÉRIC.

Et, d'ailleurs, tout Paris vous dira qu'il est très épris, en ce moment, de la belle Léa Folkani.

PONTAUBERT.

Très bien. Je vais dire à ma femme qu'il est inutile d'attendre. Au revoir, cher ami; vous annoncerez notre visite.

Il se dirige vers la porte de l'antichambre.

FRÉDÉRIC, se dirigeant vers le fumoir, à part.

Je n'annoncerai rien du tout. Je n'aime pas à apporter les tuiles.

Il entre dans le fumoir.

PONTAUBERT, qui avait déjà ouvert la porte de l'antichambre, revenant.

Je suis censé... (Il s'arrête en s'apercevant que Frédéric a disparu.) J'aurais dû l'avertir que je suis censé venir à Paris, tous les ans, pour la Société d'agriculture.

En se retournant, il se trouve en face de madame Pontaubert et de Léonide.

SCÈNE III

PONTAUBERT, MADAME PONTAUBERT, LÉONIDE.

PONTAUBERT.

Comment?

MADAME PONTAUBERT.

Léonide avait peur dans le fiacre, le cocher a une mauvaise figure.

PONTAUBERT, à Léonide avec douceur.

Tâche de t'habituer à ces figures-là, mon enfant.(A madame Pontaubert.) Nous ne pouvons pas voir Brichanteau.

MADAME PONTAUBERT, déconcertée.

Pourquoi?

PONTAUBERT.

Parce qu'il ne reçoit jamais avant deux heures.

MADAME PONTAUBERT, entrant tout à fait.

Vous ne vous êtes pas présenté comme on se présente chez un parent.

PONTAUBERT.

Remarquez, Aménaïde, que c'est un parent bien éloigné.

MADAME PONTAUBERT.

Un parent riche et distingué n'est jamais éloigné. Nous avons découvert qu'un Pontaubert a épousé une Brichanteau le 7 décembre 1812.

LÉONIDE.

Le jour de la bataille de la Moskowa.

MADAME PONTAUBERT.

Il faudra bien maintenant que notre cousin nous reçoive. Assieds-toi, Léonide.

Madame Pontaubert s'assied.

LÉONIDE.

Oh! maman, laissez-moi regarder. C'est un musée.

MADAME PONTAUBERT.

Regarde, mon enfant.

PONTAUBERT, bas.

On ne lâche pas ainsi une jeune fille chez Brichanteau.

MADAME PONTAUBERT.

Pourquoi?

LÉONIDE, regardant.

Oh! une madame Putiphar!

PONTAUBERT, à madame Pontaubert, bas.

Voilà pourquoi.

MADAME PONTAUBERT.

Elle est habillée.

LÉONIDE.

Et Joseph qui se sauve! Notre professeur au lycée nous disait que cette légende était douteuse.

PONTAUBERT, à madame Pontaubert.

Nous aurions dû laisser Léonide à Montauban.

MADAME PONTAUBERT.

Nous venons pour elle.

PONTAUBERT, étonné.

Comment, pour elle?

MADAME PONTAUBERT.

Vous ne l'avez pas deviné?

PONTAUBERT.

Non.

MADAME PONTAUBERT.

Vous avez une fille ravissante. Elle passe, à juste titre, dans notre département, pour une merveille de beauté. Tous les cœurs de Tarn-et-Garonne sont à ses pieds.

PONTAUBERT, vivement, à mi-voix.

Elle vous entend.

MADAME PONTAUBERT.

Elle le sait. Le hasard vous fait découvrir un parent, jeune encore, très à la mode, célibataire.

PONTAUBERT.

Brichanteau?

MADAME PONTAUBERT.

N'est-ce pas un mariage tout indiqué?

PONTAUBERT, ahuri.

Vous voulez marier Brichanteau?

MADAME PONTAUBERT.

Avec Léonide.

PONTAUBERT.

Voilà pourquoi nous avons fait le voyage?

MADAME PONTAUBERT.

Pas pour autre chose.

PONTAUBERT.

Eh bien ! Aménaïde, nous pouvons repartir.

MADAME PONTAUBERT.

Non, monsieur Pontaubert, non, nous ne repartirons pas.

PONTAUBERT.

Si vous parliez ici de marier Brichanteau, tout le monde
vous rirait au nez.

MADAME PONTAUBERT.

Vous aviez juré, vous aussi, de rester garçon; cependant,
vous m'avez épousée, et je n'avais pas de mère, tandis que
Léonide en a une !

PONTAUBERT.

Je reconnais que c'est une force.

MADAME PONTAUBERT.

Je ne jetterai pas ma fille à la tête de votre cousin. Je
l'inviterai d'abord à venir nous voir.

PONTAUBERT, ahuri.

A Montauban ?

MADAME PONTAUBERT.

Il ne peut refuser cela à une parente.

PONTAUBERT.

Brichanteau n'a jamais passé les fortifications.

MADAME PONTAUBERT.

Il les passera pour sa famille.

PONTAUBERT.

Vous ne le connaissez guère.

MADAME PONTAUBERT.

Ne mettez pas mon amour-propre en jeu. C'est inutile.

LÉONIDE, à la fenêtre.

On ne s'ennuierait jamais ici.

MADAME PONTAUBERT, avec conviction.

N'est-ce pas ? Les fenêtres donnent sur le boulevard des Italiens.

LÉONIDE.

Planté en 1679.

MADAME PONTAUBERT, enthousiasmée.

Elle sait tout ! En 1679 !

LÉONIDE.

C'est une année célèbre par la victoire de mademoiselle de Fontanges qui séduisit Louis XIV dans la forêt de Sainte-Geneviève, en rattachant ses cheveux avec un ruban rose.

MADAME PONTAUBERT, transportée, l'embrasse.

Et vous voulez qu'une jeune fille qui a reçu cette éducation-là épouse un provincial ! (Gravement.) Je t'ai dit, Léonide, que ton avenir dépendait de cette première entrevue.

PONTAUBERT, stupéfait.

Vous lui avez dit cela ?

MADAME PONTAUBERT.

Nous regardons nos filles, maintenant, comme des personnes sérieuses. Léonide a suivi des cours de sciences exactes et de philosophie, nous ne pouvons plus la traiter comme une enfant.

PONTAUBERT, naïvement.

C'est bien dommage !

MADAME PONTAUBERT, à Léonide.

Tu ne te laisseras pas intimider par M. Brichanteau.

LÉONIDE.

Oh ! ma mère, quand on a passé huit examens devant des inspecteurs d'académie, on ne se laisse plus intimider par rien.

MADAME PONTAUBERT.

A la bonne heure. De mon temps, nous étions modestes et candides, parce que nous ne savions que dire. (Vivement.) On vient, notre cousin, sans doute.

Elle arrange la coiffure de Léonide et reste interdite. C'est une jeune fille qui ouvre la porte de gauche et qui s'arrête un peu étonnée en voyant des dames.

MADAME PONTAUBERT, stupéfaite.

Ah !

Geneviève salue légèrement de la tête, va prendre dans la corbeille un ouvrage de tapisserie et sort comme elle est entrée.

LÉONIDE.

Voilà une bien jolie personne.

MADAME PONTAUBERT, toute déconcertée, à Pontaubert, bas.

Qu'est-ce que cette demoiselle ?

PONTAUBERT.

Je l'ignore.

MADAME PONTAUBERT, très embarrassée, en regardant Léonide.

Nous avons eu tort de rester, puisque notre parent ne reçoit pas.

PONTAUBERT.

Je vous le disais.

MADAME PONTAUBERT.

Oh ! ne triomphez pas, Baptistin. Vous êtes abominable quand vous triomphez.

SCÈNE IV

Les Mêmes, SAVOURETTE, GONTRAN.

GONTRAN, à Savourette, qui entre malgré lui.

Je vous répète que monsieur n'est pas visible.

SAVOURETTE, sans se déconcerter.

Annoncez-moi toujours, Eugène Savourette, le nouveau propriétaire.

GONTRAN.

Ces dames et monsieur, qui sont des parents, n'ont pas été reçus.

MADAME PONTAUBERT, vivement.

Nous n'avons pas demandé à voir notre cousin, nous respectons trop ses habitudes.

SAVOURETTE, après avoir salué, à Gontran.

Le nouveau propriétaire de l'immeuble.

GONTRAN.

Monsieur veut-il que je compromette ma position ?

SAVOURETTE.

Consultez M. Brichanteau.

GONTRAN, se dirigeant vers le fumoir.

Il sera furieux.

MADAME PONTAUBERT, vivement.

Nous partons.

PONTAUBERT.

Ton ombrelle !

MADAME PONTAUBERT, bas, en le retenant.

Je la laisse exprès pour avoir l'occasion de revenir la
demander. Il faut faire causer ce valet de chambre.

SAVOURETTE, examinant le tableau que regarde Léonide avec attention.

La belle Hélène et le berger Pàris ? Je les ai vus aux
Variétés.

LÉONIDE, gravement.

Non, monsieur, c'est Cléopâtre avec Marc-Antoine...
(Récitant.) qui oublie, dans les plaisirs et la volupté, sa femme
Octavie, sœur d'Auguste.

SAVOURETTE.

Ah !

MADAME PONTAUBERT, avec orgueil.

Ma fille, élève du Lycée de Toulouse.

SAVOURETTE, saluant.

Mes compliments !

PONTAUBERT, entre ses dents.

Il n'y a pas de quoi.

Gontran est entré dans le fumoir. Pontaubert, madame Pontaubert et Léonide sortent.
Dès qu'il est seul, Savourette examine les murs, la fenêtre et le plafond.

SCÈNE V

SAVOURETTE, FRÉDÉRIC.

SAVOURETTE.

Ah ! (Très aimable.) Monsieur, j'ai cru pouvoir insister avec
un de mes locataires.

FRÉDÉRIC.

Vous me flattez, monsieur, je ne suis qu'un ami de
M. Brichanteau.

SAVOURETTE, contrarié.

Alors...

FRÉDÉRIC.

Mais il me charge de le remplacer.

SAVOURETTE, sèchement.

Cela ne se peut pas.

FRÉDÉRIC.

Alors, monsieur, vous serez obligé de revenir, Brichanteau est très méthodique.

SAVOURETTE.

Je sais qu'il est maniaque.

FRÉDÉRIC, souriant.

Remarquez que vous parlez d'un des Parisiens les plus
raffinés.

SAVOURETTE.

Le plus raffiné. Vous pensez bien qu'on n'achète pas une
maison de cette importance sans se renseigner sur les mœurs
et coutumes de ceux qui l'habitent. Je savais parfaitement
que M. Brichanteau ne recevait avant deux heures que ses
amis intimes.

FRÉDÉRIC, étonné.

Eh bien, alors ?

SAVOURETTE.

Je pensais qu'un propriétaire était un ami.

FRÉDÉRIC, gaiement.

Cette opinion n'est pas générale.

SAVOURETTE.

Je voulais m'entendre avec M. Brichanteau pour quelques
réparations.

FRÉDÉRIC, stupéfait.

Des réparations ?

SAVOURETTE.

Et embellissements nécessaires.

FRÉDÉRIC, très gracieux.

Donnez-vous donc la peine de vous asseoir. Brichanteau
fera sans doute une exception en faveur d'un propriétaire
aussi... aimable. Il est méthodique, mais il est curieux.
Asseyez-vous, de grâce.

Il rentre dans le fumoir. Savourette, au lieu de s'asseoir, s'empresse de regarder
à l'intérieur de la cheminée.

GONTRAN, rentrant par la porte de l'antichambre et allant prendre
l'ombrelle de madame Pontaubert.

Est-ce qu'il ramone lui-même ?

SAVOURETTE, se relevant.

Elle ne doit pas fumer.

GONTRAN.

Elle a ses jours.

Il sort à gauche.

SCÈNE VI

BRICHANTEAU, SAVOURETTE.

Brichanteau, dans un élégant déshabillé, se précipite tout ému.

BRICHANTEAU.

Comment, des réparations ? Non, monsieur, non, pas de
réparations, ni embellissements. Je vis dans cet appartement

depuis dix ans, tout y est rangé à ma guise. Je n'ai pas à regarder mes bibelots pour les voir. Ne dérangeons rien.

SAVOURETTE.

Ces tentures sont bien fanées.

BRICHANTEAU.

Mes yeux se sont habitués à cette nuance.

SAVOURETTE.

Le plafond a des fissures.

BRICHANTEAU.

Je ne les lui reproche pas.

SAVOURETTE.

Cette corniche n'est plus à la mode.

BRICHANTEAU.

Je l'aime ainsi. Je vous en conjure, monsieur, pas d'ouvriers chez moi, pas de réparations.

SAVOURETTE.

Mais, monsieur, ce n'est pas pour vous.

BRICHANTEAU, étonné.

Pour qui donc ?

SAVOURETTE.

C'est pour moi.

BRICHANTEAU.

Si je me déclare satisfait !

SAVOURETTE.

J'ai acheté cette maison avec l'intention de l'habiter.

BRICHANTEAU.

Pas tout entière?

SAVOURETTE.

Non. Je ne prendrai que votre appartement.

BRICHANTEAU, suffoqué.

Mon appartement?

SAVOURETTE.

Et comme je voudrais m'y installer le plus tôt possible,
je venais vous demander l'autorisation de commencer les
réparations tout de suite.

BRICHANTEAU.

Mais j'ai un bail, monsieur, j'ai un bail.

SAVOURETTE.

Qui expire dans six semaines.

BRICHANTEAU, atterré.

Il expire comme cela, tout seul?

SAVOURETTE.

La clause est formelle... Vous aurez le temps de déménager.

BRICHANTEAU, de même.

Déménager !

SAVOURETTE.

A mon grand regret. Car un propriétaire est toujours
flatté de posséder dans son immeuble un locataire de votre
distinction ; mais j'ai réalisé une fortune considérable dans
le commerce; je me suis marié récemment avec une jeune
veuve ; je viens d'acquérir cette maison, qui plaisait à ma
femme, et c'est votre appartement qu'elle préfère.

BRICHANTEAU, se contenant à peine.

Monsieur, ce que vous faites là est un crime.

SAVOURETTE.

J'use de mon droit strict.

BRICHANTEAU.

Le bourreau aussi, monsieur, le bourreau use de son droit quand il guillotine les gens.

SAVOURETTE.

Je pourrais regarder cette comparaison comme blessante.

BRICHANTEAU.

Je me trouve bien dans cet appartement; j'y ai pris l'habitude d'être heureux. Je n'ai qu'à m'approcher de la fenêtre pour trouver mon boulevard des Italiens, avec ses beaux arbres qui me réjouissent la vue.

SAVOURETTE.

Si vous aimez les arbres...

BRICHANTEAU, vivement.

Vous m'enverrez à Fontainebleau, que je ne connais pas, d'ailleurs; je ne les aime qu'à Paris, avec leur verdure tempérée par une aimable teinte grise, qui les rend plus doux à l'œil. Je trouve qu'aux Champs-Élysées, déjà, les tons sont trop crus.

SAVOURETTE.

Vous aurez facilement, près du parc Monceau..

BRICHANTEAU, l'interrompant.

Je n'y vivrais pas, monsieur, je n'y vivrais pas huit jours, dans ces pays paisibles, où tous les ennuis de l'existence vous sautent aux yeux; un caniche ne se casserait pas la patte sans ébranler votre système nerveux. Vous entendez tout: les enfants qui pleurent, les pauvres qui chantent, les imbéciles qui raisonnent. Les oiseaux eux-mêmes vous font assister à leurs querelles de ménage. C'est un agacement auquel on ne peut pas s'habituer parce qu'il est intermittent. andis qu'ici j'ai le bruit du boulevard, cet immense bruit moelleux et vague, dans lequel tous les tapages bêtes disparaissent, ce bruit délicieux qui ne vous trouble jamais parce qu'il est impersonnel et qu'il ne s'arrête pas. (Avec extase.) Fumer un bon cigare, en se laissant bercer par ce ronron, c'est une ivresse toute parisienne que la simple nature ne donnerait pas.

SAVOURETTE.

Ce n'est pas moi qui déprécierai la situation de mon immeuble, mais on peut trouver sur ce même boulevard un appartement vacant.

BRICHANTEAU.

Il n'y en a pas, monsieur, il n'y en a jamais. Ceux qui les ont les gardent, et ils meurent plus tard que les autres.

SAVOURETTE, reprenant.

Ce n'est pas moi qui déprécierai...

BRICHANTEAU, l'interrompant.

Êtes-vous Parisien ?

SAVOURETTE.

De la rue Barbette, au Marais.

BRICHANTEAU.

C'est un autre Paris. Je ne le connais pas plus que Moscou. Mais c'est égal, vous devez avoir des goûts artistiques.

SAVOURETTE, se rengorgeant.

J'ai fait ma fortune dans les zincs d'art.

BRICHANTEAU, joyeux.

Ah ! Savourette...

SAVOURETTE.

Et Compagnie.

BRICHANTEAU.

C'est vous qui avez créé ces jolis dessus de pendule?

SAVOURETTE, gravement.

Oui, monsieur, et j'ai fabriqué trois mille et quelques bustes politiques.

BRICHANTEAU.

Alors, vous connaissez la fragilité des choses ! nous allons nous entendre (Avec des larmes.) Est-ce que vous ne pleureriez pas, en voyant déménager ces bibelots, ces pauvres bibelots qui ont l'air de se trouver si bien chez eux !

SAVOURETTE.

Je pleurerais peut-être.

BRICHANTEAU.

Vous pleureriez certainement.

SAVOURETTE.

Je vous avouerai que, moi, j'aurais préféré l'étage au-dessous.

BRICHANTEAU, vivement.

Le premier ? Il est beaucoup mieux, il a un balcon.

SAVOURETTE.

Mais il reste une autre difficulté.

BRICHANTEAU.

Laquelle ?

SAVOURETTE.

Madame Savourette est jeune, et, quoique mariée pour la seconde fois, elle a encore des scrupules.

BRICHANTEAU.

A propos des étages ?

SAVOURETTE.

Elle croit que vous seriez un voisin dangereux.

BRICHANTEAU.

Je vous affirme, sans connaître madame Savourette, fût-elle plus belle que la Vénus de Milo...

SAVOURETTE, vivement.

La question n'est pas là, je suis sûr de la vertu de ma femme.

BRICHANTEAU.

Alors ?...

SAVOURETTE.

C'est votre réputation.

BRICHANTEAU.

Quelle réputation ai-je donc ?

SAVOURETTE.

On a raconté, paraît-il, devant madame Savourette, que vous aviez une façon de vivre... particulière.

BRICHANTEAU.

En quoi particulière ? Parce que j'aime le vrai Paris ? Je suis persuadé que c'est là seulement, et pas ailleurs, qu'on peut supprimer de son existence les choses tristes, les choses ennuyeuses et les choses bêtes.

SAVOURETTE.

Elle vous reproche d'avoir des idées bizarres.

BRICHANTEAU.

Quelles idées ? Je ne dis jamais ce que je pense, ni en politique, ni en religion, ni en morale, ni en rien. Je trouve que c'est inutile.

SAVOURETTE.

Pour préciser, vous avez des mœurs ultra-légères.

BRICHANTEAU.

Je vous jure qu'ici, chez moi, mes mœurs sont des mœurs
à citer aux jeunes filles.

SAVOURETTE.

C'est bien invraisemblable.

BRICHANTEAU.

C'est absolument vrai.

SAVOURETTE.

Je ne voudrais pas sortir de la réserve que je me suis
imposée, mais enfin... je suis propriétaire ; vous avez chez
vous une demoiselle.

BRICHANTEAU, cherchant.

Une demoiselle ?... chez moi ?... Geneviève ?

SAVOURETTE, avec embarras.

Vous pardonnerez...

BRICHANTEAU.

Geneviève a quatorze ans.

SAVOURETTE.

Oh ! quatorze ans ! Ce n'est pas l'avis de madame Savourette.

BRICHANTEAU, sonnant.

A peu près, je ne sais pas au juste. (A Gontran qui entre.)
Priez mademoiselle Geneviève de venir.

GONTRAN.

Bien, monsieur.

Il sort.

BRICHANTEAU.

Et savez-vous comment j'ai Geneviève ? Je fuis d'instinct
tous les rassemblements, mais un jour, rue Royale, ma voiture renverse une fillette d'une douzaine d'années, et je me

trouve immédiatement le centre d'un rassemblement d'une centaine de personnes. La fillette n'avait pas grand mal. Elle se relève très courageuse, mais une commère se met à pousser des hurlements : « Pauvre petite, elle est orphe-
» line, sa mère était veuve d'un capitaine tué en Afrique,
» elle n'a plus personne ! » Et voilà que l'on pleure de tous côtés, ça m'est horrible. Je leur crie : « Ne vous lamentez
» pas, je me charge de l'orpheline. »

SAVOURETTE.

Hein ?

BRICHANTEAU.

J'aimais mieux ça ; je la fais monter dans ma voiture ; alors on voulait me porter en triomphe ! avec des larmes ! C'était plus horrible encore. J'ai conduit ma petite blessée chez mon médecin, elle n'avait rien, nous nous sommes arrêtés chez un pâtissier, elle a souri. Nous sommes entrés chez une couturière en renom, qui lui a essayé des robes superbes ; elle a ri. Alors j'ai été content. Je l'ai amenée chez moi, elle y est encore.

SAVOURETTE, très ému.

On ne vous connaît pas, monsieur, vous êtes un homme excellent.

BRICHANTEAU.

Pas excellent du tout. Essuyez vos larmes. J'ai donné à cette enfant une gouvernante sérieuse et laide, qui a la consigne de ne pas se montrer, et rien n'a été changé dans ma façon de vivre.

SAVOURETTE, toujours ému.

C'est admirable !

SCÈNE VII

LES MÊMES, GENEVIÈVE.

GENEVIÈVE, entrant.

Je me fais attendre ?

BRICHANTEAU.

Geneviève, quel âge avez-vous ?

GENEVIÈVE.

Je vais avoir dix-sept ans.

BRICHANTEAU, stupéfait.

Déjà ? Je ne l'aurais jamais cru. (A Savourette.) Vous aviez raison, monsieur.

SAVOURETTE, ému.

Non, monsieur, non, j'avais tort, et je serais désolé à présent de vous causer le moindre chagrin. Je ferai partager mon émotion à madame Savourette. Nous prendrons le premier étage.

BRICHANTEAU.

Vous êtes magnanime.

SAVOURETTE.

Ce sera d'ailleurs, pour moi, vingt-deux marches de moins à monter. J'ai un commencement d'asthme.

BRICHANTEAU.

Cela ne modifie pas mon opinion.

SAVOURETTE, saluant très poliment Geneviève.

Mademoiselle !... votre très humble serviteur !... (A Brichanteau.) Enchanté, monsieur, d'avoir un locataire tel que vous.

RRICHANTEAU.

L'enchantement est de mon côté. (Courant après lui.) Vous ne ferez pas de réparations ?

SAVOURETTE.

Je n'en fais jamais pour mes locataires.

BRICHANTEAU.

Merci.

SCÈNE VIII

BRICHANTEAU, GENEVIÈVE.

BRICHANTEAU, à Geneviève.

Vraiment, Geneviève, vous avez dix-sept ans ?

GENEVIÈVE.

Je les aurai le 3 juin.

BRICHANTEAU.

Et j'ai soutenu à cet imbécile de propriétaire que vous n'aviez que quatorze ans.

GEVEVIÈVE.

Il s'occupait donc de moi ?

BRICHANTEAU.

Indirectement. Vous imaginez-vous qu'il allait me donner congé ?

GENEVIÈVE.

De votre boulevard ?

BRICHANTEAU.

De mon boulevard ! C'est fini. Je ne pars plus, mais j'ai eu un moment d'émotion... Dix-sept ans le 3 juin !

GENEVIÈVE.

Est-ce que cela me change beaucoup?

BRICHANTEAU.

Allez donc chercher votre tapisserie pour travailler à côté de moi.

GENEVIÈVE.

Vous devriez prendre un peu de fleur d'oranger.

BRICHANTEAU.

Oui. (Se reprenant.) Non. Il faudrait appeler Gontran, et je ne suis pas en état de supporter des figures désagréables.

GENEVIÈVE.

Je vais préparer votre verre d'eau, nous n'aurons besoin de personne.

BRICHANTEAU.

A la bonne heure. Je vous demande pardon, Geneviève, mais tout le monde sait que je suis égoïste.

GENEVIÈVE.

Ce n'est pas à moi qu'il faudrait le dire.

BRICHANTEAU.

Égoïste dans le sens exquis du mot.

GENEVIÈVE.

Vous ne songez qu'à faire des heureux autour de vous.

BRICHANTEAU.

Parce que les gens heureux sont plus agréables à regarder que les autres.

GENEVIÈVE.

Où est la fleur d'oranger?

BRICHANTEAU, désespéré.

Nous serons forcés d'appeler Gontran.

GENEVIÈVE, vivement.

Non, non, la voici. Il vous déplaît donc bien, ce pauvre
Gontran?

BRICHANTEAU.

Je choisis toujours des domestiques qui me déplaisent.

GENEVIÈVE, étonnée.

Pourquoi?

BRICHANTEAU.

Je peux les renvoyer plus facilement, et je ne suis pas
troublé s'il leur arrive des accidents. Gontran a dégringolé
dans la cave. J'en ai ri, je ne peux pas le souffrir.

GENEVIÈVE, souriant.

Et parce qu'il n'a eu aucun mal.

Elle lui présente son verre d'eau sucrée:

BRICHANTEAU, la regardant.

Comme les jeunes filles grandissent vite à Paris!... Dix-
sept ans! je ne m'en apercevais pas.

GENEVIÈVE, riant.

Moi non plus. (Tenant toujours son verre.) Je n'ai mis qu'une
cuillerée d'eau de fleur d'oranger.

BRICHANTEAU.

Il m'en faut trois. Ce Savourette m'a exaspéré. (Gontran
entre.) Bon! L'autre maintenant!... Il est abominable.

SCÈNE IX

LES MÊMES, GONTRAN.

GONTRAN, entrant.

Monsieur !... (Apercevant Geneviève qui apporte le verre d'eau.) Ah ! mademoiselle !

GENEVIÈVE, se défendant.

Non, Gontran, non.

GONTRAN, avec empressement.

Je ne le permettrai pas.

Il porte cérémonieusement le verre à Brichanteau.

BRICHANTEAU, le regardant et après un moment d'hésitation.

Merci, je n'ai plus soif.

GONTRAN.

Ah !

BRICHANTEAU.

Que me voulez-vous ?

GONTRAN.

Le jeune peintre qu'on a recommandé à monsieur apporte à monsieur un tableau.

BRICHANTEAU.

Le sujet est-il gai ?

GONTRAN.

Oui, monsieur, c'est une veuve qui pleure sur le...

BRICHANTEAU, l'interrompant vivement.

Je n'en veux pas.

GONTRAN.

Ah ! puis-je dire à ce jeune homme que monsieur le recevra ?

BRICHANTEAU.

Jamais, il doit être lugubre.

GONTRAN.

Que faut-il répondre ?

BRICHANTEAU.

Répondez que je n'achète jamais de choses tristes. Celles qu'on a pour rien me suffisent au delà.

GENEVIÈVE.

Il ne le savait pas, ce pauvre jeune homme, et si vous le lui disiez...

BRICHANTEAU.

Non. J'aime mieux ne pas le voir. Mais, puisqu'il vous intéresse avec sa veuve éplorée, remettez-lui cela.

GENEVIÈVE, regardant.

Cinq cents francs !

BRICHANTEAU.

Je ne les lui donne pas. C'est une avance. Commandez-lui plutôt une bonne petite femme qui traverse le boulevard, petits pieds, petites mains, la mine inquiète, le nez au vent, enfin, une Parisienne.

GENEVIÈVE, en sortant.

Comme vous êtes toujours bon !

BRICHANTEAU.

Mais non. Je m'en débarrasse. (Regardant la pendule.) Il est deux heures et je ne suis pas habillé. Toute mon existence est détraquée aujourd'hui !

SCÈNE X

BRICHANTEAU, GONTRAN.

GONTRAN.

Monsieur !

BRICHANTEAU.

Vous avez encore à me parler ?

GONTRAN.

Oui, monsieur.

BRICHANTEAU.

Ne prenez donc pas cet air mélancolique.

GONTRAN.

Je ne suis pas mélancolique, monsieur, au contraire. Je
voudrais parler à monsieur d'une de ses parentes.

BRICHANTEAU.

Je n'ai point de parentes.

GONTRAN.

La cousine de monsieur.

BRICHANTEAU.

Je n'ai pas de cousine.

GONTRAN.

Madame Pontaubert.

BRICHANTEAU.

Le Pontaubert que je connais est garçon.

GONTRAN.

Non, monsieur, il a une femme.

BRICHANTEAU.

On dirait que votre nez s'allonge à plaisir pour vous
donner une mine plus lamentable !

GONTRAN.

Non, monsieur !

BRICHANTEAU.

Tenez, Gontran, je suis très satisfait de votre service,
mais voici trop longtemps que cela dure.

GONTRAN.

Oh !

BRICHANTEAU.

Je vous donnerai un excellent certificat,

GONTRAN.

Monsieur me renvoie ?

BRICHANTEAU.

Oui.

GONTRAN, pleurant.

Monsieur est sans pitié !

BRICHANTEAU.

Pas de désespoir, je vous en prie.

GONTRAN.

C'est un coup de poignard que monsieur me donne !

BRICHANTEAU.

Assez.

GONTRAN.

Monsieur m'a tué !

BRICHANTEAU.

Assez ! assez! Je vous garde.

GONTRAN.

Oh !

BRICHANTEAU, résigné.

J'aime mieux ça.

GONTRAN, avec joie.

Ah ! mon bon maître !

BRICHANTEAU.

Ne pleurez pas de joie maintenant.

GONTRAN.

Non, monsieur.

BRICHANTEAU.

Et ne me regardez pas avec cette grimace.

GONTRAN.

Non, monsieur. Je me retire. (En sortant.) Que de sacrifices il faut s'imposer, quand on est domestique, pour sauve-garder sa dignité !

Il prend le verre et sort.

SCÈNE XI

BRICHANTEAU, puis GENEVIÈVE.

BRICHANTEAU, seul.

Je ne suis pourtant pas bien exigeant, moi ; avoir l'esprit tranquille, entendre des choses gaies, et voir des visages souriants, c'est tout ce que je demande.

GENEVIÈVE, entrant gaiement.

Voilà un heureux de plus, et il n'est pas lugubre du tout. Il causait avec ma gouvernante, qui lui avait déjà com-mandé mon portrait.

BRICHANTEAU.

Votre portrait !

GENEVIÈVE.

En Hébé ! pour vous faire une surprise. J'ai bien vite
refusé. Elle m'a répondu que j'étais une ingrate. Vous ne
tenez guère à avoir une Hébé, n'est-ce pas ?

BRICHANTEAU.

De quoi se mêle-t-elle, mademoiselle Huberty ?

GENEVIÈVE.

Ne la blâmez pas. Elle a de très bonnes intentions. Elle
est trop coquette pour moi, voilà tout. Elle se désole parce
que je n'ai jamais l'occasion de mettre des robes décolletées.
Elle dit que c'est le moment.

BRICHANTEAU.

Ah !

GENEVIÈVE.

Elle est très amusante.

BRICHANTEAU.

Je le vois... Et que vous apprend-elle ?

GENEVIÈVE.

Tout ce qu'on apprendrait à une petite princesse qui ne
tiendrait pas à être savante.

BRICHANTEAU.

J'ai eu tort de lui laisser carte blanche.

GENEVIÈVE.

Ne vous préoccupez pas. J'ai été orpheline très jeune et
j'ai été obligée de penser toute seule. J'ai déjà assez de
petites idées à moi pour me passer de celles de ma gouvernante.

BRICHANTEAU.

Alors, puisque vous êtes une si grave personne, puisque vous avez dix-sept ans, vous avez dû penser qu'il serait temps bientôt de vous marier.

GENEVIÈVE.

Ah ! non, par exemple !

BRICHANTEAU.

Votre gouvernante a dû vous le dire ?

GENEVIÈVE.

Elle ne m'en a jamais parlé.

BRICHANTEAU.

Elle vous a conduite à la messe de mariage d'une de ses nièces.

GENEVIÈVE.

Et elle a ri tout le temps de la petite mariée, qui était toute rouge sous son voile.

BRICHANTEAU.

Ah !

GENEVIÈVE.

Elle est très moqueuse.

BRICHANTEAU.

Eh bien ! Geneviève, croyez-moi. Il faut que les jeunes filles se marient et se marient jeunes.

GENEVIÈVE.

Mademoiselle Huberty a quarante-deux ans, et elle est encore demoiselle.

BRICHANTEAU.

Ah ! si vous étiez laide comme mademoiselle Huberty !

VI. 3

GENEVIÈVE.

Elle a été jolie.

BRICHANTEAU.

Jamais ! J'en mettrais ma main au feu.

GENEVIÈVE.

Vous lui avez envoyé des billets doux.

BRICHANTEAU.

Moi !

GENEVIÈVE.

Quand vous étiez au collège.

BRICHANTEAU.

Au collège ?

GENEVIÈVE.

Elle donnait des leçons de piano à la sœur d'un de vos amis.

BRICHANTEAU.

Une brune avec des cheveux frisés !

GENEVIÈVE.

Je lui dirai que vous vous en souvenez.

BRICHANTEAU.

Oh ! non, je vous en prie.

GENEVIÈVE.

Elle serait si heureuse ! Si vous lui entendiez réciter le sonnet que vous lui avez envoyé le jour de sa fête : Sainte Noémie !

BRICHANTEAU.

Elle vous lit ce que je lui envoyais du collège !

GENEVIÈVE.

Ce sont ses plus tendres souvenirs.

BRICHANTEAU.

Alors... elle vous raconte ses amours du jeune âge?

GENEVIÈVE.

J'ai eu tort de vous le dire.

BRICHANTEAU.

Non, non... vous avez eu raison. Je vais lui parler.

GENEVIÈVE.

Pourquoi ?

BRICHANTEAU.

Parce que... parce que... C'est moi, maintenant, qui dirigerai votre éducation.

GENEVIÈVE.

Ah ! que ce sera gentil !

BRICHANTEAU.

Jusqu'à l'heure où je vous marierai.

GENEVIÈVE.

Vous ?

BRICHANTEAU.

J'y serai peut-être gauche. Mais je vous affirme que vous pourrez prendre de confiance le mari que je vous aurai trouvé.

FRÉDÉRIC, entrant.

Je m'étais endormi, moi !... (Regardant Brichanteau.) Qu'avez-vous?

BRICHANTEAU.

J'ai à dire quelques mots à mademoiselle Huberty. Je vous laisse avec Geneviève.

Il sort.

SCÈNE XII

FRÉDÉRIC, GENEVIÈVE.

FRÉDÉRIC.

Je n'ai jamais vu Brichanteau si agité.

GENEVIÈVE.

Monsieur de Fougerolles, puis-je avoir confiance en vous?

FRÉDÉRIC.

Oh! mademoiselle, je suis la discrétion même.

GENEVIÈVE.

Vous ne répéterez pas à M. Brichanteau ce que je vais vous confier.

FRÉDÉRIC.

Je serai très flatté d'avoir un secret avec vous.

GENEVIÈVE.

Que peut faire à Paris une demoiselle honnête, quand elle ne veut pas se marier?

FRÉDÉRIC.

Une demoiselle honnête!... C'est bien difficile.

GENEVIÈVE.

Vous croyez?

FRÉDÉRIC.

Laide ou jolie?

GENEVIÈVE.

Gentille.

FRÉDÉRIC.

Ce n'est pas pour vous cette question ?

GENEVIÈVE

Si, c'est pour moi.

FRÉDÉRIC.

Comment ?

GENEVIÈVE.

Vous ne voulez pas me répondre ?

FRÉDÉRIC.

Je tâche de me remettre un peu de mon étonnement.
Vous avez donc l'intention ?...

GENEVIÈVE.

J'ai l'intention de rester demoiselle.

FRÉDÉRIC.

Et vous ne savez comment faire ?

GENEVIÈVE.

Non, je n'y ai jamais pensé.

FRÉDÉRIC, à part.

Tant d'innocence dans le salon de Brichanteau !

GENEVIÈVE.

Il doit y avoir à Paris beaucoup de jeunes filles sans
fortune qui ne veulent pas se marier.

FRÉDÉRIC.

Il y en a énormément.

GENEVIÈVE.

Comment font-elles ?

FRÉDÉRIC.

J'aurais besoin d'y réfléchir avant de vous répondre.

GENEVIÈVE.

Prenez votre temps. Cherchez. Nous en causerons tous les deux.

FRÉDÉRIC.

Tant qu'il vous plaira.

GENEVIÈVE.

En cachette.

FRÉDÉRIC.

Ce sera charmant.

GENEVIÈVE.

Vous n'êtes pas compromettant, vous.

FRÉDÉRIC.

Mon Dieu ! non.

GENEVIÈVE.

Vous avez une bonne figure.

FRÉDÉRIC.

Vous me comblez.

GENEVIÈVE, lui tendant la main.

Et nous sommes de vieux amis.

FRÉDÉRIC, à part.

Elle m'achève.

SCÈNE XIII

LES MÊMES, BRICHANTEAU.

Brichanteau entre sans parler, cherchant à maîtriser son émotion.

FRÉDÉRIC.

Ah! mon Dieu!... que vous est-il arrivé?

BRICHANTEAU, bas, à Frédéric.

Elle m'a répondu: « Si j'avais su que c'était pour la marier, je ne l'aurais pas élevée avec tant de soin. »

FRÉDÉRIC, étonné.

Qui?

GENEVIÈVE, inquiète.

Est-ce mademoiselle Huberty qui vous a contrarié?

BRICHANTEAU.

Mademoiselle Huberty!... Je viens de la mettre à la porte.

GENEVIÈVE.

Ma gouvernante!

FRÉDÉRIC.

Vous avez mis quelqu'un à la porte?

BRICHANTEAU.

Oui.

FRÉDÉRIC.

Vous-même?

BRICHANTEAU.

Elle s'est rebiffée comme une pintade, et alors j'ai eu de l'énergie. Je lui ai donné mille francs d'indemnité, et v'lan!... Tout de suite... Sans rémission!

FRÉDÉRIC, riant.

Vous êtes cruel.

BRICHANTEAU.

Quelquefois.

GENEVIÈVE, allant vers la gauche.

Elle doit être désespérée.

BRICHANTEAU, la retenant.

Ne sortez pas, Geneviève. Je l'ai prévenue que je vous défendais de la revoir.

GENEVIÈVE.

Pourquoi ?

BRICHANTEAU.

J'ai mes raisons.

GENEVIÈVE.

Mais, moi, je ne lui dois que de la reconnaissance.

BRICHANTEAU.

Entrez là... Et envoyez-lui vos adieux par écrit.

GENEVIÈVE.

Vous lui pardonnerez.

BRICHANTEAU

Jamais ! Jamais ! Jamais !

GENEVIÈVE, à part.

Qu'a-t-elle donc fait ?

Elle sort au fond.

SCÈNE XIV

BRICHANTEAU, FRÉDÉRIC.

BRICHANTEAU.

Je prends une vieille demoiselle laide, qu'on me garantit vénérable, mais elle entre chez Brichanteau. Et de quoi peut-on parler aux femmes chez Brichanteau !... On ne s'imagine pas que j'ai le culte des jeunes filles, moi. Je les aime comme on aime des objets d'art. Je les respecte comme des tableaux de maître, et j'entends qu'on les respecte ainsi chez moi.

FRÉDÉRIC.

C'est un Brichanteau nouvelle manière que vous m'offrez.

BRICHANTEAU.

Je n'ai jamais varié.

FRÉDÉRIC.

Oh! par exemple!

BRICHANTEAU.

Non, monsieur, non, jamais.

FRÉDÉRIC, avec douceur.

Je ne veux pas vous contrarier.

BRICHANTEAU.

J'ai une façon d'être à moi avec les femmes.

FRÉDÉRIC.

Vous en avez adoré beaucoup.

BRICHANTEAU.

J'en ai adoré beaucoup parce que je suis panthéiste en

VI.   3.

amour. Une passion de quinze jours· suffit à toutes mes aspirations, mais c'est autre chose.

FRÉDÉRIC.

De là à passer pour un homme vertueux...

BRICHANTEAU.

Il ne s'agit pas de vertu.

FRÉDÉRIC.

Je ne veux pas vous contrarier. (Changeant de ton.) Vous devez être à quatre heures chez la Folkani.

BRICHANTEAU.

Oui, à quatre heures. (Après une pause.) Je ne suis pas sûr d'y aller.

FRÉDÉRIC.

Vous ne rêviez depuis deux jours qu'à ce rendez-vous.

BRICHANTEAU.

Je suis toujours amoureux fou dans ces occasions-là, moi, par principe.

FRÉDÉRIC.

Vous la trouviez superbe.

BRICHANTEAU.

On ne serait jamais séduit par ces demoiselles si on ne les trouvait pas· superbes, de parti pris, et même avec un peu d'effort.

FRÉDÉRIC.

Oh ! permettez, votre première impression...

BRICHANTEAU.

La première impression, à mon âge, on ne la reçoit pas, on l'apporte. Mais pourquoi diable me parlez-vous de la Folkani, quand vous me voyez troublé par un événement de la plus haute gravité ?

FRÉDÉRIC.

Quel événement?

BRICHANTEAU.

J'ai renvoyé la gouvernante de Geneviève. Vous ne comprenez pas l'embarras cruel où je me suis mis.

FRÉDÉRIC.

Ah! cher ami, si, parfaitement.

BRICHANTEAU.

Vous devriez l'épouser.

FRÉDÉRIC.

Qui?

BRICHANTEAU.

Geneviève.

FREDÉRIC.

Moi!

BRICHANTEAU.

Vous êtes un brave garçon, vous avez un bon caractère. Vous rendriez une femme heureuse.

FRÉDÉRIC.

Vous ne cherchez pas longtemps vos préparations.

BRICHANTEAU.

Elle est de très bonne famille. Son père, le capitaine Lautrec, de l'infanterie de marine, a été tué sur le champ de bataille. Elles ne vous enflamment pas, vous, ces belles façons de mourir? La veuve, de noblesse bretonne, restée sans fortune, s'est mise vaillamment à faire de la dentelle, pour élever sa fille. Je ne sais pas raconter ces choses-là, moi... Il y faudrait de l'émotion. — Quand j'ai recueilli Geneviève, elle était seule au monde... Elle travaillait de ses petits doigts. — (Changeant de ton.) Je lui donnerai une dot.

FRÉDÉRIC.

Je m'en rapporte à vous sur ce point. (Avec embarras.) Mais, en ce moment, j'ai le cœur pris.

BRICHANTEAU.

Pour longtemps?

FRÉDÉRIC, de même.

J'en ai peur. (Avec mystère.) Je ne peux pas la nommer. Il y a un mari.

BRICHANTEAU.

Une femme mariée !... Ah ! mon ami, quelle imprudence !
— Je n'ai jamais trompé qu'un mari. Sa femme lui avait persuadé que je le ferais décorer... et alors... il fallait à tout propos rendre compte de mes démarches. Quand je manquais un jour, madame envoyait monsieur pour me demander si j'avais vu le Ministre, ce qui voulait dire qu'elle serait seule le soir. — Le pauvre homme ! je l'ai fait nommer préfet dans le Midi. Il en est mort. Sa femme est revenue à Paris pour m'épouser. — Voilà à quoi on s'expose !

FRÉDÉRIC.

C'était la jolie madame Valageot.

BRICHANTEAU.

Vous le saviez?... Nous avons rompu violemment, ce qui est contraire à mes habitudes. J'ai là une menace permanente.

FRÉDÉRIC.

Rassurez-vous. On m'a dit qu'elle s'était remariée.

BRICHANTEAU.

Ah ! voilà une bonne nouvelle. Mais vous n'aurez peut-être pas cette chance-là, vous ! Réfléchissez. En attendant, je vais m'occuper de chercher une gouvernante... sérieuse...

Ah! pour un homme qui n'aime pas les complications dans la vie!... (Voyant entrer Gontran.) Que me voulez-vous encore, vous ?

SCÈNE XV

LES MÊMES, GONTRAN.

GONTRAN.

Monsieur, c'est madame la cousine de monsieur.

BRICHANTEAU.

Il devient fou, cet animal-là. Je n'ai pas de cousine.

FRÉDÉRIC.

Il paraît que vous êtes un peu parent de Pontaubert.

BRICHANTEAU.

Il n'est pas marié.

FRÉDÉRIC.

Il est parfaitement marié, au contraire, à Montauban.

GONTRAN, à Frédéric.

Merci, monsieur ! (A Brichanteau.) Cette dame est là.

BRICHANTEAU, vivement.

Je ne suis pas habillé.

SCÈNE XVI

BRICHANTEAU, FRÉDÉRIC, MADAME PONTAU-BERT, puis PONTAUBERT et LÉONIDE.

MADAME PONTAUBERT, se précipitant.

C'est égal, mon cousin, c'est égal.

BRICHANTEAU.

Mais, madame !

MADAME PONTAUBERT.

Ne vous gênez pas avec des parents.

BRICHANTEAU.

Je vous demande la permission...

MADAME PONTAUBERT.

Non.

BRICHANTEAU.

De passer ma redingote.

MADAME PONTAUBERT.

Ce serait nous regarder comme des étranger

BRICHANTEAU.

Je serais plus à l'aisé.

MADAME PONTAUBERT.

J'ai été si heureuse d'apprendre qu'un Pontaubert a épousé
une Brichanteau !... Mon mari est toujours trop timide...
Mais moi, je suis si fière d'être la cousine d'une des person-
nalités parisiennes le plus en évidence...

BRICHANTEAU, souriant.

En évidence de la rue Drouot à la Chaussée-d'Antin, —
c'est bien restreint.

MADAME PONTAUBERT.

Tout ce qu'il y a de plus distingué en France vous connaît, mon cousin.

BRICHANTEAU.

Comme une façon de sauvage... un Huron de Tortoni.

MADAME PONTAUBERT.

Vous vous calomniez. — Nous espérons bien que vous

nous ferez l'amitié de venir passer quelques semaines avec nous.

BRICHANTEAU.

A Montauban ?

MADAME PONTAUBERT.

Nous avons en ce moment le concours région

FRÉDÉRIC, gaiement.

Insistez, madame.

BRICHANTEAU.

Hein !

FRÉDÉRIC.

Ce petit voyage serait excellent pour Brichanteau.

MADAME PONTAUBERT, ravie.

N'est-ce pas, monsieur ?

BRICHANTEAU.

Mais, madame, je n'ai jamais quitté Paris.

MADAME PONTAUBERT.

Raison de plus !

FRÉDÉRIC.

Certainement, madame, je ne vivrais pas, moi, si je ne m'échappais de temps à autre.

MADAME PONTAUBERT.

Et cependant, monsieur est sans doute un vrai Parisien comme vous ?

BRICHANTEAU.

Non, madame, non ! C'est un Parisien de Monaco, — l'espèce abonde !

Pontaubert fait en cachette des signes à sa femme.

MADAME PONTAUBERT.

M. Pontaubert me trouve indiscrète, mais il est des personnes dont on voudrait tout de suite conquérir l'intimité.
Je ne parle plus seulement de l'homme d'esprit (avec émotion),
mais de l'homme de cœur. Nous connaissons un trait de
vous... cette jeune orpheline que vous avez recueillie. Nous
en avons été émus jusqu'aux larmes.

Elle s'essuie les yeux.

BRICHANTEAU, contrarié.

Madame, je vous en prie !

MADAME PONTAUBERT.

Ne voudriez-vous pas nous présenter mademoiselle Geneviève ?

BRICHANTEAU, embarrassé.

Si, madame.

Il va à la porte du fumoir.

MADAME PONTAUBERT.

Nous serions si heureux de pouvoir nous associer à votre
bonne œuvre !

PONTAUBERT, à sa femme.

De quoi vous mêlez-vous ?

MADAME PONTAUBERT.

Laissez-moi faire. Vous n'avez pas ouvert la bouche.

PONTAUBERT.

J'ai pris l'habitude de ne rien dire quand vous êtes là,
Aménaïde.

SCÈNE XVII

Les Mêmes, GENEVIÈVE.

BRICHANTEAU, revenant avec Geneviève.

Geneviève, voici madame Pontaubert, ma parente, qui désire vous voir.

GENEVIÈVE, troublée

Moi !

MADAME PONTAUBERT, gracieuse.

Oui, mademoiselle. (A mi-voix.) Elle est charmante !

BRICHANTEAU, à Pontaubert.

Vous êtes donc un mari intermittent, vous ?

PONTAUBERT.

Soyéz discret.

MADAME PONTAUBERT.

J'espère, mademoiselle, que vous voudrez bien, pendant notre séjour à Paris, venir me voir avec votre gouvernante ?

GENEVIÈVE, timide.

Vous êtes trop bonne, madame.

BRICHANTEAU.

Geneviève n'a plus de gouvernante.

MADAME PONTAUBERT, offusquée.

Ah !

BRICHANTEAU.

Depuis vingt minutes. Je vais m'occuper d'en trouver une autre.

MADAME PONTAUBERT.

C'est bien délicat. Une jeune personne à cet âge-là !

BRICHANTEAU.

Oui, oui. Je le sais bien.

MADAME PONTAUBERT.

Vous devriez me la confier.

BRICHANTEAU, étonné.

Geneviève !

Pontaubert roule des yeux effarés. Geneviève est inquiète.

MADAME PONTAUBERT, doucereuse.

Elle aurait au moins les soins d'une vraie mère de famille.

BRICHANTEAU.

C'est une offre trop gracieuse.

MADAME PONTAUBERT.

Doit-elle vous étonner de la part d'une cousine qui comprend votre embarras ?... (Bas.) Elle me paraît bien frêle !

BRICHANTEAU, regardant Geneviève.

Vous trouvez ?

MADAME PONTAUBERT.

Et l'air de la Gascogne est si bon pour les jeunes filles !

BRICHANTEAU.

De la Gascogne !

MADAME PONTAUBERT.

Nous y touchons. Et le climat de Montauban...

BRICHANTEAU.

Vous emmèneriez Geneviève à Montauban ?

MADAME PONTAUBERT.

Vous la verriez s'épanouir comme une fleur au soleil.

BRICHANTEAU.

Vous entendez, Geneviève?

GENEVIÈVE, décontenancée.

Mais, Montauban... c'est bien loin!

PONTAUBERT, bas, à sa femme.

Vous donneriez pour compagne à votre fille une demoiselle élevée par Brichanteau?

MADAME PONTAUBERT.

Soyez donc tranquille! Elles ne se verront pas.

SCÈNE XVIII

Les Mêmes, SAVOURETTE.

GONTRAN, annonçant.

Monsieur Savourette.

SAVOURETTE, entrant.

Le nouveau propriétaire de l'immeuble. — Monsieur, je
n'ai pas réussi!

BRICHANTEAU, inquiet.

Comment?

SAVOURETTE.

Madame Savourette trouve que, au premier étage, on
entend trop le bruit du boulevard. Elle préfère le deuxième.

BRICHANTEAU.

Le mien!

SAVOURETTE.

Madame Savourette est habituée à recevoir. Son premier
mari était préfet.

BRICHANTEAU.

Préfet !

SAVOURETTE.

Hippolyte Valageot.

BRICHANTEAU, ahuri.

Ah !

FRÉDÉRIC, riant.

Oh ! oh !

SAVOURETTE.

Un homme très éminent.

BRICHANTEAU.

Ah ! vous avez épousé ?...

SAVOURETTE.

Madame veuve Valageot.

BRICHANTEAU.

Alors, monsieur... je... Je n'insiste plus... Je comprends.

SAVOURETTE, étonné.

Vous comprenez quoi ?

BRICHANTEAU.

Que madame... madame Savourette préfère le second
étage.

MADAME PONTAUBERT.

On vous donne congé ?

BRICHANTEAU, éclatant.

On me chasse, madame, on me jette dans la rue !

SAVOURETTE.

Vous avez six semaines.

BRICHANTEAU, furieux.

Je ne resterai pas un jour, monsieur, pas une heure dans votre maison. Il m'est horrible de voir ce que j'aime avec l'idée que je vais le quitter !

MADAME PONTAUBERT.

Où irez-vous, mon cousin ?

BRICHANTEAU.

Moi, ma cousine, j'irai au Japon, j'irai au Congo, j'irai au pôle Nord.

MADAME PONTAUBERT.

Venez à Montauban.

BRICHANTEAU.

A Montauban !

MADAME PONTAUBERT.

Nous avons aussi un boulevard.

GENEVIÈVE, bas.

Si vous y allez, j'irai bien, moi.

BRICHANTEAU.

Va pour Montauban.

FRÉDÉRIC.

Bonne histoire pour le club !

MADAME PONTAUBERT.

Quelle joie pour nous !... (A part.) Il épousera Léonide.

PONTAUBERT, à part.

Elle est têtue !

BRICHANTEAU, à Gontran.

Gontran! nous partirons ce soir.

GONTRAN.

Monsieur quitte Paris?

BRICHANTEAU.

Je vais dans le Tarn-et-Garonne.

GONTRAN, avec stupeur.

Qu'est-il arrivé à monsieur?

SAVOURETTE, avec joie.

Alors... Je pourrai commencer tout de suite les réparations?

BRICHANTEAU.

Non, monsieur, vous n'entrerez que le jour de l'expiration du bail, à minuit!

SAVOURETTE.

Mais, monsieur! cependant!

BRICHANTEAU.

Je mettrai un invalide dans mon antichambre... J'en mettrai deux, pour qu'il ne s'ennuie pas!

SAVOURETTE.

C'est bien, monsieur, j'attendrai.

BRICHANTEAU.

Et vous aurez cette gloire d'avoir rendu Paris insupportable à un Parisien!

ACTE DEUXIÈME

A MONTAUBAN

Un coin de jardin à droite, un perron conduisant à la maison de Pontaubert, au fond, un quartier de Montauban.

SCÈNE PREMIÈRE

GONTRAN, EMBELLINE.

Ils battent un tapis.

GONTRAN, galamment.

Ne vous fatiguez pas, mademoiselle Embelline, je battrai pour vous.

EMBELLINE, tapant plus fort.

On ne craint pas sa peine, à Montauban.

GONTRAN, la regardant avec tendresse.

Je ne m'y déplairais pas, moi, à Montauban. Je ne suis pas comme monsieur.

EMBELLINE.

Il s'y déplaît votre monsieur?

GONTRAN.

Il ne le dit pas.

EMBELLINE.

Il n'est ici que depuis trois jours.

GONTRAN.

Je n'aurais jamais cru qu'il résisterait si longtemps.

EMBELLINE.

Vous faites le malin. Tout le monde sait qu'il est venu pour épouser notre demoiselle.

GONTRAN, stupéfait.

Monsieur?

EMBELLINE, en confidence.

L'hôtel du Lion d'Or a déjà demandé la préférence pour le repas de noces.

GONTRAN.

Bah!

EMBELLINE.

Et madame Tolosate, la marchande de fleurs, m'a promis vingt francs si je lui faisais avoir la pratique pour les bouquets de fiancés. C'est elle qui les a fournis à M. le Préfet.

GONTRAN, avec fatuité.

Alors, Montauban s'occupe de nous?

EMBELLINE.

Oh! oui, par exemple!

GONTRAN,

C'est toujours agréable! Et je vous jure que notre départ de Paris a produit quelque effet. On ne doit plus parler que de ça.

Il se penche pour embrasser Embelline.

EMBELLINE, le repoussant vivement.

Oh! non!

GONTRAN.

Je vous épouserai le jour où monsieur se mariera.

EMBELLINE.

Bien vrai?

GONTRAN.

Sur mon honneur de valet de chambre.

Il se penche encore.

EMBELLINE, de même.

Pas ici, à cause des voisins.

GONTRAN, regardant autour de lui.

Des voisins?

EMBELLINE.

Ils ont quarante-sept fenêtres qui donnent sur ce jardin.
Je les ai comptées un jour, parce que...

Elle s'arrête embarrassée.

GONTRAN, avec dignité.

N'achevez pas.

EMBELLINE, vivement.

Oh! ce n'est pas ce que vous croyez.

GONTRAN.

Je l'espère.

EMBELLINE.

Voici madame!

Ils se remettent à battre le tapis avec violence.

SCÈNE II

LES MÊMES, MADAME PONTAUBERT.

MADAME PONTAUBERT, accourant effarée.

Holà! Holà! Vous allez réveiller M. Brichanteau!

CONTRAN.

Oh! madame, ce n'est pas le bruit qui réveille monsieur, c'est le silence.

EMBELLINE.

D'ailleurs, il est levé depuis longtemps.

MADAME PONTAUBERT.

Et vous ne me prévenez pas! où est-il?

GONTRAN.

Monsieur est allé se promener par la ville.

MADAME PONTAUBERT.

Seul! Gontran, j'ai un service à vous demander.

GONTRAN, très important.

Je suis aux ordres de madame.

MADAME PONTAUBERT, s'asseyant.

Nous donnons, ce soir, un grand dîner, en l'honneur de notre cousin. Nous aurons le préfet, le maire, le président du Tribunal.

GONTRAN, à part.

Voilà ce qui va amuser monsieur.

MADAME PONTAUBERT.

Vous voudrez bien vous occuper spécialement de votre maître.

GONTRAN.

C'est mon devoir. Je ne quitterai pas le dossier de sa chaise. Mais si madame me permettait de lui donner un conseil...

MADAME PONTAUBERT.

Je vous en prie, Gontran.

GONTRAN.

Je connais monsieur. Je le placerais à côté d'une jolie femme.

MADAME PONTAUBERT.

Il sera à ma droite.

GONTRAN.

Oh! alors!

MADAME PONTAUBERT.

Ne craignez pas de m'indiquer tout ce qui pourrait être agréable à votre maître, nous voulons lui faire oublier Paris.

GONTRAN.

Monsieur adore la musique.

MADAME PONTAUBERT.

Ah!

GONTRAN.

Il disait souvent à mademoiselle Geneviève : « Petite, jouez-moi donc la Symphonie pastorale ».

MADAME PONTAUBERT.

La Symphonie pastorale?

GONTRAN.

Un air très ennuyeux.

MADAME PONTAUBERT.

Alors, Léonide doit l'avoir appris au lycée.

GONTRAN.

Monsieur n'est pas difficile à amuser. Il disait encore souvent à mademoiselle Geneviève : « Petite, venez donc travailler à votre tapisserie auprès de moi. Vous m'amusez, avec toutes vos laines », et il la regardait se débrouiller.

MADAME PONTAUBERT.

Léonide avait commencé un pouf avant de se destiner aux sciences. Où est le métier à tapisserie, Embelline?

EMBELLINE.

Il est au grenier, madame.

MADAME PONTAUBERT.

Vous irez le chercher.

GONTRAN, continuant.

Monsieur aime bien aussi boire le champagne avec des dames qui fument des cigarettes turques. Quand j'allais l'attendre à la Maison d'Or...

MADAME PONTAUBERT, se levant.

Vous entrez dans un autre ordre d'idées.

GONTRAN, avec réserve.

Je n'insisterai pas. J'ai déjà dit à madame que monsieur avait l'habitude de faire tous les jours une promenade à cheval.

MADAME PONTAUBERT.

J'ai découvert un alezan superbe, mais on le dit fougueux. Je le fais essayer par mon mari. (A Pontaubert qui paraît avec une mine maussade.) Ah! le voici! Eh bien?

SCENE III

LES MÊMES, PONTAUBERT.

PONTAUBERT, très ému.

Eh bien! Aménaïde, ça passe les bornes.

MADAME PONTAUBERT.

Quoi donc?

PONTAUBERT.

Vous me faites essayer un cheval vicieux, pour savoir si nous pouvons lui confier Brichanteau.

MADAME PONTAUBERT.

Il est mon hôte.

PONTAUBERT.

Mais, moi, je suis votre mari... et j'ai été lancé à dix mètres.

MADAME PONTAUBERT.

Ah! mon Dieu!

EMBELLINE.

Oh! pauvre monsieur!

PONTAUBERT.

Dans un des massifs du square, sur des rhododendrons qui ont amorti la chute... heureusement!

MADAME PONTAUBERT.

Bénissons le Ciel!

GONTRAN

Monsieur n'a pas eu de mal?

VI.   4.

PONTAUBERT.

Rien de cassé, mais tout est moulu. Je ne conseillerai ce cheval à personne.

MADAME PONTAUBERT.

Oh! non. Nous donnerons à notre cousin le cheval du notaire.

EMBELLINE.

Folichon! En voilà un qui ne s'emportera pas!

MADAME PONTAUBERT. .

Allez le chercher, Embelline.

GONTRAN.

Mais je vais y aller.

EMBELLINE.

Non, non, j'ai l'habitude. Mademoiselle m'a priée de l'accompagner chez les demoiselles Harbouin, pour voir la nièce de ce monsieur de Paris.

GONTRAN.

Mademoiselle Geneviève?

MADAME PONTAUBERT, sévère.

J'ai défendu à Léonide de sortir sans moi, en ce moment Occupez-vous de Folichon.

EMBELLINE.

Bien, madame.

Elle sort.

GONTRAN.

Madame n'a plus rien à me demander?

MADAME PONTAUBERT.

Non, Gontran, je vous remercie.

GONTRAN, à part, sortant par le perron.

Le cheval du notaire pour monsieur, c'est un comble !
Je m'amuserais, moi, en province.

SCÈNE IV

PONTAUBERT, MADAME PONTAUBERT.

MADAME PONTAUBERT, allant à lui, avec câlinerie.

Tu ne m'en veux pas de ta chute?

PONTAUBERT.

Non, Aménaïde; je trouve seulement que vous passez les
bornes. Depuis que Brichanteau est ici, la maison est bou-
leversée.

MADAME PONTAUBERT.

Mais comme nous serons fiers d'avoir un pareil gendre!

PONTAUBERT.

Voilà votre marotte.

MADAME PONTAUBERT.

Vous êtes le seul qui n'ayez pas remarqué les assiduités
de M. Brichanteau auprès de votre fille.

PONTAUBERT.

Vous appelez assiduités...

MADAME PONTAUBERT, l'interrompant.

Hier, pendant la musique, sur la promenade, il a pris
son bras, et il ne l'a plus quitté.

PONTAUBERT.

Il l'a pris parce que vous le lui avez donné.

MADAME PONTAUBERT.

Tout le monde a remarqué sa galanterie.

PONTAUBERT.

Ce sont vos effarements que l'on remarquait.

MADAME PONTAUBERT,

Vous ne comprenez pas les effarements d'une mère qui
voit sa fille au bras d'un homme dont la réputation seule
est un danger.

PONTAUBERT.

C'est vous qui l'avez amené ici.

MADAME PONTAUBERT.

Parce qu'il est votre cousin.

PONTAUBERT.

Voilà qui est fort!

MADAME PONTAUBERT.

Il est évident que Léonide lui plaît... et de là... à
l'aimer...

PONTAUBERT.

C'est dans votre cervelle.

MADAME PONTAUBERT,

On ne peut pas ne pas aimer Léonide quand on la connaît.

PONTAUBERT.

Eh bien! madame Pontaubert, savez-vous ce qui va arriver? Nous allons compromettre notre fille, et nous serons
trop heureux de la donner à quelque coureur de dot
comme Casimir Bombelles.

MADAME PONTAUBERT, haussant les épaules.

Vous êtes-fou, maintenant! Un Casimir Bombelles !

PONTAUBERT.

Il ne me saluait plus, Casimir, depuis que j'avais coupé court à ses prétentions.

MADAME PONTAUBERT.

Ridicules!

PONTAUBERT.

Eh bien! tout à l'heure, au cercle, il est venu à moi, le visage souriant, et me prenant les mains, il m'a glissé à l'oreille avec émotion : « Je ne le crois pas. »

MADAME PONTAUBERT, étonnée.

Quoi?

PONTAUBERT.

Quoi?... Je ne le lui ai pas demandé. C'est assez clair! Je ne crois pas ce qu'on raconte.

MADAME PONTAUBERT.

Que raconte-t-on?

PONTAUBERT.

La promenade de Brichanteau avec Léonide, autour de la musique du 33e, a fait causer.

MADAME PONTAUBERT.

Aveugle! aveugle! aveugle!

SCÈNE V

Les Mêmes, LÉONIDE.

LÉONIDE, accourant.

Tu ne veux pas que j'aille voir mademoiselle Geneviève?

MADAME PONTAUBERT.

Rien ne presse.

LÉONIDE.

Nous sommes très malhonnêtes avec cette jeune fille. Elle est depuis avant-hier chez les demoiselles Harbouin.

MADAME PONTAUBERT.

Notre cousin a compris que je ne pouvais pas recevoir chez moi, pendant qu'il s'y trouvait, une jeune personne de dix-sept ans.

LÉONIDE.

Elle était chez lui à Paris.

MADAME PONTAUBERT.

Dans une situation exceptionnelle, que les habitants de Montauban ne comprendraient pas. Mademoiselle Geneviève est admirablement bien chez nos deux vénérables amies.

LÉONIDE.

Comme elle doit s'y ennuyer!

MADAME PONTAUBERT,

Elle y trouvera des exemples édifiants.

LÉONIDE.

Ah! oui.

MADAME PONTAUBERT.

Et les demoiselles Harbouin s'occupent de la marier.

LÉONIDE.

Déjà?

MADAME PONTAUBERT, à son mari.

Il ne faut pas un candidat trop scrupuleux.

LÉONIDE.

Pourquoi?

MADAME PONTAUBERT.

Elles l'ont trouvé, paraît-il.

LÉONIDE.

Elles en ont trouvé aussi un pour moi.

MADAME PONTAUBERT, stupéfaite.

Comment?

LÉONIDE.

M. Casimir Bombelles.

MADAME PONTAUBERT.

Hein?

PONTAUBERT.

Ah!

LÉONIDE.

Il a passé plus de vingt fois sous ma fenêtre en roulant des yeux langoureux.

MADAME PONTAUBERT, de même.

Casimir?

PONTAUBERT.

Naturellement.

LÉONIDE.

Je suis descendue...

MADAME PONTAUBERT.

Toi!

LÉONIDE.

Je lui ai demandé...

MADAME PONTAUBERT, interloquée.

Tu lui as parlé?

LÉONIDE, gravement.

Notre professeur, au lycée, nous disait que, si Anne
d'Autriche avait tout de suite arrêté Buckingham, l'histoire
n'aurait pas eu à parler des faiblesses de cette reine.

MADAME PONTAUBERT.

Tu as commis une imprudence.

LÉONIDE.

Je l'ai bien vu. Il m'a répondu que les demoiselles Harbouin l'avaient autorisé à me faire la cour.

MADAME PONTAUBERT.

Comment? les demoiselles Harbouin?

LÉONIDE.

Et il roulait des yeux plus langoureux encore. Alors j'ai
eu peur et je me suis sauvée.

MADAME PONTAUBERT.

Les demoiselles Harbouin n'ont pas pu lui parler de toi.

PONTAUBERT, bas.

Si, elles ont parlé d'une demoiselle compromise par Brichanteau.

MADAME PONTAUBERT, bas.

Geneviève!

PONTAUBERT.

Il a compromis Léonide!

MADAME PONTAUBERT.

C'est impossible!... une pareille erreur...

PONTAUBERT.

L'erreur est toute simple. Le bruit court qu'il a compromis Léonide.

EMBELLINE.

Madame!

MADAME PONTAUBERT, la voyant entrer.

Chut! pas un mot devant nos gens!

EMBELLINE.

Madame, on ne pourra pas avoir le cheval du notaire avant quatre heures.

MADAME PONTAUBERT, ennuyée.

C'est bien.

EMBELLINE.

Voici M. Brichanteau qui revient. Il est au bout de la rue.

Elle sort.

MADAME PONTAUBERT.

Seul! Vous n'avez pas songé à l'accompagner!

PONTAUBERT.

J'étais à cheval.

MADAME PONTAUBERT.

Tâchez au moins de le bien recevoir. Viens, Léonide. (Elle lui tend la main.) Tu connais la Symphonie pastorale?

LÉONIDE.

Pas beaucoup.

MADAME PONTAUBERT.

Va vite l'étudier. Tu la joueras ce soir à ton cousin.

LÉONIDE.

Je la jouerai très mal.

VI.   5

MADAME PONTAUBERT.

Cela ne fait rien, puisqu'il l'aime. (En sortant avec Léonide.) Oh! ma chère enfant, que tu es heureuse d'avoir ta mère!

PONTAUBERT, exaspéré, à part.

Ah! si je n'avais pas quelques torts, passagers, mais illégitimes, envers ma femme, comme je me révolterais!... Je ne peux exiger que la paix. (Avec résignation.) Soyons aimable pour Brichanteau. Il me semble rêveur.

SCÈNE VI

BRICHANTEAU, PONTAUBERT.

Brichanteau entre, le chapeau sur les yeux, comme un homme profondément ennuyé ou à moitié endormi.

BRICHANTEAU, au public.

Je comprends pourquoi on se lève si tôt, en province, c'est qu'on y dort debout.

PONTAUBERT, allant à lui.

Ma femme s'imagine que vous vous amusez beaucoup avec nous.

BRICHANTEAU, le chapeau à la main.

Elle a raison, cher ami.

PONTAUBERT.

Ne vous gênez pas pour moi. Vous vous ennnuyez à mourir.

BRICHANTEAU.

En ai-je l'air?

PONTAUBERT.

Un peu.

BRICHANTEAU, en confidence.

Ce n'est pas de l'ennui, c'est de l'inquiétude.

PONTAUBERT, étonné.

Quelle inquiétude?

BRICHANTEAU, le regardant avec un sérieux comique.

Êtes-vous bien sûr de vivre, vous?

PONTAUBERT.

En province, on vit sans s'en apercevoir.

BRICHANTEAU.

Sans s'en apercevoir? Vous me rassurez! Charmante petite ville, du reste, pleine d'attention pour les étrangers. Je suis entré dans un magasin pour demander un porte-cigares, on m'a offert tout l'étalage, et un monsieur qui m'a fait l'effet d'un vieux militaire, m'a glissé dans l'oreille : « Nous sommes très bien assortis en coffrets, boîtes à gants, boîtes à bijoux, pour les cadeaux aux demoiselles d'honneur. »

PONTAUBERT, étonné.

Je le reconnais.

BRICHANTEAU.

Je vais ailleurs acheter des gants, on me montre des fleurs d'oranger, et on m'apprend, avec des sourires engageants, que l'usage à Montauban veut que les fleurs du corsage soient données par le fiancé.

PONTAUBERT, étonné.

Allons donc!

BRICHANTEAU.

Un peu plus loin, je m'arrête devant une boutique de fleurs naturelles avec cette enseigne qui me retient: « A la Pensée des amours ».

PONTAUBERT.

Madame Tolosate!

BRICHANTEAU.

Tolosate elle-même! Celle-là est venue sans façon à moi et m'a dit qu'elle m'attendait.

PONTAUBERT.

Par exemple!

BRICHANTEAU.

Que je pouvais m'en rapporter à elle, et que je ne m'en plaindrais pas. Elle me traitera comme M. le Préfet.

PONTAUBERT.

Vous lui avez répondu que c'était inutile?

BRICHANTEAU.

Je lui ai répondu qu'elle me flattait beaucoup.

PONTAUBERT, inquiet.

Comment?

BRICHANTEAU.

J'ai poursuivi ma promenade à travers la ville, et j'ai rencontré sept fois la même figure désagréable.

PONTAUBERT.

Chut!

BRICHANTEAU.

Quoi?

PONTAUBERT, baissant la voix.

C'est peut-être une de nos autorités, ou un ami.

BRICHANTEAU.

Eh bien?

PONTAUBERT.

Il faut être prudent en province.

BRICHANTEAU.

Il m'a appris qu'il se nommait Casimir Bombelles.

PONTAUBERT, ahuri.

Bombelles !

BRICHANTEAU.

La première fois, il m'a souri ; la seconde, il m'a salué ;
la troisième, il m'a abordé pour m'apprendre que nous
avions dù nous coudoyer dans le grand courant de la vie
parisienne. Je m'échappe par une rue qui me paraissait
longue, je le retrouve au bout. Il me confie qu'on lui pro-
pose d'épouser une demoiselle légèrement compromise.

PONTAUBERT, à part.

Ma fille !

BRICHANTEAU.

Je le félicite et je m'élance du côté de la rivière. Il était
sur le pont. J'essaie de fuir : il se campe devant moi,
prend un air solennel et d'une voix creuse : « De galant
homme à galant homme, oui ou non, est-ce vrai ? »

PONTAUBERT, vivement.

Que lui avez-vous répondu ?

BRICHANTEAU.

Je lui ai répondu : « Oui, monsieur, c'est vrai. »

PONTAUBERT, effaré.

Hein ?

BRICHANTEAU.

Il est resté pétrifié et j'ai pu revenir tranquille.

PONTAUBERT, à part.

Où allons-nous, mon Dieu ?

BRICHANTEAU.

Mais le diable m'emporte si je sais de quoi il a voulu me parler.

PONTAUBERT, à part.

De Léonide, parbleu !

BRICHANTEAU.

D'ailleurs, ça ne m'intéresse pas. Je n'ai pas fini. Je suis allé hier chez les demoiselles Harbouin.

PONTAUBERT.

Ah !

BRICHANTEAU.

Pour les remercier d'avoir bien voulu donner l'hospitalité à Geneviève. Une maison noire, une porte basse. J'ai frappé avec un vieux marteau ébréché, on a ouvert un guichet grillé, on l'a refermé violemment et ç'a été fini.

PONTAUBERT.

Ces habitudes de prudence vous étonnent ?

BRICHANTEAU.

Elles m'ont ramené au moyen âge. Je ne m'en plains pas. J'ai recommencé ce matin. Le guichet a joué de la même façon. Je me suis entêté. Quelques gamins aimables m'ont conseillé de jeter des pierres dans les vitres. On m'a ouvert.

PONTAUBERT.

Ah !

BRICHANTEAU.

On m'a admis dans un couloir sombre, et là, deux vieilles sorcières échappées du sabbat...

PONTAUBERT, vivement.

Chut!

BRICHANTEAU, étonné.

Personne n'écoute?

PONTAUBERT, bas.

C'est égal, ce sont de vieilles demoiselles très estimées à Montauban.

BRICHANTEAU.

M'ont déclaré, sous leurs lunettes, qu'elles ne voulaient pas favoriser les entrevues d'une jeune fille, qui leur était confiée... avec un jeune homme... je cherchais le jeune homme, c'était moi. Et elles ont ajouté, en me tournant le dos, qu'elles me reverraient avec plaisir aussitôt que je serais marié... Il faudra que je me marie pour dire bonjour à Geneviève. C'est divin! Vous me donnerez une lettre de recommandation pour ces terribles demoiselles.

PONTAUBERT.

J'aime mieux que vous la demandiez à ma femme.

BRICHANTEAU.

C'est bien compliqué.

SCÈNE VII

Les Mêmes, GONTRAN et EMBELLINE.

Ils apportent un immense métier à tapisserie qu'ils placent à côté de Brichanteau, qui les regarde étonné.

PONTAUBERT, à part, avec dépit.

Qu'est-ce que c'est que ça?

EMBELLINE.

Là !

Elle remonte et sort.

GONTRAN, bas, à Brichanteau.

Que monsieur se méfie! On lui tend des traquenards.

BRICHANTEAU, le regardant.

Tu me parais moins lamentable, ici, toi !

GONTRAN.

Oh ! monsieur, moi, j'aime la province, je m'y sens supérieur.

BRICHANTEAU.

Tu deviens gai.

GONTRAN.

Monsieur est bien bon, mais je préviens monsieur qu'on lui tend des traquenards.

BRICHANTEAU.

Tu deviens presque gracieux.

GONTRAN.

J'étais bien sûr que monsieur finirait par me rendre justice !

SCÈNE VIII

BRICHANTEAU, PONTAUBERT, LÉONIDE,
MADAME PONTAUBERT.

MADAME PONTAUBERT.

Oh ! mon cousin ! que je suis heureuse de voir que vous prenez déjà les habitudes de la province ! Vous vous êtes levé à l'aube !

BRICHANTEAU.

Oui, ma cousine, oui. Vous avez un coq qui a une bien jolie voix.

MADAME PONTAUBERT.

Il vous a réveillé ? Je vais donner l'ordre de le tuer.

BRICHANTEAU, vivement, avec attendrissement.

Non ! oh ! non ! Je vous en prie ! J'ai fait sa connaissance. Il m'a présenté à sa petite famille, qui a piaillé le plus gentiment du monde. Je ne pourrai plus manger une aile de poulet sans émotion. Je penserai à cet ami de la Gascogne.

MADAME PONTAUBERT.

Vous êtes amusant. Permettez-vous à ma fille de travailler à côté de vous ?

BRICHANTEAU, se retournant vers Léonide.

Certainement, mademoiselle.

MADAME PONTAUBERT.

Léonide adore les ouvrages de tapisserie. Prépare tes laines, mon enfant.

LÉONIDE, bas.

Je t'assure que je ne saurai plus.

Elle s'assied.

MADAME PONTAUBERT, de même.

Pique au hasard, cela suffit... (Haut, à Brichanteau.) Que dites-vous de notre petite ville ?

BRICHANTEAU.

Adorable ! je me suis promené sur les bords du Tarn. Une bien jolie rivière.

MADAME PONTAUBERT.

N'est-ce pas ?

BRICHANTEAU.

Jaune, mais jolie. J'ai rencontré de beaux moutons blancs.

MADAME PONTAUBERT.

Voilà ce que vous n'avez pas boulevard des Italiens.

VI.   5.

BRICHANTEAU.

Ils m'ont tous regardé avec leurs bons yeux ronds attendris. Je ne mangerai plus de côtelettes, et je le regretterai, parce que je les adore.

MADAME PONTAUBERT.

Vous avez une façon d'envisager les choses !

BRICHANTEAU.

Je suis trop sensible pour la province. Je ne vois partout que des frères. Je m'y ferai. (Changeant de ton.) Je voudrais, ma cousine, vous demander une faveur.

MADAME PONTAUBERT.

Vous me transportez de joie.

BRICHANTEAU.

Un laissez-passer pour pénétrer chez les demoiselles Harbouin.

MADAME PONTAUBERT, vivement.

Oh ! rapportez-vous-en à elles. Ces chères demoiselles s'occupent de votre intéressante protégée.

BRICHANTEAU.

Je voudrais les remercier.

MADAME PONTAUBERT.

Ne les troublons pas dans leur œuvre.

BRICHANTEAU.

Quelle œuvre ?

MADAME PONTAUBERT.

Mademoiselle Geneviève est déjà transformée.

BRICHANTEAU.

Ce n'était pas nécessaire.

MADAME PONTAUBERT, bas.

Et vous, ne vous montrez pas trop.

BRICHANTEAU.

Pourquoi ?

MADAME PONTAUBERT.

Vous avez une réputation troublante pour la province.

BRICHANTEAU, riant.

Elle est un peu bébête, la province !

PONTAUBERT et MADAME PONTAUBERT.

Chut !

MADAME PONTAUBERT.

Ne nous faisons pas d'ennemis !
Léonide laisse tomber un écheveau de laine, que Brichanteau ramasse avec empressement.

LÉONIDE.

Oh! pardon !

BRICHANTEAU, regardant machinalement la tapisserie.

Très jolie, cette fleur !

LÉONIDE.

Callistephus linensis.

BRICHANTEAU.

Je l'aurais prise pour une marguerite.

LÉONIDE.

De son nom vulgaire.

MADAME PONTAUBERT.

Léonide est très forte en botanique.
Léonide laisse encore tomber un écheveau, que Brichanteau ramasse avec le même empressement.

LÉONIDE.

Oh! pardon !

MADAME PONTAUBERT, avec intention.

Tu es distraite, Léonide?

LÉONIDE, naïvement.

Non, ma mère, je suis embarrassée.

BRICHANTEAU, gaiement.

Voulez-vous que je vous aide, mademoiselle?

LÉONIDE.

Très volontiers, mon cousin.

Elle met sur les mains de Brichanteau un écheveau, qu'elle dévide.

BRICHANTEAU, tenant l'écheveau et regardant la tapisserie.

Cette autre fleur, c'est un œillet? (S'arrêtant.) Ce n'est peut-être que le nom vulgaire?

LÉONIDE.

Dianthus cornarinus, de la famille des caryophyllées.

BRICHANTEAU, gravement.

Je vous remercie. J'y ajouterais un peu de jaune.

MADAME PONTAUBERT.

On ne vous connaît pas, mon cousin, vous êtes un homme d'intérieur.

BRICHANTEAU, étonné.

Moi?

MADAME PONTAUBERT.

Ces choses-là se devinent à des riens. Vous aimez la vie de famille.

BRICHANTEAU.

Je ne m'en doutais pas, madame.

MADAME PONTAUBERT.

Vous arrivez d'ailleurs à un âge où l'on se transforme si facilement!

BRICHANTEAU, gaiement.

J'arrive à un âge où l'on se transforme trop.

MADAME PONTAUBERT.

Oh ! mon cousin ! Notre préfet, qui a quelques années de plus que vous, vient d'épouser une demoiselle de dix-huit ans.

BRICHANTEAU, riant.

C'est un préfet à poigne, comme on disait autrefois.

MADAME PONTAUBERT.

Et la jeune personne l'a voulu, malgré ses parents.

LÉONIDE, avec conviction.

C'est très mal.

MADAME PONTAUBERT, à Brichanteau.

Vous voyez, mon cousin, qu'on ne leur donne pas seulement au lycée une instruction brillante, on leur inculque le respect de la famille.

LÉONIDE.

Oh ! oui ! (Gravement.) Les parents, étant plus âgés, doivent avoir une plus grande expérience, proportionnée à la différence d'âge, d'après le calcul des probabilités basé sur des moyennes.

BRICHANTEAU, la regardant avec étonnement.

Des moyennes ?

LÉONIDE.

Vous ne croyez pas aux moyennes ?

BRICHANTEAU.

Si, mademoiselle, très fermement.

MADAME PONTAUBERT, ravie.

Léonide est heureuse de pouvoir causer avec un homme

sérieux et distingué... Ici, à part l'inspecteur d'académie...

LÉONIDE.

Et encore! maman. Il aime mieux parler cuisine avec
toi.

MADAME PONTAUBERT.

C'est un gourmet.

LÉONIDE.

Et il ne savait pas la date de l'avènement de Louis le
Gros! Non, je ne peux causer à Montauban qu'avec Gustave
Planès.

BRICHANTEAU.

Ah! ah!

MADAME PONTAUBERT, vivement.

C'est le fils d'un de nos amis; il est à Toulouse.

LÉONIDE.

Il passe son examen pour la licence ès lettres. Il m'a
envoyé sa dissertation sur les poètes amoureux de la Grèce.
(Avec enthousiasme.) C'est un chef-d'œuvre.

MADAME PONTAUBERT.

Tu t'embrouilles encore dans tes laines.

LÉONIDE, à Brichanteau.

Voulez-vous la lire?

BRICHANTEAU.

Avec le plus grand intérêt. Est-ce en grec?

LÉONIDE, se levant.

Quelques passages seulement. Je vous les traduirai.

BRICHANTEAU.

Vous êtes trop gracieuse. (A part.) Bon petit collégien!

LÉONIDE.

Vous me direz quel est le poète que vous préférez. Moi, c'est Anacréon.

BRICHANTEAU.

Anacréon est agréable.

LÉONIDE, se récriant.

Oh ! agréable !

BRICHANTEAU.

C'est une expression affaiblie. Vous ne daignerez plus causer avec moi que de choses banales.

LÉONIDE.

Je ne dis pas cela.

BRICHANTEAU.

Et je ne vous en voudrai pas, je vous le jure.

MADAME PONTAUBERT.

Cependant, mon cousin...

BRICHANTEAU.

Mademoiselle Léonide a déjà constaté que j'étais d'une ignorance profonde en astronomie.

MADAME PONTAUBERT.

En astronomie ?

BRICHANTEAU.

Je n'ai pas su distinguer le Capricorne et le Petit Chien, et j'en rougis encore. Mais aussi des étoiles qui s'appellent le Petit Chien et le Capricorne! C'est à ne plus les regarder.

LÉONIDE.

Et le Sagittaire ? Et le Cocher ? Et le Taureau ? Avez-vous oublié ma petite leçon d'astronomie ?

MADAME PONTAUBERT, étonnée.

Tu as donné une leçon d'astronomie à ton cousin ?

BRICHANTEAU.

Oui, madame, oui. Je fumais un dernier cigare en me promenant dans le jardin. Mademoiselle est arrivée avec un télescope...

LÉONIDE.

Je voulais observer l'occultation de Jupiter par Vénus.

MADAME PONTAUBERT.

A quelle heure ?

LÉONIDE.

A onze heures cinquante-trois minutes trois secondes, l'immersion.

MADAME PONTAUBERT.

Si tard !

LÉONIDE.

Ce phénomène céleste ne se produit qu'une fois par siècle.

BRICHANTEAU, galement.

Nous n'avons rien vu, d'ailleurs, mais enfin, je sais que Jupiter a été éclipsé par Vénus. — J'ai dormi plus tranquille.

MADAME PONTAUBERT, bas, d'un air pudique.

Vénus et Jupiter! Voilà une conversation bien dangereuse pour une jeune fille !

BRICHANTEAU, naïvement.

Ce sont des planètes !

MADAME PONTAUBERT, scandalisée.

Des planètes! A minuit !

BRICHANTEAU, simplement.

Il faisait un très beau clair de lune.

MADAME PONTAUBERT.

C'est un danger de plus. A cause des voisins. (Bas, à Brichanteau, avec une certaine émotion.) Vous avez été bien imprudent !

BRICHANTEAU, ahuri.

Imprudent ?

LÉONIDE, ingénument.

Et j'ai été bien heureuse que M. Brichanteau fût là. J'étais forcée de monter sur le banc pour voir Vénus, et, s'il ne m'avait retenue...

MADAME PONTAUBERT, scandalisée.

Retenue !

BRICHANTEAU.

Du mieux que j'ai pu, madame.

LÉONIDE.

Je serais tombée tout à fait avec mon télescope. (A Brichanteau.) Je suis très lourde, n'est-ce pas ?

BRICHANTEAU.

Mais non, mademoiselle, non. Le télescope seul a été un peu dur à ma tête.

LÉONIDE.

J'aurais pu vous blesser.

MADAME PONTAUBERT, très émue.

Mon cousin, vous comprendrez la réserve d'une mère qui aurait dû être la première instruite. Je vous laisse avec mon mari. (A Pontaubert.) Vous savez, Baptistin, ce que

vous imposent vos devoirs de père. Viens, Léonide. (L'embrassant aver émotion.) Il t'adore. — Madame Brichanteau !

Elles sortent.

SCÈNE IX

BRICHANTEAU, PONTAUBERT.

BRICHANTEAU, stupéfait.

Qu'est-ce qu'il y a?

PONTAUBERT, bas.

Il n'y a rien.

BRICHANTEAU.

Pourquoi madame Pontaubert prend-elle tout à coup cette
mine attendrie?

PONTAUBERT.

C'est son habitude dans les grandes circonstances.

BRICHANTEAU.

Quelles sont ces circonstances?

PONTAUBERT.

Il faut être de Montauban pour les comprendre.

BRICHANTEAU.

Dites tout de même.

PONTAUBERT.

J'aime mieux que ce soit ma femme.

BRICHANTEAU.

Je veux savoir de quoi il s'agit.

PONTAUBERT.

Voici quelqu'un qui vous cherche.

BRICHANTEAU.

Geneviève !

PONTAUBERT, à part, en sortant.

Je dirai à madame Pontaubert que j'ai été interrompu.
Je vais au cercle ! c'est mon refuge.

SCÈNE X

BRICHANTEAU, GENEVIÈVE.

Geneviève s'avance timidement, vêtue en dévote, modeste et baissant les yeux.

BRICHANTEAU, étonné.

Quelle toilette avez-vous là, Geneviève ?

GENEVIÈVE.

Il paraît que la mienne n'était pas convenable.

BRICHANTEAU.

Elle vous va bien, d'ailleurs... et pourquoi ces yeux
baissés ?

GENEVIÈVE.

On m'a dit que c'est indispensable pour une jeune fille.

BRICHANTEAU.

Les demoiselles Harbouin ?

GENEVIÈVE.

Elles m'enseignent beaucoup de choses que j'ignorais ; je
comprends maintenant pourquoi vous avez renvoyé ma
gouvernante.

BRICHANTEAU, étonné.

Vous le comprenez ?

GENEVIÈVE, avec une gravité comique.

Elle ne m'apprenait pas à respecter les règles de la décence.

BRICHANTEAU.

Qu'est-ce que c'est que ça?

GENEVIÈVE.

C'est la phrase favorite des demoiselles Harbouin.

BRICHANTEAU.

Jolie phrase !

GENEVIÈVE.

Elles m'ont bien expliqué que je ne devais plus vous recevoir...

BRICHANTEAU.

Pourquoi ?

GENEVIÈVE.

Ce serait contraire aux règles de la décence.

BRICHANTEAU.

Cependant, elles vous ont permis de me faire une visite?

GENEVIÈVE, galement.

Oh! non! J'ai sauté par la fenêtre.

BRICHANTEAU, riant.

Bah !

GENEVIÈVE.

Je savais que vous étiez venu deux fois, et elles m'ont dit tant de mal de vous que cela m'a donné envie de vous voir.

BRICHANTEAU, touché.

Elles ne vous ont pas encore gâtée. Et que vous disaient-elles de moi?

GENEVIÈVE.

Je vous le répéterais, si j'avais bien compris, mais j'aurais peur de me tromper.

BRICHANTEAU, à part, en se mordant les lèvres.

J'aimais encore mieux la gouvernante.

GENEVIÈVE.

Vous êtes très dangereux pour les jeunes personnes.

BRICHANTEAU, furieux.

Qu'en savent-elles?

GENEVIÈVE.

Et vous vivez à Paris dans un monde abominable.

BRICHANTEAU.

Voilà ce qu'elles vous racontent?

GENEVIÈVE.

En rougissant.

BRICHANTEAU.

C'est encore pis! Où sont les règles de la décence? Où sont-elles?

GENEVIÈVE.

Mais vous allez édifier les cœurs honnêtes.

BRICHANTEAU.

Comment vais-je édifier les cœurs honnêtes?

GENEVIÈVE.

En vous mariant.

BRICHANTEAU.

Moi?

GENEVIÈVE.

Tout le monde sait que vous êtes venu à Montauban pour vous marier.

BRICHANTEAU.

Allons donc !

GENEVIÈVE.

Avec mademoiselle Pontaubert.

BRICHANTEAU, ahuri.

Ah bah !

GENEVIÈVE, avec une joie naïve.

Ce n'est pas vrai ?

BRICHANTEAU.

C'est de la folie pure.

GENEVIÈVE.

Vous ne voulez pas épouser...

BRICHANTEAU.

Mademoiselle Pontaubert ? Jamais, jamais, au grand jamais !

GENEVIÈVE.

On raconte qu'elle a déjà pour vous un sentiment tendre.

BRICHANTEAU.

Elle m'apprend l'astronomie et elle me parle grec.

GENEVIÈVE.

Ah ! que c'est drôle !

BRICHANTEAU.

Je prierai les demoiselles Harbouin de ne plus s'occuper de moi. Je suis venu parce que j'étais chassé de chez moi, parce que vous n'aviez plus de gouvernante, parce qu'il me semblait qu'une mère de famille de province était une espèce d'ange gardien, parce que le climat devait être bon pour vous, parce qu'on m'affirmait que vous vous marie-riez plus facilement.

GENEVIÈVE.

Ces demoiselles s'occupent beaucoup de me marier.

BRICHANTEAU.

A la bonne heure. Si elles trouvent un jeune homme très bien, et qui vous plaise...

GENEVIÈVE.

Elles disent que je ne dois pas être exigeante.

BRICHANTEAU.

Exigeante? Comment, pas exigeante? Pourquoi donc?

GENEVIÈVE, embarrassée.

Ah dame!... là, elles sont très mystérieuses. Je dois avoir commis, sans le savoir, une faute irréparable?

BRICHANTEAU.

Vous?

GENEVIÈVE.

Elles prétendent... Je vous dis tout?

BRICHANTEAU.

Je vous en prie.

GENEVIÈVE.

Qu'on me reprochera toujours d'avoir été élevée chez un célibataire.

BRICHANTEAU, exaspéré.

Elles vous ont dit cela?

GENEVIÈVE, vivement et galement.

J'ai répondu que je n'aurais pas voulu être élevée ailleurs, que nulle part je n'aurais été aussi heureuse, et que si personne ne voulait de moi j'en serais bien contente.

BRICHANTEAU.

Ah! comme vous avez eu raison de sauter par la fenêtre!

GENEVIÈVE.

N'est-ce pas? J'ai sauté dans le jardin, j'ai suivi une allée sombre. Je suis arrivée à une porte fermée. Je l'ai ouverte avec des outils de jardinier : une véritable évasion.

BRICHANTEAU.

C'est charmant.

GENEVIÈVE.

Et nous ferons dire à ces demoiselles de ne plus s'occuper du candidat qu'elles ont découvert.

BRICHANTEAU.

Elles en ont trouvé un?

GENEVIÈVE.

Qui a aussi des raisons pour ne pas être difficile.

BRICHANTEAU.

Ah! c'est une garantie.

GENEVIÈVE.

Et qui est disposé à prendre une demoiselle compromise...

BRICHANTEAU, furieux.

Elles vous l'ont nommé?

GENEVIÈVE.

Ce matin, avec solennité, M. Casimir Bombelles.

BRICHANTEAU.

Bombelles.

GENEVIÈVE.

Vous le connaissez?

BRICHANTEAU.

Je l'ai vu; c'est de vous qu'il parlait?

GENEVIÈVE.

Il vous a parlé de moi?

BRICHANTEAU.

Sans vous nommer. (Avec une émotion contenue.) S'il vous avait
nommée...

GENEVIÈVE.

Ah! mon Dieu! vous m'effrayez.

BRICHANTEAU.

Ce n'est rien. N'y pensez plus, vous ne remettrez plus les
pieds chez mesdemoiselles Harbouin.

GENEVIÈVE.

Oh! non, n'est-ce pas? Tout ce qui se dit dans cette maison me blesse et me choque. Et je commençais à trouver
la vie si laide... si laide...

BRICHANTEAU.

Oubliez vite cette impression.

GENEVIÈVE.

Oh! c'est fini maintenant. Je me sens toute joyeuse!

BRICHANTEAU.

Et voilà comme je vous veux toujours.

GENEVIÈVE.

Oh! toujours. Mais que de soucis pour une pauvre petite
orpheline que vous avez recueillie, et qui a grandi trop
vite.

BRICHANTEAU.

C'est moi qui ai été maladroit.

GENEVIÈVE.

Oh! ne vous accusez pas. J'ai été si heureuse depuis
quelques années que cela suffirait pour toute ma vie.

BRICHANTEAU.

C'est une bien bonne parole pour moi, Geneviève.

SCÈNE XI

LES MÊMES, SAVOURETTE.

Savourette paraît en tenue de voyage, très embarrassé.

SAVOURETTE.

Je vous dérange peut-être?

BRICHANTEAU, vivement.

Monsieur Savourette ici? Ah! par exemple! Venez, Geneviève, allons visiter le poulailler, nous verrons de jolies
bêtes, aimables... Ça nous changera.

SAVOURETTE, l'arrêtant.

Pardon, monsieur! Vous serez peut-être étonné quand je
vous dirai que j'ai fait sept cents et quelques kilomètres
pour vous voir.

BRICHANTEAU.

Moi?

SAVOURETTE.

Vous le comprendrez quand vous saurez le motif qui
m'amène.

BRICHANTEAU.

Expliquez-vous, monsieur Savourette.

SAVOURETTE.

Cela me serait difficile devant mademoiselle.

BRICHANTEAU.

Ah!

GENEVIÈVE.

Je vais visiter le jardin.

Elle sort à gauche.

BRICHANTEAU.

Je vous écoute, monsieur.

SCÈNE XII

BRICHANTEAU, SAVOURETTE, puis GONTRAN.

SAVOURETTE, visiblement embarrassé.

Monsieur, vous êtes très connu à Paris, je le savais, et votre départ pour la province a fait quelque bruit.

BRICHANTEAU.

Eh bien, monsieur Savourette?

SAVOURETTE.

Un journal a insinué que votre propriétaire vous avait donné congé parce qu'il avait une jolie femme.

BRICHANTEAU.

Ah! ah!

SAVOURETTE.

Et tous les amis que je rencontrais hier faisaient une étrange grimace, en me souriant affectueusement, d'ailleurs.

BRICHANTEAU.

Vraiment?

SAVOURETTE.

Je n'y ai pas tenu. Je suis parti.

BRICHANTEAU.

Pour fuir les sourires affectueux?

SAVOURETTE.

Il y a autre chose. (Prenant dans sa poche une photographie.) Connaissez-vous cela?

BRICHANTEAU, sans se déconcerter.

C'est une photographie.

SAVOURETTE.

C'est le portrait de ma femme.

BRICHANTEAU, de même.

Ah! ah! charmante!

SAVOURETTE.

Voulez-vous m'expliquer comment cette photographie se trouvait, avec quelques autres, au fond d'un vase de Sèvres, sur la cheminée de votre chambre d'amis?

BRICHANTEAU.

Vous êtes entré chez moi?

SAVOURETTE.

Comme propriétaire.

BRICHANTEAU.

Vous n'en aviez pas le droit.

SAVOURETTE.

Vous étiez parti en laissant une lampe allumée.

BRICHANTEAU.

Elle se serait éteinte.

SAVOURETTE.

C'est ce qu'elle a fait.

BRICHANTEAU.

Alors?

SAVOURETTE.

Cette imprudence m'a inquiété, j'y suis retourné.

BRICHANTEAU.

Vous avez fouillé mon appartement?

SAVOURETTE.

Pour la sécurité des locataires.

BRICHANTEAU.

Je vous demanderai des dommages-intérêts.

SAVOURETTE.

Je n'ai pas outrepassé mes pouvoirs, mais j'ai trouvé chez vous le portrait de ma femme.

BRICHANTEAU.

C'est bien fait.

SAVOURETTE.

J'ai interrogé madame Savourette; elle m'a donné une explication.

BRICHANTEAU.

Que voulez-vous de plus?

SAVOURETTE.

Je veux savoir si vous allez me donner la même.

BRICHANTEAU.

Non, monsieur, je ne vous donnerai pas la même.

SAVOURETTE.

En ce cas...

BRICHANTEAU.

Parce que je n'ai pas l'intention de vous être agréable.

SAVOURETTE.

Monsieur... C'est un mari qui vous parle.

BRICHANTEAU.

Non, monsieur, c'est un propriétaire.

SAVOURETTE.

Permettez, monsieur.

BRICHANTEAU.

Je ne vous connais que comme propriétaire.

SAVOURETTE.

C'est le portrait de ma femme !

BRICHANTEAU.

De la femme de mon propriétaire. Ne changeons pas la
nature des choses.

SAVOURETTE.

Mais, je n'en serai pas moins...

BRICHANTEAU.

Tout ce que vous voudrez; comme propriétaire, cela n'a
aucune importance pour vos locataires.

SAVOURETTE.

Quel que soit le tort que j'ai pu vous causer, ce n'est
rien à côté...

BRICHANTEAU.

Comment! ce n'est rien? Vous trouvez que ce n'est rien
de m'avoir chassé de mon boulevard? de m'avoir expédié
à Montauban? de m'avoir exposé à M. Pontaubert, à madame Pontaubert, et à mesdemoiselles Harbouin? Et vous
croyez que ce n'est rien?...

SAVOURETTE.

Vous ne me laisserez pas dans des angoisses mortelles...

BRICHANTEAU.

Si, monsieur, je vous y laisserai avec joie. Ah! vous ne

croyez pas à l'explication si simple que madame Savourette a eu la faiblesse de vous donner. Eh bien, monsieur, tant mieux ! Voilà ma vengeance.

SAVOURETTE.

Je pourrais voir dans votre réponse...

BRICHANTEAU.

Je ne réponds de rien.

SAVOURETTE, continuant.

Un aveu implicite.

BRICHANTEAU.

Aveu ou non, monsieur Savourette, et quoi que je fasse, vous m'avez donné congé. Tout le monde pensera que c'est par jalousie.

SAVOURETTE.

On le dit. Les journaux le disent. Mes amis eux-mêmes... mais vous savez comment les choses se sont passées, vous pouvez attester...

BRICHANTEAU.

Personne ne me croira. Vous êtes jaloux, monsieur Savourette !

SAVOURETTE.

C'est ma femme, au contraire, qui a désiré votre appartement.

BRICHANTEAU.

Non, non, c'est vous, et vous ne pourrez plus faire un pas sans entendre des voix railleuses vous crier : « Vous êtes jaloux, monsieur Savourette ! »

SAVOURETTE.

J'ai été trois fois sur le point de me battre... je suis prêt à recommencer.

BRICHANTEAU.

Ce serait inutile. La nuit, le démon familier vous soufflera :
« Vous êtes jaloux, monsieur Savourette ! »

SAVOURETTE, exaspéré.

Ne me donnez pas la chair de poule !

BRICHANTEAU.

Quand vous vous promènerez en voiture dans l'allée des
Acacias, assis à côté de la belle madame Savourette, les
passants murmureront : « Il a raison d'être jaloux, M. Savourette, » et madame Savourette elle-même, vous examinant du coin de l'œil, pensera : « Mais certainement il a
raison d'être jaloux, M. Savourette. »

SAVOURETTE, s'exaspérant.

Vous voulez me rendre ridicule !

BRICHANTEAU.

C'est mon humble prétention ; vous serez ridicule pour
m'avoir donné congé. Il y a aussi un dieu pour les locataires, monsieur Savourette.

SAVOURETTE, s'exaspérant.

Monsieur, je me révolterai à la fin. Je...

Gontran paraît à droite.

BRICHANTEAU.

Pardon, monsieur.

GONTRAN.

C'est un monsieur de Montauban qui désire présenter ses
hommages à monsieur Brichanteau.

Il remet une carte à Brichanteau.

BRICHANTEAU.

Casimir Bombelles. Je vais le recevoir.

SAVOURETTE, voulant l'arrêter.

Monsieur...

BRICHANTEAU, avec le même calme.

Pardon, monsieur. Ce ne sera pas long.

Il sort.

SAVOURETTE, s'exaspérant de plus en plus.

Quand on dit à un homme... (Il s'arrête en voyant Gontran, qui, un journal à la main, le regarde en riant.) Pourquoi riez-vous ?

GONTRAN.

C'est si drôle !

SAVOURETTE, avec colère.

Qu'est-ce qui est drôle !

GONTRAN.

Le Furet de ce matin raconte pourquoi monsieur a donné congé à monsieur.

SAVOURETTE.

A Montauban aussi !

GONTRAN, à part.

Moi, je m'en doutais.

SAVOURETTE, à lui-même, avec agitation.

Je ne peux pas vivre dans cette situation. Je vais correspondre avec ma femme par le télégraphe.

Il sort furieux au moment où Brichanteau revient.

BRICHANTEAU, étonné.

Où courez-vous donc, monsieur Savourette ?

SAVOURETTE.

Nous nous reverrons, je vais causer avec ma femme.

BRICHANTEAU.

Sa femme est ici ?

GONTRAN.

Non, monsieur, il va causer par le télégraphe.

BRICHANTEAU.

Ah !

GONTRAN.

Monsieur a l'air satisfait.

BRICHANTEAU.

Oui, je me suis un peu détendu les nerfs. Informe-toi du régiment qui est en garnison ici, et prends le nom de quelques officiers.

GONTRAN.

Monsieur a une affaire ?

BRICHANTEAU.

Ça ne te regarde pas. (A part.) J'avais besoin de cette diversion.

GONTRAN.

J'attends depuis tantôt que monsieur soit seul, pour le prévenir qu'il y a quarante-sept fenêtres qui donnent sur ce jardin.

BRICHANTEAU.

Voilà qui m'est bien égal.

GONTRAN.

C'est que, lorsqu'il fait clair de lune, comme la nuit dernière...

BRICHANTEAU.

Eh bien ?... Achève donc.

GONTRAN.

Un valet de chambre qui se respecte ne pénètre jamais dans les secrets de son maître.

BRICHANTEAU.

Quels secrets?

GONTRAN.

Je préviens seulement monsieur que, lorsqu'il aura un autre rendez-vous avec mademoiselle Pontaubert...

BRICHANTEAU.

Tu dis?... Triple idiot ! (Voyant entrer Léonide et Geneviève.) Va-t'en, animal stupide.

GONTRAN, en sortant.

Il faut être indulgent avec les maîtres !

SCÈNE XIII

BRICHANTEAU, GENEVIÈVE, LÉONIDE.
Léonide paraît, entraînant Geneviève.

LÉONIDE.

Venez donc, mademoiselle, venez. (A Brichanteau.) Mademoi-selle Geneviève était seule dans le jardin et l'on ne m'a pas prévenue. Comme vous deviez vous ennuyer chez les demoiselles Harbouin ! Si je pouvais sortir sans maman, je serais allée vous trouver.

GENEVIÈVE.

Je vous remercie, mademoiselle, de cette bonne intention.

LÉONIDE.

Pourquoi ne resteriez-vous pas ici? Nous trouverions bien chacune notre petite place dans ma chambre.

BRICHANTEAU, à part.

Elle est mieux que je ne pensais, la petite savante.

GENEVIÈVE.

Vous êtes vraiment bien bonne, mademoiselle.

LÉONIDE.

Nous causerons quand nous ne voudrons pas dormir. Je
vous lirai la dissertation de Gustave Planès. C'est un chef-
d'œuvre! Il est charmant, Gustave Planès. Je vous le
présenterai. Je suis toute prête à vous aimer beaucoup, mademoiselle. (Lui tendant la main.) Et vous ?

BRICHANTEAU, à part, presque ému.

Très gentille, la petite astronome !

GENEVIÈVE, très émue.

Je ne sais pas vous dire combien votre accueil me touche.

LÉONIDE, allant à Brichanteau, très simplement.

N'est-ce pas qu'elle peut rester avec moi ?

SCÈNE XIV

Les Mêmes, MADAME PONTAUBERT.

MADAME PONTAUBERT, entrant très troublée.

Monsieur Pontaubert est au cercle, un jour pareil! (Voyant
Léonide près de Brichanteau, avec joie. Stupéfaite en apercevant Geneviève.)
Mademoiselle Geneviève !

BRICHANTEAU, souriant.

Oui, mademoiselle Geneviève s'est échappée de sa prison.

MADAME PONTAUBERT, effarée.

Échappée !

BRICHANTEAU.

Oui, mademoiselle Geneviève a sauté par la fenêtre.

MADAME PONTAUBERT.

Oh ! mon Dieu ! quel scandale ! Dans une maison aussi respectable ! Je vous accompagnerai, mademoiselle, pour vous excuser.

BRICHANTEAU.

Non, ma chère parente, non. Geneviève ne rentrera pas chez mesdemoiselles Harbouin. Je trouve que c'est une société dangereuse pour les jeunes filles.

MADAME PONTAUBERT.

Oh ! mon cousin !

LÉONIDE.

J'avais pensé que l'on pourrait installer mademoiselle Geneviève dans ma chambre.

MADAME PONTAUBERT, très sechement.

C'est impossible, Léonide.

GENEVIÈVE, vivement.

Je vous suis bien reconnaissante, mademoiselle, mais je vous supplie de ne pas insister.

MADAME PONTAUBERT.

Vous savez combien je m'intéresse à cette chère enfant. Nous trouverons un moyen.

BRICHANTEAU, avec douceur.

Le moyen est tout trouvé, ma cousine. Prenez mon bras, Geneviève.

MADAME PONTAUBERT, stupéfaite.

Vous allez traverser la ville avec mademoiselle ?

BRICHANTEAU.

Je vais conduire Geneviève dans un hôtel, le meilleur. Je lui ferai donner une chambre au soleil...

VI.   7

MADAME PONTAUBERT, avec un air pudique et à mi-voix.

Mais les hôtels de Montauban ne reçoivent pas les demoi-selles seules.

BRICHANTEAU.

Alors, je m'y installerai avec elle.

MADAME PONTAUBERT, encore plus pudique.

Oh ! mon cousin, oh ! on vous recevra bien moins en-core.

BRICHANTEAU.

Il faudra donc que je la ramène à Paris.

MADAME PONTAUBERT, à l'oreille, en baissant les yeux.

Vous voulez la perdre tout à fait de réputation ?

BRICHANTEAU, se contenant à peine.

Mais où me suis-je fourré ?

MADAME PONTAUBERT, bas, avec intérêt.

Attendez au moins que vos sentiments pour une autre personne soient connus.

BRICHANTEAU, étonné.

Quels sentiments ?

MADAME PONTAUBERT.

M. Pontaubert ne vous a rien dit ?

BRICHANTEAU.

Rien du tout.

MADAME PONTAUBERT.

Comment, rien du tout ? Il ne vous a pas dit que vous aviez compromis sa fille ?

BRICHANTEAU.

Moi ?

MADAME PONTAUBERT.

Vingt personnes vous ont vu, à minuit, dans le jardin, en tête à tête avec Léonide, levant tous les deux les bras au ciel.

BRICHANTEAU.

Vers la Grande Ourse !

MADAME PONTAUBERT.

Tout le quartier est scandalisé.

BRICHANTEAU.

Ah ! par exemple ! Le quartier est bien bon !

MADAME PONTAUBERT.

Vous comprenez, n'est-ce pas, l'émotion d'une mère ? M. Pontaubert ! enfin !

SCÈNE XV

LES MÊMES, PONTAUBERT, puis EMBELLINE.

PONTAUBERT, entrant effaré.

Comment, mon ami, vous vous battez pour ma fille ?

BRICHANTEAU.

Moi ?

MADAME PONTAUBERT, avec joie, en lui sautant au cou.

Pour Léonide !

BRICHANTEAU.

Permettez, madame.

PONTAUBERT.

Casimir Bombelles vient de le raconter au cercle.

MADAME PONTAUBERT, vivement.

Qu'a-t-il dit ?

PONTAUBERT.

Il a raconté avec orgueil que le célèbre Brichanteau, de Paris, lui a donné un soufflet.

BRICHANTEAU.

C'est exact.

PONTAUBERT.

Parce qu'il s'était arrêté sous les fenêtres de mademoiselle Pontaubert.

BRICHANTEAU.

Moi, pas du tout, je lui ai dit : « Voilà la réponse à ce que vous m'avez dit ce matin. »

PONTAUBERT.

Toute la ville sait qu'il poursuit Léonide de ses obsessions.

MADAME PONTAUBERT, avec enthousiasme.

Et vous l'avez souffleté ! Oh ! vous êtes bien digne d'être le mari de ma fille !

BRICHANTEAU.

Permettez, madame.

MADAME PONTAUBERT.

C'est beau, le courage.

BRICHANTEAU.

Je voudrais expliquer...

EMBELLINE, rentrant.

Pour mademoiselle Léonide Pontaubert. De la part de M. Brichanteau.

Elle montre un superbe bouquet blanc.

BRICHANTEAU, ahuri.

Comment ?

MADAME PONTAUBERT.

Un bouquet de fiancé ! Oh ! mon cousin ! Quelle façon
délicate de vous déclarer ! C'est bien parisien !

BRICHANTEAU, de même.

C'est madame Tolosate qui a pris sous son bonnet...

MADAME PONTAUBERT, avec émotion, sans l'écouter.

Et je vous accusais...

BRICHANTEAU.

Madame Tolosate : « A la pensée des amours. »

PONTAUBERT, à Brichanteau.

Je n'aurais jamais cru que c'était vrai, ma femme avait
raison.

BRICHANTEAU.

C'est madame Tolosate !

SCÈNE XVI

Les Mêmes, SAVOURETTE, GONTRAN.

SAVOURETTE, entrant, à la fois ému et joyeux.

J'apprends que vous vous mariez.

BRICHANTEAU, exaspéré.

Ah ! celui-ci, par exemple...

GONTRAN, stupéfait, à part.

Monsieur s'est laissé pincer.

SAVOURETTE.

Permettez-moi de vous féliciter.

BRICHANTEAU, furibond.

Monsieur Savourette, vous n'êtes pas un père, vous, ni une mère, ni une jeune fille, je n'ai pas à vou ménager.

SAVOURETTE, l'interrompant.

Je viens vous supplier de reprendre votre appartement.

BRICHANTEAU.

Hein?

MADAME PONTAUBERT.

Comment?

BRICHANTEAU.

Qu'avez-vous dit, monsieur Savourette?

SAVOURETTE.

Je renouvelle votre bail pour vingt ans. On ne dira plus que je suis jaloux!

BRICHANTEAU.

Ah! je vous promets le repos que méritent les belles âmes.

SAVOURETTE, avec émotion.

Merci.

MADAME PONTAUBERT.

Vous songez à retourner à Paris?

BRICHANTEAU.

Si j'y songe!

SAVOURETTE, le prenant à part.

J'avais déjà supplié ma femme de céder... par le télégraphe. Elle y met une condition...

BRICHANTEAU, le regardant.

Laquelle?

SAVOURETTE.

C'est que vous me ferez décorer.

BRICHANTEAU.

Vous aussi !

SAVOURETTE.

Comment, moi aussi ?

ACTE TROISIÈME

Décor du premier acte.

.

SCÈNE PREMIÈRE.

BRICHANTEAU, GONTRAN, puis SAVOURETTE.

Brichanteau assis devant la fenêtre, tournant le dos à la porte de l'antichambre, fume avec délices, en regardant le boulevard. — Gontran entre avec une lettre et s'arrête, sans refermer la porte, pour contempler Brichanteau.

GONTRAN, s'avançant de quelques pas.

Il écoute les bruits du boulevard.

Savourette paraît à la porte. Gontran lui fait signe de ne pas parler. — Savourette étonné, s'avance à pas de loup.

GONTRAN, à voix basse.

Si vous voulez voir un homme heureux, — vous n'en avez peut-être jamais vu, — regardez monsieur !

SAVOURETTE.

Il rêve à sa fiancée !

GONTRAN, bas.

Quelle fiancée ?

SAVOURETTE.

Mademoiselle Pontaubert.

GONTRAN.

Ah! oui !

SAVOURETTE.

Charmante jeune fille !

GONTRAN.

Oui.

SAVOURETTE.

Ne le dérangez pas.

GONTRAN, avec conviction.

Ce serait un cas de conscience !

SAVOURETTE.

Madame Savourette m'avait prié de venir lui demander s'il avait vu le ministre.

GONTRAN.

Le ministre ?

SAVOURETTE.

Pour lui parler de moi.

GONTRAN.

Je ne crois pas.

SAVOURETTE.

Je viens trop tôt.

GONTRAN.

Monsieur n'est arrivé que cette nuit.

SAVOURETTE.

Je le disais à madame Savourette... C'est trop tôt. (Regardant Brichanteau.) Il rêve à sa fiancée ! Ne le dérangez pas.

GONTRAN.

Soyez tranquille, monsieur.

SAVOURETTE, à la porte.

Je reviendrai ! Je reviendrai.

Savourette sort, Gontran reste en extase devant son maître.

SCÈNE II

BRICHANTEAU, GONTRAN, puis EMBELLINE.

BRICHANTEAU, sans bouger.

Gontran ?

GONTRAN, au milieu.

Monsieur !

BRICHANTEAU.

Est-ce que je suis allé à Montauban ?

GONTRAN.

Oui, monsieur ; mais monsieur en est revenu.

BRICHANTEAU.

Je croyais avoir rêvé.

GONTRAN.

Monsieur doit se rappeler...

BRICHANTEAU.

Je ne me rappelle rien, je ne pense à rien. Je trouve qu'il est doux de vivre.

GONTRAN.

Monsieur a de si bons cigares !

BRICHANTEAU.

J'avais les mêmes à Montauban... Voilà l'influence des milieux... Appelez donc Geneviève.

GONTRAN, à part.

C'est la troisième fois depuis ce matin ! (Haut.) Mais, monsieur, mademoiselle Geneviève n'est pas ici !

BRICHANTEAU.

Ah ! oui ! C'est vrai !

Il se remet à regarder le boulevard. Embelline paraît à la porte de l'antichambre.

GONTRAN, surpris.

Mademoiselle Embelline !... (Il lui fait signe de se taire, et la prenant par la main avec mystère, il la fait avancer de quelques pas.) Si vous voulez voir un homme heureux, — vous n'en avez peut-être jamais vu, — regardez monsieur !

EMBELLINE, étonnée.

Il fume en dormant.

GONTRAN.

Il ne dort pas, il écoute les bruits du boulevard. (Toujours à voix basse.) Comment êtes-vous ici ?

EMBELLINE.

Nous sommes arrivés ce matin.

GONTRAN, galant.

Je regrette bien que nous n'ayons pas voyagé dans le même train.

EMBELLINE, pudique.

Il paraît que les fiancés ne peuvent pas voyager ensemble.

GONTRAN.

Est-ce bête !

EMBELLINE.

Madame m'envoie demander à monsieur...

BRICHANTEAU, toujours sans bouger.

Gontran !

GONTRAN.

Monsieur !

BRICHANTEAU.

Que fais-tu ici ?

GONTRAN, embarrassé.

Monsieur...

BRICHANTEAU.

Tu me gènes.

GONTRAN, s'enhardissant.

Je venais dire à monsieur que sa future belle-mère...

BRICHANTEAU, sautant sur son fauteuil, puis se remettant à sourire.

Vous avez des mots drôles, vous.

GONTRAN.

C'est sans le savoir, monsieur.

BRICHANTEAU, avec calme.

Continuez.

GONTRAN.

Madame Pontaubert...

BRICHANTEAU, inquiet.

Elle est à Paris ?

GONTRAN.

La famille est arrivée, ce matin, tout entière.

BRICHANTEAU.

Ils m'ont suivi !... C'est adorable ! Continuez, Gontran.

GONTRAN.

Madame Pontaubert envoie mademoiselle Embelline...

BRICHANTEAU.

Ils ont emmené la bonne! C'est divin! Où est-elle, mademoiselle Embelline?

GONTRAN.

La voici, monsieur.

BRICHANTEAU, la regardant.

Ah!

EMBELLINE, très timidement.

Madame m'envoie demander à monsieur...

BRICHANTEAU, l'interrompant et la regardant toujours.

Vous n'aviez pas cette jolie frimousse à Montauban.

EMBELLINE, naïvement.

Si, monsieur!

BRICHANTEAU.

Non. C'est l'influence des milieux.

EMBELLINE.

Madame m'envoie demander à monsieur à quelle heure monsieur pourra la recevoir.

BRICHANTEAU, avec calme.

Ah! mon Dieu! Ici, devant cette fenêtre, quand je suis prévenu, je peux tout braver. Savez-vous ce qu'elle a de si urgent à me dire, madame Pontaubert?

EMBELLINE.

Elle veut sans doute parler à monsieur de la corbeille.

BRICHANTEAU, sautant.

Ah! (Avec calme.) Vous aussi, vous avez des mots drôles.

EMBELLINE, toujours très timide.

Que répondrai-je à madame?

BRICHANTEAU.

Répondez-lui que je la recevrai toujours avec joie.

EMBELLINE.

Madame sera bien heureuse ! Elle est si contente quand elle calcule que l'on pourra fixer le jour de la noce.

BRICHANTEAU.

Déjà ?

EMBELLINE, avec inquiétude.

Monsieur veut retarder ?

BRICHANTEAU, étonné.

Est-ce que cela vous intéresse, mademoiselle Embelline ?

EMBELLINE.

Oui, monsieur... M. Gontran m'a promis de m'épouser le même jour.

BRICHANTEAU.

Ah ! le traître !

EMBELLINE, en sortant, bas, à Gontran.

Est-ce que nous ne pourrions pas nous marier avant lui ?

GONTRAN, vivement.

Oh ! non ! ça le blesserait.

SCÈNE III

BRICHANTEAU, GONTRAN.

BRICHANTEAU.

Oh ! Paris, mon adorable Paris ! Comme tu remets vite les choses en place ! Comme les petits événements que la

province grossit reprennent vite leurs vraies proportions!...
Gontran!

GONTRAN.

Monsieur!

BRICHANTEAU.

Appelez donc Geneviève.

GONTRAN.

Mais, monsieur, mademoiselle Geneviève n'est pas ici.

BRICHANTEAU.

Ah! oui, c'est vrai! M. de Fougerolles n'est pas venu?

GONTRAN.

Pas encore, monsieur.

BRICHANTEAU.

Je n'ai pas de lettres?

GONTRAN.

Il y en a une de Montauban.

BRICHANTEAU, souriant.

De Montauban?

GONTRAN.

Je négligeais de la donner à monsieur!

BRICHANTEAU, après l'avoir ouverte.

On m'envoie le bulletin de la santé de Casimir Bombelles.

GONTRAN.

Il paraît que monsieur lui a donné un bien joli coup
d'épée dans l'estomac.

BRICHANTEAU.

Je n'ai pas appuyé... ce ne sera rien,

GONTRAN.

Monsieur ignore que madame Pontaubert avait prévenu les gendarmes.

BRICHANTEAU.

Bah !

GONTRAN.

C'est moi qui les ai dépistés. J'ai prêté un paletot de monsieur au jardinier qui ressemble un peu à monsieur, vu de dos... j'ai mis deux bâtons sous ma jaquette, et en passant devant la gendarmerie, j'ai dit d'une voix inquiète : « Soyez prudent, mon cher... »

BRICHANTEAU, riant.

Mon cher Brichanteau !

GONTRAN.

Je n'osais pas le répéter. Les gendarmes nous ont suivis, et monsieur a pu se battre tranquille.

BRICHANTEAU.

Vous êtes ingénieux.

GONTRAN.

Quand monsieur me rend justice, c'est comme s'il augmentait mes gages.

BRICHANTEAU.

Je les augmenterai.

GONTRAN.

J'en suis flatté, mais ce n'est pas l'argent qui m'attache à monsieur. On m'a offert cinq mille francs chez un ancien droguiste, qui veut faire le prince. J'ai refusé. (Avec noblesse.) Je ne consentirai jamais à servir que mes égaux.

BRICHANTEAU, étonné.

Qu'appelez-vous vos égaux ?

GONTRAN.

Les vrais hommes du monde, comme monsieur !

BRICHANTEAU, riant.

Donnez-moi un cigare.

GONTRAN.

Oui, monsieur.

BRICHANTEAU.

Et du feu !

GONTRAN.

Oui, monsieur.

BRICHANTEAU.

Maintenant, dites à Geneviève...

GONTRAN.

Mais...

BRICHANTEAU.

Oui, je suis distrait. (A part.) Un garçon intelligent et dévoué serait allé prendre des nouvelles de Geneviève, de son propre mouvement... (Le regardant.) Il est idiot !

GONTRAN.

Monsieur me parle ?

BRICHANTEAU.

Non.

GONTRAN, à part.

Les voyages ne lui réussissent pas ! (Frédéric paraît à la porte.) Monsieur de Fougerolles.

Il sort a gauche.

SCÈNE IV

BRICHANTEAU, FRÉDÉRIC.

BRICHANTEAU, avec joie.

Fougerolles !

FRÉDÉRIC, venant à lui gaiement.

Vous avez donc reconquis votre appartement ?

BRICHANTEAU.

Oui, mon ami, oui, M. Savourette m'a prié, à genoux, de rentrer chez moi.

FRÉDÉRIC.

C'est admirable.

BRICHANTEAU.

D'autant plus admirable qu'il avait trouvé la photographie de sa femme dans une de mes potiches.

FRÉDÉRIC.

Ah bah !

BRICHANTEAU.

Il est venu me demander à Montauban ce qu'il fallait en penser.

FRÉDÉRIC.

Que lui avez-vous répondu ?

BRICHANTEAU.

Que je m'en rapportais à l'explication qui lui en avait été donnée par madame Savourette.

FRÉDÉRIC.

Quelle explication ?

BRICHANTEAU.

Je ne sais pas.

FRÉDÉRIC.

Elle s'est donc radoucie, madame Savourette ?

BRICHANTEAU.

Elle veut que je fasse décorer son second mari !

FRÉDÉRIC.

Comme l'autre ?

BRICHANTEAU.

Comme l'autre. Elle a de la suite dans les idées.

FRÉDÉRIC.

Enfin, vous triomphez, je vous en félicite, et vous allez
peut-être aimer les voyages comme tout le monde.

BRICHANTEAU.

Moi ? J'ai subi de Paris à Montauban, en moins de vingt-
quatre heures, plus de rebuffades, plus de réponses malson-
nantes, plus de visages renfrognés, plus d'agacements sau-
grenus, que chez moi pendant toute mon existence !

FRÉDÉRIC.

Oh ! vous exagérez !

BRICHANTEAU.

Oh ! je sais bien, rien ne vous rebute, Parisiens extraor-
dinaires que vous êtes, quand il faut aller jouer aux petits
chevaux sur une plage, grimper les mêmes montagnes
arides, ou visiter les mêmes pays maussades, et vous ne
vous apercevez pas que vous avez, sous un climat excellent,
une ville aimable et souriante, qui vous donne tous les
plaisirs de l'hiver et tous les charmes de l'été avec ses
Champs-Élysées et son Bois de Boulogne, la ville la plus
hospitalière du monde et la plus calme, quoi qu'on en dise,

parce qu'on s'y sent protégé par l'air ambiant du boulevard,
spirituel et sceptique, — un paradis, moins la sainteté. —
Non, non, mille fois non, je n'aimerai jamais les voyages.

FRÉDÉRIC.

Je n'ose plus vous demander ce que vous pensez de la
province.

BRICHANTEAU.

Elle a du bon.

FRÉDÉRIC.

Ah !

BRICHANTEAU.

On n'y a pas d'existence propre ; on représente une frac-
tion d'un tout qui s'appelle Montauban... ou autre chose.
Tout ce qui se passe à Montauban vous regarde et tout ce
que vous faites regarde Montauban. Vous ne pourriez pas
avoir un plaisir pour vous seul, ni une petite misère à part.
Les choses désagréables se généralisent et tombent comme
la pluie. Rien ne peut vous en garer, mais il y en a pour
tout le monde ! C'est adorable !

FRÉDÉRIC.

Pourtant, le bruit a couru au club que vous alliez vous
y marier.

BRICHANTEAU.

Comment répondre de soi, dans un pays où l'on compro-
met les demoiselles en regardant la Grande Ourse, où l'on
se bat pour les jeunes filles sans le savoir, et où les bouquets de fiancés arrivent tout seuls ! Oui, mon ami, oui. J'ai
en ce moment un beau-père futur, une belle-mère future,
et une femme future, malgré moi.

FRÉDÉRIC.

Et comment l'histoire finira-t-elle ?

BRICHANTEAU.

Je n'en sais rien. Je ne m'en inquiète plus.

FRÉDÉRIC.

Savez-vous qu'au club il y a des paris ?

BRICHANTEAU.

Allons donc !

FRÉDÉRIC.

On prend généralement votre future à cent contre un.

BRICHANTEAU, vivement.

C'est une plaisanterie que je ne tolérerai point.

FRÉDÉRIC.

Ne mettez pas flamberge au vent.

BRICHANTEAU.

J'ai affaire à un père et à une mère ridicules; mais il y a
aussi une jeune fille de dix-huit ans qui est charmante,
qui a été très bonne avec Geneviève, et je ne souffrirai pas
une seule allusion désobligeante pour elle.

FRÉDÉRIC.

Vous n'empêcherez pas de trouver drôle ce qui vous
arrive ?

BRICHANTEAU.

Je le trouve drôle moi-même, archi-drôle, personne ne le
trouve plus drôle que moi, mais je défends qu'on en rie.

FRÉDÉRIC.

Je n'en rirai plus, cher ami.

BRICHANTEAU.

Vous ne me demandez pas des nouvelles de Geneviève ?

FRÉDÉRIC.

Elle est restée dans le Midi ?

BRICHANTEAU.

Elle est revenue avant moi.

FRÉDÉRIC.

Seule ?

BRICHANTEAU.

J'ai été atteint dans le Tarn-et-Garonne d'un si prodi-gieux respect pour les convenances, que je ne me serais pas permis de voyager avec une demoiselle, de peur de scandaliser les chefs de gare et les surveillants de la ligne... Voilà où j'en suis arrivé ; et comme je ne voulais sous aucun prétexte la laisser à madame Pontaubert, comme j'avais un duel le lendemain...

FRÉDÉRIC.

Vous avez eu un duel?

BRICHANTEAU.

Avec un imbécile... rien ne m'a manqué... j'ai confié cette pauvre mignonne à un juge de Montauban, qui venait à Paris avec sa femme, pour voir sa belle-mère. Est-ce assez correct? Et vous voyez, elle n'est pas chez moi. Le juge, qui est un homme charmant, il y en a aussi, m'a offert de la garder quelques jours chez sa belle-mère jus-qu'au moment où j'aurai découvert une gouvernante. Vous n'en connaissez pas ?

FRÉDÉRIC.

Non.

BRICHANTEAU.

Ah ! M. Savourette ! M. Savourette va nous distraire.

SCÈNE V

Les Mêmes, SAVOURETTE.

BRICHANTEAU.

A quelle bonne fortune dois-je l'honneur de votre visite, monsieur Savourette?

SAVOURETTE.

Monsieur, je viens d'abord vous rapporter votre bail.

BRICHANTEAU.

Il est le bienvenu, je vais le serrer précieusement.

SAVOURETTE, se tournant vers Frédéric.

Vous le voyez, monsieur, les bruits que les journaux ont fait courir étaient absurdes. Voici M. Brichanteau réintégré dans son domicile, et je n'en suis pas jaloux, je n'ai aucune raison de l'être.

FRÉDÉRIC, gravement.

J'en ai toujours été convaincu, monsieur.

SAVOURETTE.

Merci. Ma femme m'avait prié de vous demander... mais c'est trop tôt... Vous n'avez pas pu voir le ministre?

BRICHANTEAU.

Non, pas encore.

SAVOURETTE.

Je veux seulement vous donner mes titres à la distinction que je sollicite.

BRICHANTEAU.

Je les connais, monsieur Savourette.

SAVOURETTE.

J'ai fabriqué trois mille et quelques bustes politiques en zinc.

BRICHANTEAU.

Vous avez droit à la reconnaissance du pays.

SAVOURETTE, modestement.

Il me semble.

FRÉDÉRIC.

Assurément.

SAVOURETTE, ravi.

N'est-ce pas ? (A Brichanteau.) Je peux maintenant vous considérer comme un ami ?

BRICHANTEAU, souriant.

A terme.

SAVOURETTE.

Ce sont les plus sûrs. Je voudrais vous adresser une question confidentielle.

BRICHANTEAU.

Encore !

FRÉDÉRIC.

Je me retire.

SAVOURETTE.

Ce ne sera pas long.

BRICHANTEAU, prenant Frédéric à part.

La belle-mère de mon juge demeure boulevard Malesherbes, 45 ; tâchez donc de savoir adroitement comment se porte Geneviève, et revenez me le dire.

FRÉDÉRIC.

Comptez sur moi.

Il sort.

SCÈNE VI

BRICHANTEAU, SAVOURETTE.

BRICHANTEAU, revenant à Savourette.

Je suis tout oreilles, monsieur Savourette.

SAVOURETTE.

Pourquoi, à Montauban, m'avez-vous dit : « Vous aussi ?»

BRICHANTEAU, embarrassé.

Pourquoi? Parce que M. Valageot, votre prédécesseur légitime, voulait aussi être décoré.

SAVOURETTE, avec joie.

C'est vrai ?

BRICHANTEAU.

Absolument vrai.

SAVOURETTE.

Et il voulait être préfet ?

BRICHANTEAU.

Il voulait tout.

SAVOURETTE.

Alors, c'est lui qui vous a donné la photographie de madame Valageot pour la montrer au ministre ?

BRICHANTEAU.

Précisément.

SAVOURETTE.

Est-ce l'usage ?

VI.   8

BRICHANTEAU.

Cela dépend... des ministres... il en est qui, dans un préfet, n'apprécient que la préfète.

SAVOURETTE, lui sautant au cou.

Ah ! mon ami ! Ah ! mon ami !

BRICHANTEAU, étonné.

Quoi donc?

SAVOURETTE.

Vous me donnez les mêmes explications que madame Savourette !

BRICHANTEAU.

Naturellement.

SAVOURETTE, très joyeux.

Est-ce que vraiment ce Valageot avait aussi des titres?

BRICHANTEAU.

Il avait les mêmes.

SAVOURETTE.

Comment, les mêmes ?

BRICHANTEAU.

Ou à peu près. Vous voilà donc calme, monsieur Savourette?

SAVOURETTE, se rembrunissant.

Je le serais complètement s'il ne restait un nuage.

BRICHANTEAU.

Quel nuage, monsieur Savourette?

SAVOURETTE.

Quand j'ai annoncé à madame Savourette que vous alliez épouser mademoiselle Pontaubert, elle est devenue rouge; et puis pâle.

BRICHANTEAU.

C'est l'étonnement.

SAVOURETTE.

Elle m'a déclaré brusquement, sans réfléchir, que j'étais un sot.

BRICHANTEAU.

Sans réfléchir?

SAVOURETTE.

Et que vous ne vous marieriez jamais.

BRICHANTEAU.

Elle est très fine, madame Savourette.

SAVOURETTE, inquiet.

Pourquoi très fine?

BRICHANTEAU.

N'est-ce pas votre avis?

SAVOURETTE.

Si, vraiment; mais elle se trompe.

BRICHANTEAU.

Vous croyez?

SAVOURETTE.

Votre mariage n'est plus un mystère, votre future belle mère m'a déjà fait demander si je n'aurais pas un appartement pour elle dans ma maison?

BRICHANTEAU.

Près de moi?... Elle en est capable.

SAVOURETTE.

J'en ai un sur la cour, au même étage; on ouvrira une porte de communication...

BRICHANTEAU.

Hein ?

SAVOURETTE.

A mes frais.

BRICHANTEAU.

Vous me comblez.

SAVOURETTE.

Vous avez l'air de plaisanter.

BRICHANTEAU.

Oh ! monsieur Savourette, voyez donc mon sérieux.

SAVOURETTE.

C'est que votre mariage est nécessaire à mon repos.

BRICHANTEAU.

Il fallait donc le dire !

GONTRAN, annonçant.

Monsieur et madame Pontaubert.
Madame Pontaubert paraît, suivie de Pontaubert.

SAVOURETTE, ravi.

Je vais être fixé.

BRICHANTEAU, à part.

Diable ! Ils ont une majesté inquiétante.

SCÈNE VII

BRICHANTEAU, SAVOURETTE, MADAME PONTAUBERT, PONTAUBERT.

SAVOURETTE, à madame Pontaubert.

Madame !

MADAME PONTAUBERT, à Savourette.

Vous n'êtes pas de trop, monsieur Savourette. (On s'assied avec gravité.) Mon cousin, depuis le jour où vous vous êtes déclaré d'une façon si délicate, vous avez gardé une réserve qui étonne nos amis, mais que je comprends; elle est dans vos habitudes d'homme du monde raffiné. Quand on a la légitime prétention, n'est-ce pas, d'être un original d'esprit, on ne peut pas se marier comme tout le monde. Seulement la réputation de ma fille a été si gravement atteinte qu'il nous était impossible de rester à Montauban après votre départ. C'est vous dire qu'il faut hâter une union qui nous comble de joie.

SAVOURETTE.

Très bien.

MADAME PONTAUBERT, à Pontaubert.

Parlez donc, Baptistin.

PONTAUBERT, haut.

Elle nous comble de joie, cher ami.

SAVOURETTE.

Je vous demande la permission de m'y associer.

MADAME PONTAUBERT, bas, à Pontaubert.

Cela ne suffit pas.

PONTAUBERT.

Je trouve que nous sommes absurdes.

MADAME PONTAUBERT, furieuse, mais embarrassée par le silence de Brichanteau.

Léonide viendra nous retrouver un peu plus tard... Nous pouvons, en attendant, causer un peu de la corbeille. Cette chère enfant visite en ce moment avec Embelline les bijoutiers de la rue de la Paix, pour se former une opinion. Je ne vous conseillerai jamais de faire des folies.

VI.   8.

BRICHANTEAU.

Je demande à présenter quelques observations prélimi-
naires.

PONTAUBERT.

C'est votre droit, mon cher Brichanteau.

MADAME PONTAUBERT.

Nous savons, Baptistin et moi, ce que nous devons
attendre d'un gentleman tel que vous.

SAVOURETTE.

Très bien.

BRICHANTEAU, très gravement, et avec la plus exquise politesse.

Vous m'avez proposé d'aller passer quelques jours dans
le Midi. J'ai eu la déplorable faiblesse d'accepter.

MADAME PONTAUBERT, stupéfaite.

Mon cousin...

BRICHANTEAU, de même.

Mais je suis trop gentleman pour le regretter. Il vous a
plu de penser, à vous, madame, en particulier, et à la ville
de Montauban, en général, que je songeais à me marier.

MADAME PONTAUBERT.

Comment devions-nous interpréter vos assiduités auprès
de Léonide?

BRICHANTEAU.

J'ai trouvé mademoiselle Pontaubert charmante.

SAVOURETTE.

Ah!

BRICHANTEAU.

Je ne m'en dédis pas. J'ai causé avec elle de sciences
abstraites, du Capricorne et du Petit Chien...

MADAME PONTAUBERT.

De Vénus et de Jupiter.

BRICHANTEAU.

Aussi. Voilà ce qui m'oblige à épouser mademoiselle
votre fille.

MADAME PONTAUBERT.

Mais...

BRICHANTEAU, vivement.

Mais je suis trop gentleman pour m'en plaindre.

SAVOURETTE.

Très bien.

BRICHANTEAU, sur le même ton.

Mademoiselle Pontaubert ne songe pas à m'aimer; je ne
songe pas à aimer mademoiselle Pontaubert. Je suis né
pour le célibat... Me marier me serait horriblement désagréable.

MADAME PONTAUBERT, interloquée.

Mais...

BRICHANTEAU.

Mais je suis trop gentleman pour hésiter. Je me marierai, madame.

SAVOURETTE.

Très bien.

BRICHANTEAU.

Mes amis du club me plaisantent déjà : ils disent que
je me suis laissé prendre dans vos filets. Les uns croient
à mon hymen, les autres n'y croient pas. Les paris sont
ouverts, comme aux courses : on prend ma fiancée à cent
contre un : je ne le tolérerai pas. J'aurai des duels : je
serai peut-être blessé grièvement, plusieurs fois, je serai

peut-être tué, mais ça ne m'arrêtera pas, je suis trop
gentleman pour m'en effrayer ; je me marierai, madame.

SAVOURETTE.

Très bien.

BRICHANTEAU.

Il me sera impossible de devenir un modèle avec une
femme que j'aurai épousée seulement comme gentleman.
Je devine qu'il m'arrivera la mésaventure qu'on n'aura
jamais mieux méritée.

MADAME PONTAUBERT.

Monsieur... ma fille...

BRICHANTEAU, l'interrompant.

Mais vous l'avez dit, je suis trop gentleman pour reculer
devant cette misère.

SAVOURETTE, avec élan.

Très bien.

BRICHANTEAU.

Et je m'immole d'avance avec grâce, puisque vous m'y
condamnez ; je me marierai, madame, mais un peu plus
loin, n'est-ce pas ?... dans des pays assez sauvages pour
que nous puissions tous y braver le ridicule.

MADAME PONTAUBERT, qui ne pouvait plus se contenir, prête
à se pâmer.

Oh ! Monsieur ! Oh ! Monsieur !

SAVOURETTE, étonné.

Qu'avez-vous, madame ? monsieur ne refuse pas.

MADAME PONTAUBERT, éclatant.

Et monsieur Pontaubert ne trouve rien à répondre ?

PONTAUBERT, jouant la colère.

Aménaïde, je cherche des expressions assez violentes pour rendre ma pensée.

MADAME PONTAUBERT, à Brichanteau.

Ah ! monsieur. Vous n'êtes plus ce que vous étiez à Montauban.

BRICHANTEAU.

Mais si, madame, à peu près.

MADAME PONTAUBERT.

Je n'abaisserai pas ma dignité de mère en insistant. (Avec des larmes,) Je n'en aurais pas la force.

BRICHANTEAU.

Ah ! la scène des larmes, je n'avais pas prévu ça.

MADAME PONTAUBERT.

Vous avez bouleversé l'âme d'une jeune fille, et scandalisé tout un département.

BRICHANTEAU.

Mais non, madame !

MADAME PONTAUBERT.

Demain, vous regretterez vos paroles de tout à l'heure. Venez, Baptistin, M. Brichanteau épousera ma fille. On ne peut parler avec cette insolence qu'à sa belle-mère !

SCÈNE VIII

BRICHANTEAU, SAVOURETTE.

SAVOURETTE, à Brichanteau.

Elle a tort de se préoccuper. Vous ne refusez pas ?

BRICHANTEAU.

Mais, monsieur, de quoi vous mêlez-vous ?

SAVOURETTE.

Je suis intéressé dans la question. Relisez votre bail, j'y ai ajouté quelques clauses nouvelles.

BRICHANTEAU.

Pour m'obliger à épouser mademoiselle Pontaubert ?

SAVOURETTE.

Il est résiliable de plein droit, si vous n'êtes pas marié dans deux mois.

BRICHANTEAU, étonné.

Oh !

SAVOURETTE.

Je ne veux plus de célibataires dans mes immeubles.

BRICHANTEAU, de même.

Allons donc !

Il va chercher son bail.

SAVOURETTE.

Pas pour moi... pour ceux de mes locataires qui ont des filles. Le quatrième en a cinq.

Il lui montre la clause du doigt.

BRICHANTEAU.

Vous n'avez pas eu l'aplomb d'inscrire cette clause ridicule ?

SAVOURETTE.

Si, monsieur, un propriétaire a le droit d'insérer les clauses qu'il lui plaît.

BRICHANTEAU.

Quand elles sont absurdes ?

SAVOURETTE.

Rien n'est absurde en France, quand c'est inscrit sur papier timbré.

BRICHANTEAU.

Je serai forcé de me marier ?

SAVOURETTE.

Ou de partir.

BRICHANTEAU.

Je plaiderai.

SAVOURETTE.

Vous perdrez.

BRICHANTEAU.

J'irai en appel... j'irai en cassation.

SAVOURETTE.

Vous perdrez. (Avec persuasion.) Et pourquoi n'épouseriez-vous pas mademoiselle Pontaubert ? Elle est charmante ; et vous avez vu à quoi on s'expose en voulant garder irrégulièrement chez soi... même sans mauvaise intention... de jeunes demoiselles...

BRICHANTEAU, vivement.

N'achevez pas.

SAVOURETTE.

J'aurais pu vous l'interdire.

BRICHANTEAU.

Sortez.

SAVOURETTE.

Monsieur !

BRICHANTEAU.

Sortez !... ou je vous jette à la porte !

SAVOURETTE, effrayé.

Monsieur !

FRÉDÉRIC, entrant.

Qu'avez-vous ?

BRICHANTEAU.

Rien... j'achevais de causer avec monsieur Savourette.

SAVOURETTE, rassuré.

Monsieur, j'ai pour principe qu'un propriétaire doit toujours se faire respecter de ses inférieurs. (Fausse sortie.) J'entends, par inférieurs, les locataires.

Il sort furieux.

SCÈNE IX

BRICHANTEAU, FRÉDÉRIC.

FRÉDÉRIC, stupéfait.

Que vous est-il arrivé ?

BRICHANTEAU.

Ce qui m'est arrivé ? On me poursuit, mon ami, on me
menace, on s'évanouit dans mes bras, et Savourette insère
dans mon bail que je dois être marié dans le délai de
deux mois, et il soutient que cette clause est valable ! et
je ne me sens plus la force de résistance que je me sup-
posais. Je ne suis plus l'homme heureux et fort qui n'avait
jamais quitté Paris. J'ai de l'air de la province dans les
poumons. Avez-vous vu Geneviève ?

FRÉDÉRIC.

Non.

BRICHANTEAU.

Vous avez de ses nouvelles ?

FRÉDÉRIC.

J'allais en demander, lorsque est apparue une vieille dame irritée.

BRICHANTEAU.

La belle-mère du juge ?

FRÉDÉRIC.

Qui m'a dit d'une voix terrible : « Monsieur, ma maison n'est pas ce que vous pourriez croire d'après les agissements de mon gendre. »

BRICHANTEAU, stupéfait.

Comment ?

FRÉDÉRIC.

Voilà tout ce que j'ai pu savoir.

BRICHANTEAU.

Dans quel guêpier ai-je encore une fois fourré cette chère mignonne ? Je ne pourrai donc rien faire de bien... (S'arrêtant et allant tout à coup à Frédéric, très sérieux.) Fougerolles, quand je vous ai proposé d'épouser Geneviève, vous vous êtes récrié.

FRÉDÉRIC, embarrassé.

Récrié, c'est beaucoup dire.

BRICHANTEAU.

Si, si, récrié... et je vois pourquoi, maintenant. Il est difficile, n'est-ce pas, d'épouser une jeune fille qui a grandi chez moi ?

FRÉDÉRIC.

Je serai sincère. — Oui. Vous connaissez notre monde. Sur certain point, il est presque de Montauban.

BRICHANTEAU.

Eh bien ! Fougerolles, cet obstacle va disparaître.

VI.   9

FRÉDÉRIC.

Comment ?

BRICHANTEAU.

Oh ! le plus simplement du monde : j'adopte Geneviève.

FRÉDÉRIC.

Vous ?

BRICHANTEAU.

Oui.

FRÉDÉRIC.

A votre âge !

BRICHANTEAU.

Je remplirai plus tard les formalités nécessaires. En attendant, j'assure aujourd'hui même à Geneviève la moitié de ma fortune.

FRÉDÉRIC,

Vous vous dépouilleriez à trente-cinq ans ?

BRICHANTEAU.

On ne s'étonnera plus que j'aie chez moi une fille adoptive. (Avec joie.) Voilà une idée que j'aurais dû avoir depuis longtemps. C'est la vraie solution, la seule. Personne ne refuserait, n'est-ce pas, d'épouser la fille de Brichanteau ?

FRÉDÉRIC.

Assurément non.

BRICHANTEAU.

Jolie comme elle est, et riche héritière.

FRÉDÉRIC.

Ce sera un parti superbe.

BRICHANTEAU.

Je l'espère bien. Ainsi voilà qui est convenu, vous

épousez Geneviève. (Lui prenant la main.) J'aurai fait votre
bonheur à tous les deux. On ne dira pas que vous faites
un mariage d'argent. Vous épousez la fille adoptive de
votre meilleur ami. J'ai déjà remarqué, d'ailleurs, que
Geneviève avait de l'amitié pour vous.

FRÉDÉRIC.

De l'amitié... peut-être.

BRICHANTEAU.

Et que voulez-vous de plus de cette enfant? Attendez.
(Changeant de ton.) Il me vient une idée admirable, je suis
en veine. Je vous garde avec moi tous les deux. Vous
vous marierez dans le délai de deux mois : je vous cède
mon bail. Savourette n'a rien à dire, et je reste comme
grand-père !

FRÉDÉRIC.

Mais...

BRICHANTEAU.

Grand-père ! grand-père adoptif. Ce sera charmant.
(Geneviève paraît à la porte. — Avec joie.) Voici Geneviève. (Bas, à
Frédéric.) Laissez-moi seul avec elle. (Haut.) Entrez, Geneviève;
je n'ai pas à vous présenter Frédéric de Fougerolles.

GENEVIÈVE, gaiement.

Oh! non! monsieur de Fougerolles est un ami pour
moi. N'est-ce pas ?

Elle lui tend la main,

FRÉDÉRIC.

Et j'en suis très flatté, mademoiselle.

BRICHANTEAU, avec intention.

A bientôt, Fougerolles.

FRÉDÉRIC, en sortant.

Certainement, elle est adorable !

Il sort.

SCÈNE X

BRICHANTEAU, GENEVIÈVE.

BRICHANTEAU.

Vous voilà donc, Geneviève? Mais d'abord, ôtez votre chapeau, que je vous revoie comme je vous ai toujours vue dans ce salon.

GENEVIÈVE, vivement.

Voilà ! (En ôtant son chapeau.) J'ai bien pensé à la joie que vous avez dû avoir en rentrant chez vous.

BRICHANTEAU.

Oui, ma joie a été grande, et pourtant, je... je ne retrouvais plus le charme indéfini auquel je m'étais habitué sans m'en apercevoir. Il me manquait quelque chose; c'était vous, Geneviève !

GENEVIÈVE, avec joie.

Je vous manquais ?

BRICHANTEAU.

Les égoïstes sont terribles !

GENEVIÈVE.

Je suis bien contente de penser que je tenais une petite place au milieu de tous vos jolis bibelots.

BRICHANTEAU.

Vous êtes le rayon de soleil qui donne à tout ici la lumière, le sourire et la vie.

GENEVIÈVE, essayant de cacher son émotion.

Vous aviez prémédité de me bien recevoir.

BRICHANTEAU.

Regardez-vous donc, et jugez vous-même si tout ne doit pas changer quand vous êtes là ?

GENEVIÈVE.

Elle serait bien heureuse, votre petite Geneviève, si elle se croyait bonne à quelque chose en ce monde.

BRICHANTEAU.

Ma petite Geneviève est une grande personne avec laquelle il faudra compter maintenant.

GENEVIÈVE, gaiement.

Oh ! mon Dieu ! vous m'effrayez !

BRICHANTEAU.

Et d'abord...

Il s'arrête.

GENEVIÈVE.

D'abord ?

BRICHANTEAU.

J'ai à vous annoncer une grande nouvelle.

GENEVIÈVE.

Ah !

BRICHANTEAU, hésitant.

Je... je veux... je veux avant tout vous remercier d'être venue.

GENEVIÈVE.

Vous m'aviez fait demander.

BRICHANTEAU, étonné.

Moi ?

GENEVIÈVE.

On m'a dit que vous vouliez me parler tout de suite.

BRICHANTEAU.

Qui ?

GENEVIÈVE.

La belle-mère du juge.

BRICHANTEAU.

Comment ?

GENEVIÈVE.

Alors, c'était pour me renvoyer !

BRICHANTEAU.

Vous renvoyer ? Je vous ai confiée à un juge qui vous
conduisait avec sa femme chez sa belle-mère.

GENEVIÈVE, riant.

Voilà bien le malheur !

BRICHANTEAU.

Ne me cachez rien, Geneviève.

GENEVIÈVE.

Au début, tout allait bien... Le juge était très aimable
et sa femme me traitait avec une politesse extraordinaire...
« Passez donc, mademoiselle; après vous, mademoiselle. »
On s'installe, le train part. J'ôte mon voile; alors, cette
aimable dame se penche à l'oreille de son mari : « Vous
me disiez que la protégée de M. Brichanteau était laide ?
Elle est très jolie. » Et le juge répond d'un air dédaigneux :
« Tu trouves, Élisabeth ? » Ils ont continué à voix basse,
avec des éclats de voix involontaires. Je n'aurais jamais
cru qu'un mari et une femme puissent trouver tant de
choses désagréables à se dire.

BRICHANTEAU.

Comment cela a-t-il fini ?

GENEVIÈVE.

J'ai pris tout cela gaiement... Ne vous tourmentez pas.

BRICHANTEAU.

Je ne me tourmente plus, Geneviève, je veux vous dire
seulement que personne ne pourra vous reprocher d'avoir
été élevée chez moi.

GENEVIÈVE, vivement.

Cela ne regarde personne, je n'ai besoin de l'avis de personne.

BRICHANTEAU.

Écoutez-moi. Un de mes amis m'a demandé votre main.

GENEVIÈVE.

Ma main ?

BRICHANTEAU.

C'est un garçon de cœur bien digne de vous... et je suis
sûr, au moins, qu'il ne vous déplaît pas. C'est Frédéric de
Fougerolles.

GENEVIÈVE.

Qui veut m'épouser ?

BRICHANTEAU.

Cela vous étonne ?

GENEVIÈVE.

Oui.

BRICHANTEAU.

Pourquoi ? Vous appartenez par votre mère à une famille
qui vaut la sienne ; votre père a laissé le souvenir d'un
héros mort pour son pays, et vous êtes de beaucoup plus
riche que lui.

GENEVIÈVE.

Moi ?

BRICHANTEAU.

Vous n'avez pas fait le compte de votre fortune ?

GENEVIÈVE.

Je n'ai rien.

BRICHANTEAU.

Chassez ce souci de votre esprit; vous pouvez épouser qui vous plaira sans scrupule. Vous ne me quitterez pas. Je cède mon appartement à Frédéric, en me réservant quelques pièces : le salon sera commun ; je continuerai à manger au club, pour ne pas être gênant. Mais vous m'inviterez de temps en temps. Ce sera charmant : vous ne trouvez pas ?

GENEVIÈVE.

Il me semblait que j'aurais pu rester ici quelques années.

BRICHANTEAU.

Vous ne partez pas; vous devenez, au contraire, la maîtresse de maison : vous ordonnerez, vous dirigerez, vous régnerez.

GENEVIÈVE.

Vous ne reconnaîtrez plus votre petite Geneviève.

BRICHANTEAU.

Ma petite Geneviève s'appellera madame de Fougerolles.

GENEVIÈVE.

Est-ce que ce sera la même chose ?

BRICHANTEAU, embarrassé.

La même chose ?

GENEVIÈVE.

Oui, pour vous, sans doute, mais pas pour moi.

BRICHANTEAU.

Nous nous y habituerons tous les deux... Madame de
Fougerolles ! Certainement, je serai étonné au début. Je
me tromperai quelquefois... je me surprendrai à crier :
« Appelez donc Geneviève, » et Gontran, qui est toujours
ravi de m'être désagréable, me répondra : « Madame de
Fougerolles ? » Je l'entends... J'entends sa voix agaçante :
« Madame de Fougerolles est sortie avec monsieur »... Car
vous sortirez, naturellement, avec votre mari... Votre
mari ! Voilà encore un mot auquel je me ferai très vite,
j'en suis sûr... j'aurai un si grand plaisir à vous voir
heureux ensemble, vous surtout, parce que Frédéric, lui,
Frédéric n'est que mon ami. Il n'aura pas grand'peine à
être heureux. Vous ne soupçonnez pas comme je suis
content d'avoir trouvé cette solution ! Fougerolles attend
votre réponse ; je me suis presque engagé en votre nom.
Il me semblait que j'avais un peu plus le droit de vous
diriger maintenant.

GENEVIÈVE.

Vous l'avez toujours eu, et vous l'aurez toujours.

BRICHANTEAU.

Je ne voudrais pas vous imposer ma volonté. Que fau-
dra-t-il répondre à Frédéric ?

GENEVIÈVE.

Que, si c'est votre désir, je serai sa femme. Il me semble
que je vous appartiens comme une de vos petites statuettes
de marbre. Placez-moi où il vous plaira : j'y serai bien.

SCÈNE XI

LES MÊMES, GONTRAN, puis LÉONIDE et EMBELLINE.

GONTRAN.

Monsieur peut-il me dire où est allée madame Pontaubert?

BRICHANTEAU.

Non! oh! non, par exemple!

GONTRAN.

C'est que mademoiselle Pontaubert croyait trouver sa mère ici.

GENEVIÈVE.

Mademoiselle Pontaubert est là?

GONTRAN.

Oui, mademoiselle, elle est dans l'antichambre.

BRICHANTEAU.

Geneviève, voulez-vous la faire entrer. (Entrent Léonide et Embelline. A Léonide.) Mademoiselle, je tiens à vous expliquer moi-même un malentendu que vous ne devez pas comprendre, et à vous affirmer que rien ne me serait plus douloureux que la pensée de vous avoir causé une peine. Je n'aurais jamais eu la prétention qu'on me suppose, et je ne suis pas assez fat pour croire que vous avez pu vous tromper aux paroles aimables que je vous ai dites. J'ai une tendresse d'artiste pour les jeunes filles, demandez à Geneviève... Et pourquoi ne me serais-je pas laissé charmer comme tout le monde par la grâce de vos dix-huit ans? Mais les grands-parents gâtent tout, en jetant sur cette joie, si délicate et si pure, la grave question du mariage. Ils vous ont troublée, ne craignez rien. Vous trouverez un défenseur. Je ne prendrai pas la place de l'homme jeune et charmant qui sera assez béni du ciel pour vous mériter. Songez qu'une belle jeune fille comme vous n'a qu'à ouvrir ses deux petites mains pour donner tout ce qu'on peut rêver de bonheur en ce monde... Et pensez à celui, dont vous n'osez pas prononcer le nom sans rougir, que vous ne pouvez pas regarder sans que votre cœur batte, celui, que vous aimez, sans le savoir peut-être, et que vous auriez perdu pour toujours. Voyez quels regrets et quels remords !

Les deux jeunes filles, très émues toutes deux, pleurent en silence. Embelline pleure aussi. Brichanteau, très ému lui-même ne s'en aperçoit pas.

EMBELLINE, se rapprochant.

Mademoiselle pleure !

BRICHANTEAU.

Comment?

EMBELLINE.

Et l'autre demoiselle pleure aussi !

BRICHANTEAU, stupéfait.

Geneviève !

EMBELLINE.

Et moi, je suis tout émotionnée.

BRICHANTEAU.

Mais je n'ai rien dit que de très simple. Qu'avez-vous, mademoiselle ?

LÉONIDE.

Rien! rien! monsieur. Permettez-moi d'aller retrouver ma mère.

EMBELLINE.

C'est égal; c'est un brave homme.

Elles sortent.

BRICHANTEAU, la regardant sortir, puis allant à Geneviève.

Qu'avez-vous, Geneviève ?

GENEVIÈVE.

Vos bonnes paroles m'ont émue malgré moi, vous avez été si doux et si tendre pour cette jeune fille !

BRICHANTEAU.

Et vous avez pleuré, et vous pleurez encore !

GENEVIÈVE.

Je vous supplie de me le pardonner.

BRICHANTEAU.

Votre situation n'est pas celle de mademoiselle Pontaubert.

GENEVIÈVE.

Oh ! non... non... Je sais bien... mais c'est tout différent.

BRICHANTEAU.

Vous épousez un jeune homme que toutes les femmes vous envieraient.

GENEVIÈVE, avec des larmes.

Aussi, je suis bien heureuse.

GONTRAN, entrant.

Une lettre très urgente pour monsieur.

BRICHANTEAU, qui l'a prise vivement.

De Frédéric !

GENEVIÈVE, à part.

Ah !
Elle le suit des yeux, Brichanteau lit la lettre bas, puis la froisse avec colère.

GENEVIÈVE, s'approchant anxieuse.

Il refuse ?

BRICHANTEAU.

Non, Geneviève, non, au contraire : il attend une réponse, impatiemment. Il a déjà parlé de mes projets et je ne le lui avais pas permis. Voilà d'où vient le mouvement de dépit que vous avez remarqué.

GENEVIÈVE, déconcertée.

Ah !

BRICHANTEAU.

Je suis très mécontent de son indiscrétion, parce que rien n'était décidé, puisqu'il n'a pas votre réponse. Je ne vous ai pas encore donnée, car enfin, Geneviève, je vous donne ! Vous l'avez senti, avec votre instinct de femme, ce ne sera plus la même chose. Vous appartiendrez à quelqu'un : votre mari serait toujours là. Il vous prendrait quand il lui plairait. Et moi... vous savez que je suis un égoïste, je vous garde.

GENEVIÈVE, avec un éclat de joie.

Vous me gardez ! seule !

BRICHANTEAU.

Vous resterez près de moi ; nous chercherons un moyen. Nous le trouverons. Si vous aimez Fougerolles...

GENEVIÈVE.

Oh ! non ! et je ne l'aurais jamais aimé, je l'ai compris en vous écoutant tout à l'heure.

BRICHANTEAU.

Et vous l'auriez épousé, cependant ?

GENEVIÈVE.

Voilà pourquoi je pleurais. Vous me gardez, je n'aurai de devoirs qu'envers vous, et je n'aurai pas à me demander si j'aime ou si je n'aime pas.

BRICHANTEAU, la regardant.

Vous aimez, Geneviève. Ces pensées ne sont pas d'une jeune fille indifférente. Je ne vous vois ni le même regard, ni le même sourire. Il me semble que tout en vous devient femme, et je vous devine mieux. Vous avez un secret !

GENEVIÈVE.

Un secret ? Non, je n'ai qu'un rêve, oubliez-moi près de vous.

BRICHANTEAU.

Vous oublier ? à l'heure où je sens quelle place vous avez prise dans mon existence ! Quand je découvre que je n'aurai plus la force de vous donner à un autre !

GENEVIÈVE, très émue.

Oh ! je sais que vous m'aimez bien !

BRICHANTEAU.

Je vous aime, je vous aime pour votre beauté, pour votre charme, pour votre cœur, pour votre grâce, pour cet amour naissant qui vous transfigure. C'est toute ma jeunesse perdue que vous me rendez. Ne me dites plus que je vous aime bien... Je t'adore !

GENEVIÈVE, éperdue.

Oh !

SAVOURETTE, dans la coulisse.

Ne m'annoncez pas.

SCÈNE XII

BRICHANTEAU, GENEVIÈVE, SAVOURETTE,
puis MADAME PONTAUBERT et LÉONIDE.

SAVOURETTE.

Monsieur, vous pouvez rester garçon, je vais biffer la clause qui nous divise.

BRICHANTEAU.

Pourquoi, monsieur Savourette ?

SAVOURETTE.

Madame Savourette m'a dit que cette clause prêterait à rire, et que les journaux continueraient à me plaisanter. Car depuis que j'ai l'honneur d'être votre propriétaire, je suis une victime de la presse, et, quand on n'y est pas habitué, c'est pénible. Restez garçon, je vais biffer la clause.

BRICHANTEAU.

Non, monsieur Savourette, nous ne bifferons rien.

SAVOURETTE.

Je serai donc ridicule jusqu'à la fin de mes jours ?

BRICHANTEAU.

Ce ne serait pas trop, monsieur Savourette.

SAVOURETTE, à madame Pontaubert, qui paraît à la porte.

Ah ! madame ! monsieur Brichanteau maintenant veut se marier envers et contre tous.

MADAME PONTAUBERT.

J'en étais sûre, j'ai trouvé ma fille en larmes. Elle m'a avoué que c'étaient vos bonnes paroles qui l'avaient émue à ce point. Ne m'as-tu pas avoué que monsieur Brichanteau t'avait dit des choses si tendres ?

LÉONIDE.

Oh ! oui... Il m'a bien fait comprendre que j'aime Gustave Planès.

MADAME PONTAUBERT, suffoquée.

Hein ?

SAVOURETTE.

Très bien !

LÉONIDE.

Et que si je ne suis pas sa femme, j'en mourrai.

MADAME PONTAUBERT, éperdue.

Léonide !

SAVOURETTE.

A la bonne heure.

BRICHANTEAU.

Je n'en suis pas blessé, ma cousine. J'allais demander à Geneviève si elle consentirait à m'épouser.

GENEVIÈVE.

Moi, je serai votre femme ?

SAVOURETTE.

C'est donc pour m'être désagréable !

MADAME PONTAUBERT.

Si vous m'aviez dit, mon cousin, que vous aimiez mademoiselle...

BRICHANTEAU.

Je viens de l'apprendre.

FIN DE UN PARISIEN

CLARA SOLEIL

COMÉDIE EN TROIS ACTES

représentée pour la première fois à Paris, sur le Théâtre du VAUDEVILLE
le 6 février 1885.

.

COLLABORATEUR : M. PIERRE SIVRAC.

PERSONNAGES

ROLAND DE PRÉMAILLAC . . . . MM. ADOLPHE DUPUIS.

OSCAR DE MÉRINDOL. . . . . DIEUDONNÉ.

DUPLANTAIN. . . . . JOLLY.

CÉLESTIN BAVOLET. . . . . CORBIN.

DE SAINT LUBIN. . . . . MICHEL.

LÉONIDAS CRÈVECŒUR. . . . . FRANCÈS.

EVELYNE BAVOLET. . . . . Mmes MARIA LEGAULT.

CLARA SOLEIL. . . . . RÉJANE.

MADAME RAGONAUD . . . . DAYNES-GRASSOT.

LÉONIE DUPLANTAIN. . . . . RAPHAELE SISOS.

MIETTE. . . . . LACROIX.

CLARA SOLEIL

ACTE PREMIER

Un jardin.

SCÈNE PREMIÈRE

CÉLESTIN, ÉVELYNE, puis OSCAR

Célestin et Évelyne jouent au volant.

ÉVELYNE, ramassant le volant.

Je préfère l'antique volant à tous les jeux à la mode. Et vous, monsieur mon mari ?

CÉLESTIN, sans conviction.

Moi aussi, moi aussi.

ÉVELYNE.

On agit davantage et il faut plus d'adresse.

CÉLESTIN.

Malheureusement, je suis un peu gauche.

ÉVELYNE.

Je t'aime ainsi. (Elle l'embrasse.) Dirait-on, à nous voir, que

nous sommes mariés depuis un an? Allons, Célestin, en-
flamme-toi un peu !

CÉLESTIN.

Oui, oui!

ÉVELYNE.

Là, très bien !

CÉLESTIN, à part.

Ça me met sur les dents, moi !

Oscar entre pendant qu'ils jouent, prend une raquette et reçoit le volant
jeté par Évelyne.

ÉVELYNE, avec un petit air boudeur.

Ah! mon cousin!...

OSCAR, jouant avec Évelyne.

J'adore ce jeu-là. Bonjour, Célestin! Eh bien, vos jeunes
mariés, retour de Paris?

ÉVELYNE.

Nous les attendons.

OSCAR.

Et vous partez avec eux pour Nîmes?

ÉVELYNE.

Nous ne partons plus.

OSCAR.

Depuis quand?

ÉVELYNE.

Depuis une heure.

OSCAR.

Eh bien, tant mieux !

ÉVELYNE.

Nos malles étaient faites...

OSCAR jette le volant par-dessus le mur.

Oh !

ÉVELYNE.

Maladroit !

OSCAR.

Le volant est sur la place.

CÉLESTIN.

Je vais le chercher.

ÉVELYNE.

Appelez Joseph !

CÉLESTIN.

Non, non, j'y vais moi-même. (A part.) Ça me reposera.

Il sort.

ÉVELYNE, à Oscar.

Votre plus grand plaisir est de nous troubler !

OSCAR.

Je vous distrais.

ÉVELYNE.

Ce n'est pas nécessaire.

OSCAR.

Puisque je suis votre voisin, grâce à Dieu !... Vous ne
voyez pas que vous vous ennuyez à mourir tous les deux !

ÉVELYNE.

Vous ne voudrez pas en démordre ? Je vous répète que
nous passons notre vie à jouer comme des enfants.

OSCAR.

Et vous trouvez que c'est amusant ?

ÉVELYNE.

Mais oui, très amusant! Nous n'avons pas, à Avignon, les ressources de Paris.

OSCAR.

Et vous vous imaginez que l'existence d'une femme belle comme vous...

ÉVELYNE.

Laissez-moi tranquille avec ma beauté!

OSCAR.

Elle ne vous sert à rien.

ÉVELYNE.

Elle me sert à plaire à Célestin.

OSCAR.

C'est navrant! Quand je pense que vous m'avez préféré un monsieur qui joue au volant!

ÉVELYNE.

Vous en jouez aussi.

OSCAR.

J'en joue pour le jeter par-dessus le mur et faire pro mener votre mari.

ÉVELYNE.

Eh bien, voilà qui est joli!

OSCAR.

Il ne sait pas vous quitter... tout seul.

ÉVELYNE.

Pourquoi me quitterait-il?

OSCAR.

Pour vous laisser vivre un peu! Il vous absorbe, sans savoir pourquoi, par désœuvrement. C'est très dangereux.

CÉLESTIN, au dehors.

Je ne le trouve pas.

ÉVELYNE, vivement.

Laissez-le, Célestin, et revenez.

CÉLESTIN.

Non, non, il faut que je le trouve.

OSCAR.

Il y tient !

ÉVELYNE.

Alors, changeons de conversation.

OSCAR.

Voulez-vous jouer au lawn-tennis ?

ÉVELYNE.

Quand mon mari sera là.

OSCAR.

Patientons !

ÉVELYNE.

Puisque vous ne voulez pas vous marier, vous auriez bien dû rester dans l'armée. Vous étiez très beau, en capitaine de chasseurs.

OSCAR.

Vous savez bien que j'ai donné ma démission parce que ma mère le désirait ; et je savais que vous ne vouliez pas épouser un militaire.

ÉVELYNE.

Oh ! non, par exemple.

OSCAR.

Je n'ai pas été mieux reçu, d'ailleurs, comme civil.

ÉVELYNE.

Votre amour-propre ne doit pas être blessé. A quinze ans, je savais déjà le mari que je prendrais.

OSCAR.

Vous ne connaissiez pas Célestin.

ÉVELYNE.

Le genre de mari.

OSCAR.

L'espèce ?

ÉVELYNE.

Pendant que j'étais au couvent d'Auteuil, j'ai vu beaucoup de pensionnaires plus âgées, se marier avec des jeunes gens, agréables superficiellement, comme vous, spirituels...

OSCAR.

Comme moi...

ÉVELYNE.

Si vous voulez... et passionnés! C'était du délire! Six mois après, elles étaient toutes malheureuses, toutes!

OSCAR.

Elles n'avaient pas de chance!

ÉVELYNE.

Alors, nous nous sommes juré, une de mes amies et moi, de ne prendre que des maris vertueux d'avance, d'une vertu reconnue et authentique. Célestin a été élevé sévèrement et pieusement par une grand'tante chanoinesse.

OSCAR.

Qui voulait en faire un chevalier de Malte! Elle croit qu'il y en a encore!

ÉVELYNE.

C'est une garantie de bonheur.

OSCAR.

Vous trouvez?

ÉVELYNE.

Et mon ami Léonie, que je n'ai pas revue depuis le couvent, vient de se marier avec un homme sérieux.

OSCAR.

Authentique aussi?

ÉVELYNE.

Oui, monsieur. Il était clerc de notaire à Nîmes, chez son
père, qui lui cède son étude.

OSCAR.

Le fils Duplantain? Il a quarante-cinq ans!

ÉVELYNE.

J'avais pris un mari vertueux, jeune; Léonie le prend
vieux, mais cela revient au même.

OSCAR.

Oh! mon Dieu, oui.

ÉVELYNE.

Il a toujours mené une conduite exemplaire...

OSCAR.

Étonnante! Il n'a jamais eu que la volonté de son père, il
n'est jamais sorti sans son père qu'il appelle encore papa!

ÉVELYNE.

Ce sont là des garanties de bonheur. J'espère que vous
serez convenable devant ce jeune ménage?

OSCAR.

Il faudra m'extasier?

ÉVELYNE.

C'est la moindre des choses.

OSCAR, gaîment.

Vous êtes adorable!

Il lui prend les mains et les embrasse, avant qu'elle ait pû s'en défendre.

CÉLESTIN, sur le mur.

Eh bien! vous embrassez les mains de ma femme?

OSCAR, vivement.

Nous jouons, mon cousin!

ÉVELYNE.

Oh! ne soyez pas jaloux, Célestin.

CÉLESTIN.

Je ne suis pas jaloux... Je crois que le volant est resté sur le mur.

Il continue à chercher en se traînant avec peine sur le mur.

OSCAR, à mi-voix.

Il ne sera jamais jaloux, jamais!

ÉVELYNE.

Parce qu'il n'a que de bons instincts.

Célestin toujours sur le mur disparaît derrière les arbres.

OSCAR.

Tandis que moi... Eh bien! non, non, non, c'est moi qui ai du mérite, c'est moi qui suis excellent! Je vous adorais, vous ne l'avez pas voulu!... Je vous ai gardé une affection violente et désintéressée. Il me suffit de vous voir! Je donnerais tout au monde, tout, pour vous savoir heureuse, même avec un mari!... C'est bête! mais avouez que c'est beau, à force d'être bête!

ÉVELYNE.

Ce sont des sentiments que je ne peux pas vous reprocher

et qui me touchent; seulement, je serai embarrassée près de vous, maintenant.

OSCAR.

Ah! oui! (A part.) Je parle toujours trop, moi. (Haut.) Rassurez-vous, je vais peut-être me marier aussi.

ÉVELYNE.

Oh! que je le voudrais! Un mariage d'inclination?

OSCAR.

D'inclination... vague. Je ne connais pas la jeune personne!

ÉVELYNE.

Où est-elle?

OSCAR.

Je ne sais pas; mais elle m'est très recommandée par son oncle.

ÉVELYNE.

Et où est-il, l'oncle?

OSCAR.

Il est en Amérique.

ÉVELYNE.

Oh! alors!

DUPLANTAIN, dans la coulisse.

Je te dis que c'est ici!

ÉVELYNE.

Voici mon jeune ménage.

OSCAR.

Ce sont eux?

VI.   10.

EVELYNE.

Oui!

SCÈNE II

LES MÊMES, DUPLANTAIN, LÉONIE.

Duplantain et Léonie entrent en tenue de voyage.

LÉONIE, à Évelyne.

Tu nous recevras, n'est-ce pas, en tenue de voyage?

ÉVELYNE, l'embrassant.

Puisque vous ne faites que passer, entre deux trains!
(A Duplantain.) Soyez le bienvenu, monsieur, chez la meil-
leure amie de votre femme!

DUPLANTAIN, saluant.

Madame...

LÉONIE, montrant Oscar.

Ton mari?

ÉVELYNE vivement.

Non, mon cousin. M. Oscar de Mérindol... Monsieur et
madame Duplantain... (Cherchant.) Mon mari... (Montrant Célestin
qui reparaît sur le mur.) Le voici!

LÉONIE, étonnée.

Ah!

DUPLANTAIN, allant le saluer gravement.

Monsieur...

ÉVELYNE.

Il cherche un volant égaré. Descendez, Célestin!

CÉLESTIN.

J'essaye, Évelyne.

ÉVELYNE.

Nous nous amusions à jouer au volant, tous les trois!

LÉONIE.

Comme à la pension... Tu es prête à partir?

ÉVELYNE.

Toute prête... Mais Célestin vient de recevoir une lettre
de sa tante, la chanoinesse, qui le prie de surveiller sa
cueillette d'olives. Et on ne désobéit pas à la chanoinesse!

LÉONIE.

Oh! que j'en suis désolée!

ÉVELYNE.

Nous irons vous voir plus tard.

LÉONIE.

C'eût été si gentil d'arriver tous ensemble, pour le retour
de noces!

DUPLANTAIN.

Papa y comptait, madame.

ÉVELYNE.

Nous lui avons envoyé une dépêche... (Présentant gravement
Célestin.) Ah! M. Célestin Bavolet, mon seigneur et maître...
Monsieur et madame Duplantain!... (A Léonie.) Veux-tu entrer?

LÉONIE.

Mais non, c'est très agréable, ce petit jardin au milieu
d'une ville!

ÉVELYNE.

N'est-ce pas?

DUPLANTAIN.

Et nous sommes forcés de repartir par le premier train,
à quatre heures cinquante-sept.

ÉVELYNE.

Quand vous le manqueriez?

DUPLANTAIN, vivement.

Oh! madame, c'est impossible! nous bouleverserions
notre itinéraire qui a été réglé par papa. Nous nous sommes
arrêtés à Melun, à Tonnerre, à Dijon, à Beaune, à Châlons,
à Lyon, à Vienne, pour présenter madame Duplantain à des
amis ou des clients de papa.

ÉVELYNE.

Mais, c'est un vrai travail?

LÉONIE.

Absolument!

DUPLANTAIN.

Nous voici à Avignon, et nous rentrons au bercail pour
y dîner?

ÉVELYNE.

Je n'insiste plus.

OSCAR.

Lui, au moins, est amusant. (Ils s'asseyent. On apporte un lunch.
A Duplantain.) Vous ne vous souvenez pas, monsieur, de
m'avoir vu dans l'étude de maître Duplantain?

DUPLANTAIN.

Chez papa?... Oh! oui, en effet, il me semble...

OSCAR, bas.

J'intervenais pour une jeune personne à laquelle un de
mes amis servait une pension.

DUPLANTAIN.

La belle Angélique? Je voulais l'épouser!

OSCAR, le regardant avec surprise.

Ah!

DUPLANTAIN.

Papa m'a menacé de me maudire; ça m'a refroidi...
(Montrant sa femme.) Chut !

OSCAR, gravement.

Soyez tranquille! (A part.) Il est parfait aussi.

ÉVELYNE, bas, à Léonie.

Comment trouves-tu mon mari?

LÉONIE.

Très bien! un peu jeune... mais très bien!

ÉVELYNE.

N'est-ce pas?

LÉONIE.

Et toi, comment trouves-tu le mien?

ÉVELYNE.

Tout à fait bien! un peu mûr... mais tout à fait bien!

LÉONIE.

N'est-ce pas?

ÉVELYNE.

Vous êtes-vous beaucoup amusés à Paris?

LÉONIE.

Nous avons mené une existence folle. Nous allions au
théâtre tous les soirs; M. Duplantain ne connaissait rien.

DUPLANTAIN.

J'avais cependant fait le voyage plusieurs fois avec papa.
Mais il ne voulait aller qu'à l'Odéon, qui lui rappelait sa
jeunesse.

OSCAR.

Ça ne devait pas vous monter l'imagination?

DUPLANTAIN.

Non, non!

LÉONIE.

Nous sommes allés à l'Éden, à l'Eldorado, dans tous les cafés-concerts!

DUPLANTAIN, dont l'œil s'enflamme.

Tous! C'est très intéressant!

OSCAR, gaîment.

Ne dites pas cela devant ma cousine.

LÉONIE.

Pourquoi donc?

OSCAR.

Parce que vous allez soulever des tempêtes!

ÉVELYNE.

N'exagérez pas, Oscar.

OSCAR, à Léonie.

Avignon a la bonne fortune de posséder en ce moment, dans ses murs, mademoiselle Clara Soleil...

LÉONIE, vivement.

Nous l'avons vue!

DUPLANTAIN.

A l'Eldorado! ravissante!

LÉONIE.

Très gentille.

OSCAR.

Eh bien, vendredi, au bal de la Préfecture, on a parlé

d'elle, et ma charmante cousine, ici présente, a entamé un réquisitoire...

ÉVELYNE, vivement.

J'ai dit simplement que les gens du monde sont mal venus à se plaindre du mauvais ton et du mauvais goût qui nous envahissent, puisqu'ils font des triomphes aux exhibitions de mauvais goût et de mauvais ton!

OSCAR.

Et que si ces jolies dames ne trouvaient pas tant d'adorateurs... particuliers...

ÉVELYNE.

Je me suis laissée emporter, peut-être, par mon indignation.

OSCAR.

Vous avez été très éloquente.

ÉVELYNE.

Ce qui est certain, c'est que je n'ai jamais vu mademoiselle Clara Soleil, et que j'espère bien ne jamais la voir!

OSCAR.

Eh bien, ma cousine, soyez heureuse, vous avez entraîné la société avignonnaise. Cette pauvre Clara n'a eu personne à son concert!

ÉVELYNE.

Ah! vraiment?

OSCAR.

Un four noir, pour parler sa langue!

ÉVELYNE.

Tant mieux!

OSCAR.

Elle vous le doit, elle le sait, et je m'imagine qu'elle vous en garde une belle dent.

ÉVELYNE.

Je m'en moque bien!

LÉONIE.

Certainement, le répertoire à la mode n'est pas très dis-ingué, mais il y a des chansons très drôles : celles du han-neton...

ÉVELYNE.

Celle du hanneton, c'est autre chose, je la chante !

LÉONIE.

Oh!

ÉVELYNE.

Mon cousin me l'a copiée.

OSCAR.

Oui, je copie à ma cousine les œuvres vraiment remar-quables!

LÉONIE.

Et celle du moustique?

ÉVELYNE.

Je la chante aussi.

LÉONIE.

Ah!

OSCAR.

La musique est jolie.

DUPLANTAIN.

Et les paroles... Oh ! les paroles!

ÉVELYNE.

Un peu bêtes.

DUPLANTAIN.

Je ne trouve pas!

ÉVELYNE.

Une demoiselle qui pour ne pas répondre aux déclarations d'un monsieur, fait semblant de chercher un moustique sur son bras, sur son épaule...

DUPLANTAIN.

C'est à double entente!

ÉVELYNE.

Ah!

LÉONIE.

Le troisième couplet est très léger!

Elle fredonne.

C'est là, c'est là,
Que je sens un moustique.

Elle relève le bas de sa robe avec coquetterie.

ÉVELYNE.

Pas du tout.

Elle montre le bout de son nez.

C'est là, c'est là.

LÉONIE.

Le nez ne veut rien dire... Vois donc comme c'est gentil :

C'est là, c'est là,
Que je sens un moustique.

ÉVELYNE.

Certainement, c'est plus gracieux !

C'est là, c'est là,
Que je sens un moustique.

(Vivement.) Ne regardez pas, Célestin !... (Bas, à Léonie en baissant les yeux.) C'est très inconvenant !

LÉONIE.

Eh bien! ma chère, voilà ce qui a fait courir Paris, cet hiver, et c'est tout le succès de Clara Soleil!

ÉVELYNE, étonnée.

Clara Soleil!

DUPLANTAIN.

Elle a une façon de relever sa jupe... C'est adorable.

ÉVELYNE, à Oscar.

Vous m'apportez le répertoire de mademoiselle Clara Soleil?

OSCAR.

Remarquez, ma cousine, que j'ai remplacé la jambe par le bout du nez, ce qui est tout à fait convenable.

ÉVELYNE.

J'aurais dû me défiei de vous!

OSCAR.

J'essayais de vous distraire!

ÉVELYNE.

Je vais les brûler vos chansons, sans perdre une seconde. (A Léonie.) Veux-tu m'accompagner? Je te montrerai comment nous sommes installés.

LÉONIE.

J'allais te le demander.

ÉVELYNE.

Quand je pense que j'ai chanté ces couplets à double entente devant mon mari... qui a peut-être compris!

LÉONIE.

Je l'espère!

Elles sortent.

SCÈNE III

OSCAR, DUPLANTAIN, CÉLESTIN.

CÉLESTIN, allant à Duplantain.

Comment relève-t-elle sa jupe, Clara Soleil ?

OSCAR, le montrant.

Voilà !

DUPLANTAIN.

Mon cher monsieur, c'est divin : supposez que j'ai une jupe ; elle prend le bas entre le pouce et l'index, comme ceci, et elle relève tout doucement, en mesure...

C'est là, c'est là,
Que je sens un moustique.

CÉLESTIN, de même.

Oh !

OSCAR, à part, riant.

Ils sont bons, là ! tous les deux !

CÉLESTIN.

Ça doit être empoignant !

DUPLANTAIN.

Je n'en ai pas dormi !

CÉLESTIN.

Moi non plus, je ne dors pas, depuis qu'Évelyne a parlé d'elle à la préfecture. Je grille de la voir !

OSCAR.

Allons donc !

CÉLESTIN.

Il faut qu'une femme soit bien séduisante, pour être si dangereuse!

OSCAR, à part.

Le voilà lancé aussi, lui !

CÉLESTIN.

Elle donne un autre concert ?

OSCAR.

Demain.

CÉLESTIN.

Si je pouvais y aller !

DUPLANTAIN.

Qui vous en empêche ?

CÉLESTIN.

Ma femme !

DUPLANTAIN.

On invente une réunion d'actionnaires.

CÉLESTIN.

Je n'oserais pas... devant elle !

DUPLANTAIN.

Vous êtes timide?... C'est comme moi! J'étais destiné, depuis ma plus tendre enfance, à remplacer papa comme notaire. Je n'ai jamais eu à m'occuper de mon avenir. Je suis resté comme un nourrisson qu'on aurait oublié de sevrer jusqu'à l'âge de quarante-cinq ans !

OSCAR.

C'est beaucoup.

DUPLANTAIN.

Mais à présent, je suis notaire moi-même et marié; mon tour est venu!

OSCAR.

Madame Duplantain est charmante!

DUPLANTAIN.

N'est-ce pas? Vous n'imaginez pas mon bonheur.

OSCAR.

Si, si, parfaitement.

DUPLANTAIN.

Non. J'avais aimé certainement avant l'hymen... mais ce n'était pas correct... Ça me gênait. Tandis que maintenant... Si je vous racontais ma première nuit de noces...

OSCAR.

Racontez donc, je vous prie!

DUPLANTAIN.

Non! Le cœur a ses mystères. Seulement, quand je marierai mes filles, je leur conseillerai de ne point prendre Paris, pour but de voyage de noces.

OSCAR.

Ah!

DUPLANTAIN.

Qu'elles emmènent leurs maris dans les Pyrénées, dans les Alpes!...

CÉLESTIN.

Je suis allé en Écosse.

DUPLANTAIN.

Ou en Écosse... En face de la belle nature. Mais à Paris! Jamais!

OSCAR.

Pourquoi donc?

DUPLANTAIN, baissant la voix.

Ça m'a troublé, moi!

OSCAR, riant.

Bah!

DUPLANTAIN.

Effroyablement troublé.

OSCAR.

Cependant, madame Duplantain était là?

DUPLANTAIN.

Comme un ange gardien... insuffisant.

OSCAR.

Comment! insuffisant!... (A part.) Il est merveilleux.

DUPLANTAIN.

J'arrive à Paris, avec ma femme... tout enivré d'amour. C'est permis, n'est-ce pas?

OSCAR.

C'est même recommandé.

DUPLANTAIN.

Et là, je trouve des jeunes personnes, extraordinairement belles, qui me lancent des regards extraordinairement voluptueux! Ainsi, cette Clara Soleil dont nous parlions, m'a regardé!

OSCAR.

Elle? Où?

DUPLANTAIN.

Chez un client de papa... où elle chantait. Mon cher

monsieur, je sens que je ne suis plus maître de mes passions!

CENTERED CHARACTER OSCAR.

Ah diable!

DUPLANTAIN.

Et cet état d'esprit m'a déjà joué un mauvais tour.

CÉLESTIN.

Ah!

DUPLANTAIN.

Ce matin... ce matin, dans le train, je mourais de soif, à Montélimar, deux minutes d'arrêt; on ne m'offrait que du nougat. Je descends, j'entre au buffet, j'implore un verre d'eau, qu'on ne me donne pas. Le train repart, je m'élance... trop tard, pour retrouver le compartiment où j'avais laissé ma femme! Je grimpe ailleurs... je marche sur les pieds d'un monsieur qui bougonne avec violence en me criant : « Maladroit!... » Je salue et je tombe à l'autre coin, en face d'une blonde ravissante qui sourit de mon air effaré. Je lui rends son sourire, elle ne s'en offusque pas. Ça m'encourage. Arrive un tunnel... je profite de l'obscurité pour lui presser discrètement les mains, comme par erreur... Elle m'envoie un soufflet qui éclate sur ma joue, en plein jour... Le tunnel était très court!... Alors le même rageur m'apostrophe : « Monsieur, je n'ai pas l'honneur de connaître madame, mais son petit mouvement de vivacité me prouve qu'elle a droit à tous les respects, et je me crois autorisé à vous dire que vous êtes un impertinent ! » Je veux m'excuser, il comprend que je réplique... J'ai cru qu'il allait m'avaler. Je me défends avec mon parapluie... La dame intervient. Il me donne sa carte en me disant : « Je serai pendant trois jours à Marseille, hôtel de Noailles ! »

OSCAR, regardant la carte.

Roland de Prémaillac, c'est un ancien colonel de mobiles.

DUPLANTAIN.

Vous le connaissez?

OSCAR.

J'ai servi sous ses ordres. D'ailleurs tout le monde le connaît, ou plutôt tout le monde l'a connu, car il est en Amérique depuis 1872. Il revient pour me marier avec une de ses nièces... dont j'ignorais l'existence. Hier, il m'attendait à Paris; aujourd'hui c'est à Marseille, demain ce sera à Monaco! C'est un Méridional, il est de Bordeaux. Il a mangé une fortune énorme, brillamment, avec des femmes à la mode... et il s'est embarqué un beau matin à Saint-Nazaire, comme un simple émigrant, après plusieurs scandales éclatants de maris trompés, de maîtresses à tapage, et de duels célèbres!

DUPLANTAIN.

Des duels! Il me semble que je n'ai pas à le revoir...

OSCAR.

Ce sera prudent.

DUPLANTAIN.

Mon honneur n'est pas en jeu. Ah! si mon honneur était en jeu!

OSCAR.

Votre parapluie a dù l'exaspérer... Tenez-vous en là... Quand on n'est pas absolument obligé de se faire tuer...

DUPLANTAIN.

Rien ne m'y oblige!

OSCAR.

Il faut éviter de se battre avec Roland de Prémaillac!

DUPLANTAIN.

Je dois ajouter que mon aventure a un épilogue : votre
Roland s'est endormi dans son coin ; la dame en a profité
pour s'excuser d'être la cause involontaire d'un duel, et elle
a ajouté : « J'habite Nîmes et je reçois le vendredi. » De
sorte, qu'à Nîmes, si je peux échapper à ma femme !...

OSCAR, à part.

Il va bien l'homme vertueux !

CÉLESTIN.

Laissez-nous madame Duplantain pendant quelques jours.

DUPLANTAIN.

Je ne peux pas rentrer sans elle chez papa ! C'est vous
plutôt qui pourriez nous confier madame Bavolet pour une
ou deux semaines, puisqu'elle devait nous accompagner.
Ma femme ne serait plus seule, et alors...

CÉLESTIN.

Évelyne ne voudrait pas partir sans moi !

DUPLANTAIN, bas.

Je vais vous arranger ça. Vous serez libre aussi !

CÉLESTIN.

Oui... (Se reprenant.) Mais ne croyez pas que je... J'adore
ma femme !

DUPLANTAIN.

Et moi, je suis fou de la mienne !

OSCAR, à part.

Ils sont inouïs ! c'est le mariage qui les excite au dehors !... Ne conseillez jamais à vos filles d'épouser des gens
trop vertueux ; ce n'est pas un plaisir, et c'est un danger !

SCÈNE IV

LES MÊMES, ÉVELYNE, LÉONIE.

ÉVELYNE.

Là, c'est fait! J'ai brûlé toute la musique que vous m'aviez donnée, toute, jusqu'au duo de *Guillaume-Tell*! Il est peut-être à double entente!

OSCAR.

Voyez, madame, comme ma cousine est injuste! Quand les vers étaient un peu légers, je les remplaçais moi-même, je passais des nuits à chercher d'autres rimes pour elle!

ÉVELYNE.

C'est bien, n'en parlons plus.

LÉONIE, à part.

Je me méfierais de ce cousin-là, moi!

ÉVELYNE.

Célestin, montrez donc à M. Duplantain votre collection de papillons.

LÉONIE.

Je suis sûre qu'elle vous intéressera, Achille!

DUPLANTAIN.

Moi, monsieur, j'herborise.

OSCAR.

Naturellement!

ÉVELYNE.

Restez, mon cousin, vous connaissez la collection.

OSCAR.

Ah ! oui je la connais !

CÉLESTIN.

Si vous voulez passer, monsieur !

DUPLANTAIN.

Après vous !

CÉLESTIN.

Je vous en prie !

DUPLANTAIN.

Je suis le plus jeune... comme mari.

CÉLESTIN.

Je m'incline !

Il passe.

DUPLANTAIN, satisfait.

J'ai souvent de ces à-propos-là !

OSCAR, les regardant.

Ils se complètent !... Pauvres petites femmes !

SCÈNE V

OSCAR, ÉVELYNE, LÉONIE.

ÉVELYNE.

Je vous ai gardé parce que nous avons à vous consulter sur une chose grave !

OSCAR.

Je vous écoute, mesdames !

ÉVELYNE.

Raconte, Léonie.

LÉONIE.

C'est très difficile à dire devant un jeune homme !

ÉVELYNE.

Je suis là !

LÉONIE.

Eh bien ! monsieur, ce matin, à Montélimar, mon mari
avait très soif...

OSCAR.

Et on ne lui offrait que du nougat !

LÉONIE.

Vous le savez ?

OSCAR.

M. Duplantain nous l'a raconté.

LÉONIE.

Eh bien ! monsieur, mon mari n'était pas plutôt descendu
à Montélimar, qu'un voyageur monte à sa place ! Le train
repart... et je me trouve seule avec cet inconnu !

ÉVELYNE.

Tu ne dis pas que ce monsieur avait une mine tout à fait
drôle, et que tu ne pouvais pas t'empêcher de le regarder !

LÉONIE.

Je crois bien ! Il arrondissait ses bras en anses de panier,
il levait les yeux et les baissait comme les poupards arti-
culés, et il me regardait avec un sourire si extraordinaire,
que je me mordais les lèvres pour ne pas éclater de rire...
Arrive un tunnel...

OSCAR.

Très court !

LÉONIE.

Vous le connaissez ?

OSCAR.

De réputation.

LÉONIE.

Ce monsieur s'approche, se penche et m'embrasse...

OSCAR, riant.

Ah ! ah ! ah !

ÉVELYNE.

Ça vous fait rire !

OSCAR, gaîment.

C'est un rapprochement.

ÉVELYNE.

Moi, je serais morte de frayeur !

LÉONIE.

Le tunnel était passé. Je m'écrie avec dignité : « Monsieur, vous vous trompez ! » Il me répond avec calme : « Madame, ce sera le roman de ma vie ! » Et nous sommes restés ainsi, face à face... Je tenais la canne de mon mari, et quand je suis arrivée à Avignon, je me suis vite regardée dans mon miroir... J'ai cru que j'avais des cheveux blancs !

ÉVELYNE.

On en aurait à moins. Lui conseillez-vous de raconter cette aventure à son mari ?

OSCAR.

L'aventure ne me paraît pas grave.

LÉONIE.

Vous trouvez que ce n'est rien d'avoir été embrassée par un inconnu, sous un tunnel ?

OSCAR.

Sous le même !

LÉONIE.

Quoi, le même ?

OSCAR.

Je veux dire, un tunnel si court !

ÉVELYNE.

Moi, je ne m'en consolerais jamais, et j'avouerais tout à mon mari !

OSCAR.

Pourquoi ?

LÉONIE.

Si nous rencontrons ce monsieur, je me trahirai !

OSCAR.

Avez-vous des chances de le rencontrer ?

LÉONIE.

Je ne sais pas. Sur son ticket qu'il avait planté à son chapeau, j'ai lu : Nice !

SCÈNE VI

Les Mêmes, DUPLANTAIN.

DUPLANTAIN, entrant vivement.

Elle est admirable, cette collection !... Je viens chercher ma loupe !... J'ai acheté à Paris une loupe merveilleuse...

Il cherche dans son sac.

LÉONIE, à part, à Oscar.

Faut-il le lui dire?

OSCAR.

Ce serait l'embarrasser beaucoup.

ÉVELYNE.

Pourquoi donc ?

OSCAR.

Il chercherait à retrouver ce voyageur trop galant...

LÉONIE.

Et il se battrait ?

ÉVELYNE.

Ah ! oui !

OSCAR.

Peut-être pas... mais enfin, ça lui serait désagréable.

DUPLANTAIN, cherchant.

Aurais-je perdu ma loupe ?

LÉONIE, à Oscar.

Alors, vous me conseillez de me taire ?

OSCAR.

Oui, madame.

ÉVELVNE.

Eh bien ! tu vois, pour un ancien militaire, il est très sage !

OSCAR.

Je suis le dieu de la paix aujourd'hui !

DUPLANTAIN.

Ah ! la voici ! la voici !... (Allant à Léonie.) Dis donc, Léonie, il m'est venu une idée... Nous devrions emmener madame Bavolet !

LÉONIE, vivement.

Je ne demande pas mieux !

DUPLANTAIN.

Puisqu'elle est prête !

ÉVELYNE.

Sans mon mari ?

DUPLANTAIN.

Puisqu'il est retenu par les olives... Quelle agréable surprise pour papa !

LÉONIE.

Et quel plaisir pour moi !

ÉVELYNE.

C'est impossible.

DUPLANTAIN.

Insiste, Léonie.

OSCAR.

Ma cousine n'aura jamais le courage de quitter son mari !

ÉVELYNE.

Il ne s'agit pas de courage; Célestin ne voudrait pas me laisser partir !

DUPLANTAIN.

Certainement, ça lui serait bien douloureux... (Bas à Léonie.) Insiste ! Il consentira ! (A part.) Je suis machiavélique !

OSCAR, bas à Duplantain.

Vous vous entendez tous les deux, comme larrons en foire.

SCÈNE VII

OSCAR, LÉONIE, ÉVELYNE.

LÉONIE, bas.

Tu n'es pas jalouse de ton mari ?

ÉVELYNE, haut.

De Célestin ? Oh ! le pauvre ami, si tu le connaissais !

LÉONIE.

Tu m'as écrit que c'était un mari parfait.

ÉVELYNE, à Oscar qui sourit.

Oui, monsieur, parfait !

OSCAR.

La perfection même... avec toutes ses déplorables conséquences !

LÉONIE.

Comment, déplorables ?

ÉVELYNE.

Que reprochez-vous à mon mari ?

OSCAR.

Mon Dieu... il collectionne des papillons.

LÉONIE.

Mais le mien herborise ! ·

OSCAR.

Ah ! oui... il y a une nuance.

ÉVELYNE.

Figure-toi, ma chère, que nous sommes encore dans la
lune de miel !

OSCAR.

Une de ces bonnes lunes... le repos, la tranquillité des familles, que l'on garde par habitude. Elles ne vivent ni ne meurent : elles sont éteintes.

ÉVELYNE, vivement.

Vous n'en savez rien !

LÉONIE, à part.

Il m'inquiète, moi !

ÉVELYNE.

Vous voulez prouver à tout le monde que nous ne sommes pas heureux !... C'est extraordinaire !

OSCAR.

Je veux prouver seulement que vous avez un bonheur endormi.

ÉVELYNE, à Léonie.

Tu l'entends ?

OSCAR.

Ce n'est pas votre faute, c'est le mariage.

LÉONIE.

Comment, le mariage ? Mais, moi, monsieur, je suis mariée, et je suis très contente !

ÉVELYNE.

N'est-ce pas ?

OSCAR.

Vous, madame ?

LÉONIE.

Oui, je commence... et elle... il y a un an !

ÉVELYNE.

Mais un an, ce n'est guère !

OSCAR.

C'est trois cent soixante-cinq fois la même chose !

ÉVELYNE.

Ce que vous dites là est abominable !

OSCAR.

Je voudrais dans votre ménage un événement quelconque... une catastrophe matrimoniale...

ÉVELYNE.

Eh bien ! ne vous gênez pas !

OSCAR.

Et vous n'osez pas abandonner votre mari pendant vingt-quatre heures !

LÉONIE.

Là, par exemple, je trouve que ton cousin a raison.

OSCAR.

N'est-ce pas, madame ? Je ne prêche pas pour moi. Si Évelyne part, je m'ennuierai à mourir avec Célestin. C'est une conviction ; il faut absolument les séparer un peu.

ÉVELYNE.

Vous voulez que mon mari reste sans moi ?

OSCAR.

Oui, ma cousine, oui ! (A part.) Et s'il fait quelques bêtises, ce sera une chance !

LÉONIE.

C'est d'un bon parent, ce que vous dites là !

OSCAR.

Mais, madame, je mérite le prix Montyon !

ÉVELYNE.

Je suis prête à partir, moi. — Seulement Célestin ne voudra pas !

LÉONIE.

S'il y consentait pourtant... sur une simple prière...

ÉVELYNE.

Oh! alors, je n'ai que mon chapeau à mettre, je pars avec vous!

LÉONIE.

Tu ne t'en dédiras pas?

ÉVELYNE.

Je te le jure, mais je suis bien tranquille.

SCÈNE VIII

Les Mêmes, DUPLANTAIN, CÉLESTIN.

DUPLANTAIN.

Mon herbier, non plus, n'est pas sans mérite. (Bas.) N'ayez pas l'air trop content !

CÉLESTIN, bas, à Duplantain.

Mais je ne suis pas content.

LÉONIE.

Monsieur Bavolet, j'ai une grâce à vous demander.

CÉLESTIN.

Elle est accordée d'avance, madame !

LÉONIE.

Puisque vous ne pouvez pas vous absenter en ce moment...

CÉLESTIN

C'est impossible !

DUPLANTAIN, bas.

Ayez l'air étonné !

LÉONIE.

Donnez-nous votre femme.

CÉLESTIN.

Évelyne ?

LÉONIE.

Ce petit voyage la distrairait un peu.

CÉLESTIN.

Je suis sûr qu'il lui serait agréable.

ÉVELYNE.

Alors, vous me permettez d'accompagner Léonie ?

CÉLESTIN.

Ce n'est pas moi qui vous refuserai jamais un plaisir !

LÉONIE.

On n'est pas plus gracieux !

OSCAR, à part.

Bon apôtre.

CÉLESTIN.

Je resterai avec Oscar.

OSCAR.

Certainement, nous resterons ensemble, nous jouerons au
volant !

ÉVELYNE.

Combien de temps me donnez-vous ?

CÉLESTIN.

Je ne limite pas.

ÉVELYNE.

Une semaine, deux, trois?

CÉLESTIN.

Au plus!

ÉVELYNE, vexée.

Voilà qui est décidé, je pars avec toi!

DUPLANTAIN, à part.

Vous me devez ça... à charge de revanche!

LÉONIE.

Tu ne peux pas savoir comme je suis heureuse!

OSCAR.

Voilà donc un peu d'animation dans le ménage.

ÉVELYNE.

Il n'a pas dit un mot pour me retenir!

LÉONIE, bas.

Il ne faut pas t'étonner, si après un an de ménage.....

ÉVELYNE.

Oh! si, je m'étonne, si!... Mais c'est égal... Je partirai et
je resterai six semaines!

LÉONIE, à Oscar.

Comme c'était nécessaire!

OSCAR.

N'est-ce pas, madame?

DUPLANTAIN.

L'omnibus du chemin de fer est là!

ÉVELYNE.

Alors, je n'ai plus le temps de partir !

LÉONIE.

Oh ! ne te dédis pas ! (A une bonne). Donnez à madame son chapeau, et son manteau.

CÉLESTIN.

Je vais faire porter les malles.

UN EMPLOYÉ.

Une dépêche pour M. Duplantain.

DUPLANTAIN.

C'est moi. Une dépêche de papa.

ÉVELYNE.

Il vous dit, peut-être, de rester ?

DUPLANTAIN.

Non, non, au contraire !

OSCAR.

Je vais vous aider, ma cousine.

DUPLANTAIN, bas à Léonie.

Papa nous conseille de continuer notre voyage de noces.

LÉONIE.

Il n'est pas fini ?

DUPLANTAIN.

Il y a un supplément .Nous avons encore à faire : Arles, Marseille... oh ! le colonel ! (A part.) Je brûlerai Marseille! (Haut.) Toulon, Cannes et Nice.

LÉONIE.

Vous répondrez à mon beau-père que nous ne pouvons pas, parce que nous emmenons Évelyne.

DUPLANTAIN.

Oh! ne le contrariez pas au moment où il paie la dot.

LÉONIE.

Alors, ne dites rien à Évelyne, nous la préviendrons en route !

DUPLANTAIN.

J'y pensais. (A part.) Nous commencerons par Nice. Nous nous amuserons à Nice. (Regardant sa montre, haut.) Nous allons manquer le train !

ÉVELYNE.

Je suis prête... Adieu, Célestin.

CÉLESTIN.

Je veux vous accompagner jusqu'à la gare.

ÉVELYNE.

Oh! c'est inutile, adieu!

CÉLESTIN.

Le temps de changer de veston...

                              Il entre dans la maison.

DUPLANTAIN.

Nous le manquerons !

ÉVELYNE.

Eh bien! partons sans lui.

LÉONIE.

Nous éviterons la scène des adieux! Hâtons-nous!

ÉVELYNE.

Je vous le confie, Oscar !

OSCAR.

Comptez sur moi.

ÉVELYNE.

Merci!

DUPLANTAIN.

Mesdames, mesdames!

ÉVELYNE.

Nous partons! Adieu!

OSCAR.

Monsieur Duplantain, voudrez-vous me rappeler au souvenir de monsieur votre papa?

DUPLANTAIN.

Je ne l'oublierai pas, monsieur; nous manquerons le
train.

Ils sortent.

OSCAR, seul.

Elle m'enlève ma cousine, comme elle l'a dit, cette bonne
petite madame Duplantain. Si on s'imagine que je vais
rester ici avec Célestin... Oh! non! non! c'est le cas d'aller
voir mon colonel Roland!

CÉLESTIN accourant, en achevant sa toilette.

Ils sont partis?

OSCAR.

Ils partent!

CÉLESTIN.

Je vais rattraper l'omnibus!

Il sort.

OSCAR.

Il veut rattraper l'omnibus, mais il est enchanté d'être
un peu séparé de sa femme. Ces bonshommes-là ne s'en-
flammeront jamais à côté d'une femme chaste et pure!
Ils sont en amadou; il faut y mettre le feu et alors... frrr...
tout brûle sans flamber! C'est abominable!... Ah! si cette

12

charmante Évelyne était ma femme... Tiens! Clara Soleil! Clara Soleil, elle-même! Elle entre ici...

SCÈNE IX

OSCAR, CLARA.

CLARA.

Pardon, monsieur, je me trompe peut-être... Madame Célestin Bavolet?

OSCAR.

C'est bien ici, madame.

CLARA.

Monsieur Bavolet?

OSCAR.

Je n'ai pas cet honneur, madame! Madame Bavolet part pour Nimes, et son mari l'accompagne à la gare.

CLARA.

Ah! j'aurais beaucoup désiré la voir.

OSCAR.

Je suis peut-être indiscret, en vous demandant pourquoi?

CLARA.

Certainement, monsieur, vous êtes indiscret... Vous me connaissez?

OSCAR.

J'ai eu l'honneur, madame, de vous applaudir, hier!

CLARA.

Ah! vous êtes de ceux qui ont eu du courage!... Ils n'ont pas été nombreux!

OSCAR.

Remarquez, madame, que vous êtes dans une ville de province... Avignon, l'ancienne cité des papes!

CLARA.

Voilà pourquoi madame Bavolet a prêché contre moi une croisade, dont elle aura à se repentir, je vous l'affirme!

OSCAR.

Vous veniez la prévenir?

CLARA.

Mon Dieu, non! je venais causer.

OSCAR.

C'est un cartel?

CLARA.

Ce sera tout simplement une vengeance de femme. Laquelle? Je n'en sais rien!... On assure qu'elle est jolie?

OSCAR.

Très jolie.

CLARA.

Et d'une réputation?

OSCAR.

Immaculée... Votre vengeance ne sera pas facile.

CLARA.

Tout est facile pour une femme blessée.

OSCAR.

N'oubliez pas que madame Bavolet a de nombreux amis.

CLARA.

Oh! si les amis s'en mêlent, la besogne est faite.

OSCAR, à part.

Elle n'est pas commode, cette petite personne-là!

CÉLESTIN, tout essoufflé.

Impossible d'attraper l'omnibus! j'y ai renoncé.

CLARA, le montrant.

Monsieur Bavolet?

OSCAR.

Oui, madame. (A Célestin.) Mademoiselle Clara Soleil!

CÉLESTIN stupéfait.

Oh!... mademoiselle!... Vous connaissez mon cousin de Mérindol?

CLARA.

Ah! monsieur de Mérindol!... Alors, c'est vous qui m'avez jeté hier un bouquet?

CÉLESTIN.

Lui!

CLARA.

En vous cachant un peu?

OSCAR, embarrassé.

Je ne me mets jamais en évidence!

CLARA.

C'était la protestation d'un cœur généreux.

OSCAR.

D'un admirateur. — (Bas). Il faut être poli!

CLARA, lui tendant la main.

Je vous en suis très reconnaissante.

OSCAR.

Mademoiselle... Mais pardon, c'est à M. Bavolet que vous

désirez parler! je vous laisse. (A part.) Si elle doit dévorer quelqu'un, il vaut mieux que ce soit le mari. Il va être amusant, à moins qu'il ne soit bête !

Il sort.

SCÈNE X

CÉLESTIN, CLARA.

CLARA.

Je venais très courroucée, mais la vue de M. de Mérindol m'a rassérénée... C'est un parfait galant homme.

CÉLESTIN.

Oui, mademoiselle! (A part.) Est-ce malheureux d'être essoufflé dans un pareil moment!

CLARA.

J'aurais voulu prouver à madame Bavolet que je ne suis pas aussi damnable qu'elle le pense!

CÉLESTIN.

J'en suis sûr, moi, mademoiselle!

CLARA.

Je lui aurais appris, — c'est le petit côté ridicule de mon histoire, — que je cache un nom vraiment noble sous le pseudonyme de Clara Soleil.

CÉLESTIN, à part.

Ah! oui, elle est femme du monde!

CLARA.

J'ai même eu un oncle qui a fait quelque bruit à Paris, dans le monde élégant. Il a quitté la France après s'être ruiné pour les femmes.

CÉLESTIN, avec élan.

Je comprends ça !

CLARA, souriant.

Mon père avait perdu sa fortune, il ne m'a rien laissé.
J'étais seule avec une tante romanesque, et l'idée m'est venue,
il y a quelques mois, d'utiliser ma voix qu'on veut bien
trouver agréable.

CÉLESTIN.

Elle est délicieuse !

CLARA.

Vous étiez au concert ?

CÉLESTIN.

Non, mais on me l'a dit !

CLARA.

La morale... La sainte morale, toujours si sévère pour les
filles sans dot, me conseillait d'épouser un commis de magasin.

CÉLESTIN.

C'eût été un meurtre !

CLARA.

Je le pense aussi; d'ailleurs, il m'a trouvée trop pauvre !

CÉLESTIN.

Le rustre !

CLARA.

Ce qu'on appelle le droit chemin dans la vie n'est pas
accessible à tout le monde. J'ai pris, dans les traverses, un
sentier fleuri qui me plaît.

CÉLESTIN, très galant.

Et qui vous permet de plaire... Vos admirateurs ne s'en
plaignent pas !

CLARA.

Vous êtes galant !

CÉLESTIN.

Je voudrais l'être, mais je suis un peu essouffé !

CLARA.

Remettez-vous... Je ne vois pas le tort que je fais à la société, en lui chantant des couplets qui la font rire.

CÉLESTIN.

On devrait vous bénir, au contraire !

CLARA.

N'est-ce pas ?

CÉLESTIN.

J'ai des amis qui vous ont entendue chanter le *Moustique*.

CLARA.

Eh bien ! *le Moustique*, qu'a-t-il d'extraordinaire ?

CÉLESTIN.

Il paraît que le troisième couplet...

CLARA.

Précisément... Rien n'est plus candide !

Elle chante et relève sa jupe.

C'est là, c'est là,
Que je sens un moustique.

CÉLESTIN, transporté.

C'est délirant !

CLARA.

Et remarquez que je rougis, ce qui est le signe reconnu de la pudeur.

CÉLESTIN.

Ah ! oui... C'est cette pudeur... particulière qui me bou-
leverse, moi, en ce moment !

CLARA, minaudant.

Vous êtes trop enthousiaste.

CÉLESTIN.

Jamais trop !... Vous êtes adorable !

CLARA, avec coquetterie.

Sur les planches, peut-être. Je vous assure que, rentrée
chez moi, je suis une femme comme les autres.

CÉLESTIN.

Oh ! non ! non ! pas comme les autres !

CLARA.

J'ai peut-être un mérite de plus : je résiste aux déclarations !

CÉLESTIN.

Mais quand elles sont sincères ?

CLARA.

Elles ne le sont jamais !

CÉLESTIN.

Oh ! si !

Il lui prend les mains.

CLARA.

Eh bien ?

Elle se lève.

CÉLESTIN, il s'arrête, interdit.

J'ai peut-être été trop loin.

CLARA, à part.

Il paraît que madame Bavolet n'a pas converti son mari ;
elle a eu tort.

CÉLESTIN.

J'irai demain à votre concert, je suis libre!

CLARA.

Ah! oui! Votre femme ne vous l'aurait pas permis. Eh bien! écrivez-lui pour la rassurer : je ne chante pas demain!

CÉLESTIN.

Vous ne chantez pas?

CLARA.

Non! L'oncle dont je vous parlais est en France. J'apprends par un télégramme qu'il a débarqué au Havre... S'il savait que sa nièce est une chanteuse d'opérette, il en deviendrait fou! Je m'abstiendrai donc, jusqu'à son départ, de paraître en public, et, puisqu'il est dans le Nord, je me promènerai dans le Midi, pour mon plaisir.

CÉLESTIN.

Seule?

CLARA.

Mais oui, seule!

CÉLESTIN.

Où allez-vous?

CLARA.

Je ne sais pas... A Marseille...

CÉLESTIN.

Ah! A Marseille, on rencontre beaucoup de gens d'Avignon.

CLARA.

Cela m'est égal!

CÉLESTIN.

Je parle pour moi.

CLARA.

Pour vous?

CÉLESTIN.

Si vous vouliez m'autoriser à vous accompagner..

CLARA.

Mais, monsieur...

CÉLESTIN.

A Nice! A Nice! Je n'y connais personne!

CLARA.

Songez-vous à ce que vous me proposez?

CÉLESTIN.

Un voyage! Un simple voyage!

CLARA.

En tête à tête?

CÉLESTIN.

Oui.

CLARA, à part.

Tiens! tiens!... Le mari de madame Bavolet, ce serait original!

CÉLESTIN.

Je serai aussi respectueux que vous voudrez!

CLARA.

Le seriez-vous plus encore, je n'en suis pas moins exposée, moi!

CÉLESTIN.

A quoi?

CLARA, baissant les yeux.

Mais, à être faible!

CÉLESTIN.

Ah ! je ne savais pas ce que c'était qu'une vraie passion !

CLARA, à part.

Ah ! C'est vraiment trop facile.

CÉLESTIN.

Il m'est impossible de vous dire ce que je ressens, parce que je suis essoufflé, et je ne peux pas me jeter à vos genoux à cause des domestiques !... Permettez-moi d'aller vous voir à votre hôtel ?

CLARA.

Si je le permettais, ce serait pour vous ramener à la raison !

CÉLESTIN.

Vous me ramènerez où vous voudrez... (Bruit.) Oh ! l'omnibus qui revient ! avec M. Duplantain !

CLARA.

Ah ! très bien ! Je vous laisse...

CÉLESTIN.

Et ma femme !

CLARA.

Peut-on sortir par là ?

CÉLESTIN.

Oui.

CLARA.

A ce soir !

SCÈNE XI

DUPLANTAIN, CÉLESTIN, ÉVELYNE, LÉONIE,
puis OSCAR.

DUPLANTAIN.

Nous l'avons manqué... C'est la première fois de ma vie,
monsieur, la première fois!

LÉONIE.

Deux heures à attendre!... Évelyne a voulu revoir son
mari.

CÉLESTIN.

Évelyne! J'ai couru après l'omnibus; je suis encore es-
souflé. Tu vois, j'étais désespéré de ne t'avoir pas fait mes
adieux, ma bonne Évelyne.

ÉVELYNE.

A la bonne heure, Célestin. Je t'avais trouvé froid, tout
à l'heure!

CÉLESTIN.

Froid?... moi, froid?... Oh! j'étais navré de te voir
partir!

ÉVELYNE.

Veux-tu que je reste?

LÉONIE.

Oh! non.

CÉLESTIN.

Je ne suis pas si exigeant; mais j'irai te retrouver.
Oh! oui, j'irai!

ÉVELYNE.

Voilà ce que tu aurais dù me dire. Maintenant, je partirai contente.

LÉONIE.

Déjà transformé!... C'est extraordinaire! J'enverrai quelquefois mon mari se promener.

OSCAR, entrant.

Vous voilà revenus?

DUPLANTAIN.

Nous avons manqué le train, monsieur. C'est la première fois que cela m'arrive, et nous manquerons peut-être le suivant; quand on est détraqué...

ÉVELYNE.

Je vais donner des ordres pour qu'on soigne bien Célestin pendant mon absence.

OSCAR, bas, à Célestin.

Et Clara Soleil?

CÉLESTIN, effrayé.

Chut!... Elle a été très convenable.

DUPLANTAIN.

Il l'a vue, veinard!... Est-ce qu'elle chante, ce soir?

OSCAR.

Demain.

DUPLANTAIN.

Tant pis! Je serais resté, maintenant que je suis détraqué!

OSCAR.

Elle ne vous a pas subjugué?

VI.   13

CÉLESTIN.

Mais non! mais non! Je suis resté très calme, comme
c'était mon devoir.

Allant au balcon.

OSCAR.

Calme!... Il n'en a pas l'air.

CÉLESTIN, embrassant Évelyne.

Évelyne, ma bonne Évelyne!

LÉONIE, montrant Célestin.

Quel exemple, Achille!

DUPLANTAIN, embrassant Léonie.

Léonie, ma chère Léonie!

ÉVELYNE, à Oscar.

Vous n'imaginez pas comme il m'aime!

OSCAR.

Ils se cramponnent après leurs femmes pour mieux les
lâcher!

ACTE DEUXIÈME

A Nice. — Le salon commun d'un hôtel.

SCÈNE PREMIÈRE

LÉONIDAS, puis MIETTE.

LÉONIDAS, en costume de chef.

Ce sera le roman de ma vie.

MIETTE.

Ah ! monsieur... Le tourne-dos Rossini est brûlé !

LÉONIDAS.

C'est le troisième ! Va dire à mon premier sous-chef que je lui délègue mes pouvoirs jusqu'à demain. Je ne peux plus respirer devant mes fourneaux ; j'y manque d'air.

MIETTE, à part.

Il est drôle, le patron, depuis qu'il est revenu de Montélimar.

LÉONIDAS.

Va vite, Miette, et reviens.

MIETTE.

Oui, patron. (A part.) Ça lui a pris hier en descendant du train.

Elle sort.

LÉONIDAS.

A la voir seule, avec une canne dans ses bagages, je la prenais pour une de ces femmes légères, que je ne reçois pas dans mon hôtel; et alors je l'ai embrassée... C'était une femme du monde! adorable! La reverrai-je un jour ?... Ah! oui!

MIETTE, revenant.

Me voici, patron.

LÉONIDAS.

Le nouveau cercle de Nice donne un concert ce soir. J'aurai beaucoup de monde. Tu serviras comme femme de chambre.

MIETTE.

Mais, patron, je n'ai pas la toilette.

LÉONIDAS.

Tu resteras en paysanne... Tout ce qui se fait dans un hôtel chic, paraît chic aux voyageurs.

MIETTE, regardant au dehors.

Voici madame Ragonaud, l'habilleuse du théâtre. Elle m'a fait entrer une fois dans les coulisses. (Entre madame Ragonaud.) Bonjour, madame Ragonaud.

SCÈNE II

LÉONIDAS, MADAME RAGONAUD.

MADAME RAGONAUD.

Bonjour, petite, bonjour. Je viens me mettre à la disposition de la signora Carolina.

LÉONIDAS.

Elle n'est pas encore arrivée, madame Ragonaud.

MADAME RAGONAUD, étonnée.

Pas encore ?

LÉONIDAS.

Et elle n'arrivera pas.

MADAME RAGONAUD.

Elle chante ce soir au concert du nouveau cercle.

LÉONIDAS.

Elle ne chantera pas. Voici sa dépêche : « Rhume subit... »

MADAME RAGONAUD.

Ah ! que j'en ai vu dans ma carrière de ces rhumes-là !

LÉONIDAS.

« Décommande appartement. »

MADAME RAGONAUD.

M. de Saint Lubin est-il prévenu ?

LÉONIDAS.

Je ne sais pas.

MADAME RAGONAUD.

C'est lui qui a organisé le concert ; s'il lui manque son

étoile, pour ses pauvres, il sera désolé... Voilà un brave
homme et un saint homme! Et je m'y connais, monsieur
Léonidas. J'ai vu tant de farceurs distingués dans ma carrière!

LÉONIDAS, vivement.

Pas à Nice! Je vous défends de calomnier Nice, où j'ai mon
hôtel.

MADAME RAGONAUD.

C'est à Paris que je veux dire.

LÉONIDAS.

A la bonne heure.

MADAME RAGONAUD.

J'ai été habilleuse à l'Opéra, aux Variétés, et sans les
mauvaises langues...

SCÈNE III

LES MÊMES, SAINT LUBIN.

SAINT LUBIN, se précipitant.

Est-ce possible? est-ce vrai?... La diva ne vient pas?

LÉONIDAS.

Voici la dépêche.

SAINT LUBIN.

Ah!

Il tombe atterré dans un fauteuil.

MADAME RAGONAUD.

Ce n'est pas votre faute, mon bon monsieur de Saint
Lubin.

SAINT LUBIN.

Ah! ma pauvre madame Ragonaud, voilà de ces coups
qui écrasent un homme.

MADAME RAGONAUD.

Il faut être philosophe.

SAINT LUBIN.

Les membres du cercle m'honorent de leur confiance, je la trahis !

LÉONIDAS.

Bah ! le concert ira tout de même !

SAINT LUBIN.

Plus de clou, mon cher Léonidas, plus rien ! Des amateurs.

LÉONIDAS.

Si vous pensiez qu'une chanson provençale...

SAINT LUBIN.

Qui la chanterait ?

LÉONIDAS.

Moi !

SAINT LUBIN.

Je vous remercie, mon bon monsieur Léonidas.

LÉONIDAS.

J'ai de la voix.

Il fredonne.

SAINT LUBIN.

Certainement... c'est très joli... mais vous ne pourriez pas remplacer ma prima donna.

LÉONIDAS.

Pas complètement.

SAINT LUBIN.

Je me permettrai de vous demander un verre d'eau.

LÉONIDAS.

Miette! un verre d'eau sucrée et du rhum, pour M. de Saint Lubin.

SAINT LUBIN.

Non, pas de rhum.

LÉONIDAS.

Et vous, madame Ragonaud?

MADAME RAGONAUD.

Oh! moi... non... Je n'ai pas déjeuné.

LÉONIDAS.

Voulez-vous prendre quelque chose à l'office?

MADAME RAGONAUD.

Avec plaisir, monsieur Léonidas, votre cuisine est si bonne. Ça me rappelle Paris.

Elle sort.

LÉONIDAS.

Mieux que Paris, je m'en flatte.

SAINT LUBIN.

Madame de Saint Lubin me dit toujours : « Marius, tu as tort de te mêler de ces comédiennes, ça ne te réussira pas. » Je lui réponds que c'est pour les pauvres ; ça la rassure. (Miette lui apporte un verre d'eau). Merci, mademoiselle.

Il boit.

SCÈNE IV

OSCAR, SAINT LUBIN, LÉONIDAS.

OSCAR.

Monsieur, je viens assez souvent à Nice... Je ne connaissais pas l'hôtel du Paillon.

LÉONIDAS.

Il est nouveau. C'est le meilleur de la ville.

OSCAR.

Voilà ce qu'on m'a dit partout. Les voyageurs ne peuvent pas vous échapper... Il entend bien la réclame, votre patron.

LÉONIDAS.

Mon patron, c'est moi! Léonidas Crèvecœur... J'opère moi-même.

OSCAR.

Mes compliments! On m'a dit à Marseille, hôtel de Noailles, que je trouverais ici...

LÉONIDAS.

Le comte Roland de Prémaillac?

OSCAR.

Précisément!

LÉONIDAS

Je sais qu'il attend plusieurs personnes. Mais il est allé prendre de l'appétit au bord de la mer.

OSCAR.

Alors, nous déjeunerons ensemble.

LÉONIDAS.

Deux couverts? très bien! Je souhaite que monsieur soit un gourmet, il sera satisfait. (Il lui présente le livre.) Monsieur veut-il me permettre de l'inscrire?

OSCAR.

Je ne suis pas sûr de rester.

LÉONIDAS.

C'est égal. Si monsieur a un beau nom, je l'enverrai aux journaux.

VI.   13.

OSCAR.

C'est inutile.

LÉONIDAS, à part.

Égoïste.

Il sort.

SCÈNE V

OSCAR, SAINT LUBIN.

OSCAR.

Monsieur de Saint Lubin, je crois ?

SAINT LUBIN.

Ah ! monsieur ! pardon... Je ne vous remets pas complètement.

OSCAR.

J'ai eu l'honneur de vous être présenté au cercle, l'année
dernière... Oscar de Mérindol.

SAINT LUBIN.

Ah ! oui, parfaitement... Je ne me souviens pas.

OSCAR.

D'Avignon.

SAINT LUBIN.

Ah ! oui... Avignon... Je connais quelqu'un à Avignon...
Le neveu d'une chanoinesse, d'une vieille amie à moi, qui
s'y est marié l'année dernière.

OSCAR.

Célestin Bavolet ?

SAINT LUBIN.

Oui. Ce cher enfant ! Quelle nature angélique... Je

n'ai pas pu assister à son mariage, madame de Saint Lubin était souffrante. On nous a dit que sa femme était adorable.

OSCAR.

On a dit vrai.

SAINT LUBIN.

Je suis heureux de vous entendre parler de ce cher Célestin. Est-ce qu'il ne nous amènera pas madame Bavolet, à Nice, un jour ?

OSCAR.

J'espère que si.

SAINT LUBIN.

Je vous parais peut-être un peu troublé... C'est que je suis le principal organisateur d'un concert... Voulez-vous me permettre de vous offrir un billet ?

OSCAR.

Volontiers.

SAINT LUBIN.

C'est deux louis !

OSCAR.

C'est raide !

SAINT LUBIN, prenant l'argent.

Et le seul attrait de la soirée nous manque !

OSCAR.

C'est encore plus raide !

SAINT LUBIN.

La Carolina devait venir...

OSCAR.

Et elle ne vient pas. Cela arrive.

SAINT LUBIN.

Comment la remplacer au dernier moment ?

OSCAR.

Nous avions ces jours-ci, à Avignon, Clara Soleil.

SAINT LUBIN.

Clara Soleil !... Ah ! si j'avais su ! C'est une étoile qui se
lève !. Elle est inconnue à Nice ; nos étrangers même ne
l a connaissent pas, puisqu'elle a récemment débuté... Clara
Soleil, c'était dix mille francs de plus pour les pauvres.
Et je ne serais pas déshonoré, comme commissaire ! Car je
suis déshonoré, mon cher monsieur !

SCÈNE VI

Les Mêmes, ROLAND, LÉONIDAS.

ROLAND, au dehors.

Vous êtes un triple sot !

OSCAR.

C'est Roland.

ROLAND, entrant avec Léonidas.

Comment saurait-on que je suis à votre satanée auberge...

LÉONIDAS.

Auberge !

ROLAND.

Si vous ne l'aviez pas dit !

LÉONIDAS.

Mais, monsieur le comte !

ROLAND.

Ne m'exaspérez pas !

LÉONIDAS.

J'ai été forcé de vous inscrire sur le livre des voyageurs.

ROLAND.

J'avais pris la peine de vous expliquer que je venais passer un jour à Nice, pour y être tranquille... et deux heures après, je recevais une lettre du cercle avec des billets de concert... M. de Saint Lubin... Je ne connais pas M. de Saint-Lubin ! Qu'est-ce que c'est que ce Saint Lubin là ?

SAINT LUBIN.

C'est moi, monsieur.

ROLAND, très poli.

Ah ! monsieur ! vous avez eu la gracieuseté de m'envoyer douze billets de concert ?

SAINT LUBIN.

Rien ne vous oblige à les prendre tous !

ROLAND.

Mais si, monsieur, mais si... Je les prendrai tous, c'est pour les pauvres ! Ils sont à ?...

SAINT LUBIN.

Deux louis !

ROLAND, à Léonidas.

Vous ferez porter de ma part vingt-quatre louis à M. de Saint Lubin ! Enchanté, monsieur, d'avoir fait votre connaissance !

SAINT LUBIN,

C'est moi, monsieur !...

ROLAND.

Non, monsieur, c'est moi !

SAINT LUBIN, à Léonidas.

Je vais vous éviter la peine d'envoyer... Il est excellent, ce monsieur !

Ils sortent.

ROLAND.

C'est un homme parfait, ce Saint Lubin !

SCÈNE VII

ROLAND, OSCAR.

OSCAR, allant à lui.

Je vous reconnais bien là !

ROLAND.

Mérindol !... Oscar !... mon brave Oscar !... Comment ! vous venez me trouver jusqu'ici !... Vous n'avez pas changé.

OSCAR.

C'est vous qui êtes toujours le même.

ROLAND.

Pas du tout !... Je suis devenu Américain ! Mais je suis de ceux qui croient que l'on ne vieillit pas. Ce n'est pas quelques cheveux de plus ou de moins, qui peuvent influer sur le caractère, n'est-ce pas ?... Nous déjeunons ensemble ?

OSCAR.

Je m'étais déjà invité.

ROLAND.

En débarquant au Havre, je vous ai donné rendez-vous à Paris, mais je n'y ai passé que deux heures !

OSCAR.

Pourquoi donc ?

ROLAND.

Parce que Paris exerce sur moi une sorte de fascination qui m'épouvante J'ai peur d'être repris par ce charme étrange qui n'existe que là... pas ailleurs, vous pouvez m'en croire ! Je me suis enfui à Marseille, qui me rappelle mieux l'Amérique. Je viens passer un jour à Nice, mais je n'irai pas à Monaco.

OSCAR.

C'est très beau, cela !

ROLAND.

Je suis devenu extraordinairement raisonnable.

OSCAR, riant.

Et furieusement calme.

ROLAND.

Oh ! calme !... non... pas encore ! L'habitude qu'on a là-bas, de discuter le revolver au poing, m'a surexcité le système nerveux !

OSCAR.

Malepeste !

ROLAND.

J'ai reçu trois balles sur les côtes... en causant. Ce n'est pas aussi grave qu'on le croit, mais ça irrite !... Vous savez que je veux vous marier !

OSCAR.

Je n'ai pas pris cette plaisanterie au sérieux !

ROLAND.

Alors, pourquoi venez-vous ?

OSCAR.

Pour vous serrer la main.

ROLAND.

Ce n'est pas une plaisanterie. Imaginez-vous que je viens de faire fortune en deux ans ; mais une vraie fortune comme on les fait en Amérique. J'ai pris un million dans mes poches pour venir en France, comme je prenais autrefois mille francs pour aller au cercle... Ma nièce était pauvre ; elle s'imagine qu'elle l'est encore ! Je lui ai télégraphié de venir à Marseille, nous y serons demain. Je lui annoncerai qu'elle est riche... Vous la trouverez ravissante, et vous me demanderez sa main !

OSCAR.

Je suis touché de vos bonnes intentions à mon égard, mais vous comprendrez que ma situation...

ROLAND.

Laissez-moi tranquille avec votre situation... Je vous dis que je jongle avec l'argent !

OSCAR.

Raison de plus.

ROLAND.

Vous voulez me fâcher ?

OSCAR.

Non, certes !... (A part.) Diable d'homme ! Il n'admet pas qu'on lui résiste !

ROLAND.

Si Valentine vous déplaît...

OSCAR,

La question n'est pas là,

ROLAND.

Attendez de l'avoir vue.

OSCAR.

Il vaudrait mieux, au contraire...

ROLAND.

Rougiriez-vous d'être mon neveu ?

OSCAR.

Rien ne me paraîtrait plus flatteur.

ROLAND.

Alors, n'ergotez pas !

OSCAR, à part.

Je suis vexé d'être venu, moi !

LÉONIDAS, entrant.

Monsieur le comte est servi !

ROLAND.

Pourquoi servez-vous sans qu'on vous le demande ?

LÉONIDAS.

Je croyais...

ROLAND.

Vous n'avez rien à croire ! Il est abominable, ce gargotier !

LÉONIDAS, furieux.

Gargotier !

ROLAND.

Allons déjeuner !... Vous ne soupçonnez pas comme ça
va m'amuser de vous marier.

OSCAR, à part.

Oui, mais, moi... Je vais envoyer une dépêche à Avignon pour qu'on me rappelle.

ROLAND.

Vous ne venez pas ?

OSCAR.

Si... si...

ROLAND.

Mon neveu !

OSCAR, à part.

Il est féroce !

SCÈNE VIII

LÉONIDAS, MADAME RAGONAUD, MIETTE.

LÉONIDAS.

Il est distingué, ce voyageur, mais il est violent !... Gargotier !

MADAME RAGONAUD, entrant.

Ah ! mon bon monsieur Léonidas, comme on mange bien chez vous !

LÉONIDAS.

Et encore, vous n'aviez pas le grand jeu, madame Ragonaud.

MADAME RAGONAUD.

Vous devriez m'attacher à votre hôtel, comme habilleuse.

LÉONIDAS.

Comme habilleuse ?

MADAME RAGONAUD.

Vous mettriez sur une pancarte : « Il y a une habilleuse attachée à l'établissement ! »

LÉONIDAS.

Pour quoi faire ?

MADAME RAGONAUD.

Pour arrondir la taille, équilibrer les hanches et rendre vraisemblables les poitrines avantageuses de vos clientes.

LÉONIDAS.

Je ne reçois que des femmes honnêtes !

MADAME RAGONAUD.

Raison de plus ! Elles sont généralement maigres... Je vous assure que ce serait bien utile dans les grands hôtels.

LÉONIDAS.

J'y réfléchirai, madame Ragonaud.   Miette entre.

MIETTE.

Voilà l'omnibus !

LÉONIDAS.

Personne ?

MIETTE.

Si, un monsieur et une dame !

LÉONIDAS.

Ensemble ?

MIETTE.

Je ne sais pas.

LÉONIDAS.

L'hôtel du Paillon ne reçoit pas les femmes seules... Il faut être marié !

MADAME RAGONAUD.

Mais, mon bon monsieur Léonidas, les femmes mariées
sont bien plus seules que les autres !

Elle sort par le fond au moment où Célestin entre.

LÉONIDAS.

Oui, oui, souvent... mais c'est pour le principe !

SCÈNE IX

Les Mêmes, CÉLESTIN, CLARA, puis SAINT LUBIN.

CÉLESTIN, *entrant, très timide.*

Je voudrais... Nous voudrions... Avez-vous ?...

CLARA, *bas.*

Ne soyez donc pas si gêné pour demander deux chambres!

CÉLESTIN.

Avez-vous deux chambres, qui se touchent ?

LÉONIDAS.

Le 14 et le 16, une vue superbe !

CÉLESTIN.

Nous désirons manger à part.

LÉONIDAS. *Il prend son livre.*

Le tarif n'est plus le même.

CÉLESTIN.

Ça ne fait rien !

CLARA.

Ma pèlerine est accrochée !...

*Célestin la détache. — Léonidas s'approche avec le livre des voyageurs. Célestin
le regarde effaré.*

CLARA, bas, à Célestin.

Prenez un nom quelconque... Monsieur et madame n'importe quoi.

CÉLESTIN.

Oui.

Il cherche.

SAINT LUBIN, entrant vivement.

Il m'est venu une idée! (Léonidas va à lui.) Donnez-moi la dépêche de la Carolina, je l'afficherai au cercle pour sauvegarder ma responsabilité!... Ah! monsieur Bavolet! Ce cher Célestin!

CÉLESTIN, ahuri.

Monsieur de Saint Lubin!

SAINT LUBIN.

Avec sa jeune femme!... Vous vous êtes donc décidé enfin à nous présenter madame Bavolet?

CÉLESTIN.

Oui... oui.

SAINT-LUBIN.

Adorable, en effet. On ne nous avait pas trompés.

CLARA.

Monsieur...

SAINT LUBIN.

Je causais de vous ici même avec une personne dont j'ai oublié le nom et qui m'a annoncé votre voyage.

CÉLESTIN, stupéfait.

Ah!... qui ça peut-il être?

SAINT LUBIN, apercevant Léonidas avec le livre, et dictant.

M. et madame Bavolet... l...e...t... propriétaires à Avignon (Vaucluse)... L'âge, vous le voyez... (A Célestin.) Madame de Saint Lubin ne quitte plus sa chambre; elle sera enchantée de vous recevoir.

CÉLESTIN.

Hein?

SAINT LUBIN.

J'ai, en ce moment, une affaire urgente qui m'appelle au cercle... (A Léonidas.) Donnez-moi le télégramme. (A Célestin.) Mais je viendrai vous chercher dans une heure avec ma voiture.

CÉLESTIN.

Ce serait abuser...

SAINT LUBIN.

J'y tiens... Ce cher Célestin !

CLARA, bas, à Célestin.

Accompagnez-le.

SAINT LUBIN, à Célestin.

Ce qui me plaît surtout dans madame Bavolet, c'est son air de candeur.

CÉLESTIN.

Oui, oui... à moi aussi.

SAINT LUBIN.

Mes compliments les plus sincères. A bientôt... (A part.) Ils sont charmants!

Il sort.

CÉLESTIN, ahuri.

Que faire à présent? Que faire?

LÉONIDAS.

Si monsieur voulait visiter le 14 et le 16, on les préparerait tout de suite.

CLARA.

Allez, mon ami, je vous attends.

CÉLESTIN.

Oui, oui... Que faire ?

Il sort.

SCÈNE X

CLARA, puis ROLAND.

CLARA.

Ah ! que c'est drôle ! Mon Dieu, que c'est drôle!... Ce bon monsieur qui veut nous présenter à sa femme... Et ce candide Bavolet qui ne sait plus où se fourrer... Et me voilà madame Bavolet pour de bon. Oh ! soyons pimbêche. Je ne croyais pas me venger si bien, ni m'amuser autant.

ROLAND.

Je veux lui montrer sa photographie avant le dessert ; elle est dans ma chambre. Tiens... une dame... Jolie tournure... Valentine !

CLARA.

Mon oncle Roland !...

ROLAND.

Tu as reçu ma dépêche? Je ne t'attendais que demain à Marseille... Je te remercie de ton empressement.

CLARA.

Il n'y a pas de quoi, mon oncle.

ROLAND.

Tu en seras récompensée. J'ai une grande nouvelle à t'annoncer... J'ai fait fortune en Amérique.

CLARA.

Vous?

ROLAND.

Cela t'étonne!... On m'a toujours regardé dans ta famille comme une tête folle! Eh bien! ma mignonne, ton grand toqué d'oncle t'apporte une dot!

CLARA.

A moi?

ROLAND.

A toi qui es pauvre et qui portes mon nom.

CLARA.

Vous m'apportez une dot?

ROLAND.

Un simple million.

CLARA.

Un million?

ROLAND.

D'Amérique... sonnant, et pouvant s'offrir comme un sac de dragées aux étrennes. Ces procédés-là ne sont pas encore usités en France... Et pour être sûr de ne pas le manger, je repars dans deux jours.

CLARA.

Dans deux jours?

ROLAND.

Pour New-York... j'y suis forcé! N'essaie pas de me retenir. Tu es ici avec ta tante?

CLARA.

Non, mon oncle... ma tante est à Paris.

ROLAND.

Tu n'es pas venue seule?

CLARA.

Oh! non. Je...

MIETTE, entrant.

Monsieur attend madame au 14.

CLARA.

C'est bien.

ROLAND.

Comment, madame? Madame, toi?... Tu es mariée?

CLARA, vivement.

Oui. J'étais un peu embarrassée pour vous le dire.

ROLAND.

Je n'avais pas pensé à ça, moi!

CLARA.

J'aurais dû vous consulter.

ROLAND.

Me consulter... me consulter... Je ne méritais pas d'être consulté. Qu'est-ce qu'il est ton mari?

CLARA.

Il est propriétaire.

ROLAND.

Ah! s'il est propriétaire de quelque chose!... Est-il bien?

CLARA.

Eh! ni bien ni mal... suffisant.

ROLAND.

Suffisant... Enfin... Tu aurais pu plus mal tourner, avec

VI. 14.

une tante comme la tienne... Et je n'aurais pas supporté une tache sur mon nom!

CLARA.

Je le sais, mon oncle.

ROLAND.

Enfin, s'il est suffisant... Il y en a tant qui ne le sont pas!... Tu vas me le présenter?

CLARA.

Oui, mon oncle... Il se rase... Il est très lent.

SCÈNE XI

LES MÊMES, OSCAR, puis CÉLESTIN.

OSCAR, entrant.

Ah! pardon. Je venais savoir ce que vous deveniez...

ROLAND.

Venez! venez! Je vous présente ma nièce.

OSCAR.

Hein? Sa... Votre?...

CLARA, vivement.

Vous oubliez toujours que je suis une petite bourgeoise un peu sauvage... quoique Valentine de Prémaillac.

ROLAND.

Tu es charmante! J'allais lui montrer ta photographie... Seulement, mon cher ami, je suis désespéré.

OSCAR.

Pourquoi?

ROLAND.

Je ne sais comment vous annoncer ma mésaventure.

OSCAR.

Annoncez toujours.

ROLAND.

Elle est mariée !

OSCAR.

Oh ! mariée !

CLARA.

Et aussitôt que j'ai su que mon oncle était dans ces pa-
rages, je suis accourue pour lui présenter mon mari.

ROLAND.

Je ne l'ai pas encore vu... Il se rase. Vous ne m'en voulez pas de vous avoir donné une fausse joie?

OSCAR.

Non ! non ! Je n'ai pas de rancune, vous savez bien.

ROLAND.

Merci. Elle a épousé un propriétaire... un gros propriétaire.

OSCAR.

Ah !

CÉLESTIN, entrant.

Ma chère amie, on ne vous a pas dit... (Apercevant Oscar.)
Oscar !

OSCAR.

Célestin !

ROLAND.

Ton mari!... Té, le gros propriétaire !

OSCAR.

C'est lui, le mari!

ROLAND.

Monsieur, vous avez épousé ma nièce sans fortune, c'est très beau!

OSCAR.

Ça se complique.

CÉLESTIN.

Monsieur !

ROLAND.

Je vous répète que c'est très beau. Vous n'aurez pas à le regretter! (A Clara.) Présente-moi !

CLARA.

Mon oncle : Le comte Roland de Prémaillac, notre oncle.

ROLAND.

Monsieur... (A Clara.) Son nom ?

CLARA.

Célestin Bavolet.

ROLAND.

Bavolet ! Madame Bavolet !... Enfin ! (présentant Oscar.) M. Oscar de Mérindol, un de mes anciens soldats.

OSCAR.

Très flatté, monsieur, de faire votre connaissance.

CLARA, bas.

Merci !

ROLAND.

Je n'aurai d'ailleurs qu'à donner le million à ton mari ! Ce n'est plus qu'un cadeau de noces.

CLARA.

Ah ! mon oncle !

ROLAND.

Je suis seul coupable !... J'aurais dû t'avertir plus tôt. (Bas.) Tu as pris un mari laid : tu as du courage. Tu es une brave fille !

Il l'embrasse.

CÉLESTIN, à Oscar.

Vous me tirerez de là ?

OSCAR.

Ce n'est pas possible ! Vous serez forcé de rester son neveu, tant qu'il restera en France

CÉLESTIN, atterré.

Mais je ne veux pas !

SCÈNE XII

Les Mêmes, SAINT LUBIN.

SAINT LUBIN, entrant, toujours empressé.

Ma voiture est là.

CÉLESTIN.

Ah ! l'autre !

SAINT LUBIN, à Roland.

Excusez-moi, monsieur !

ROLAND.

Monsieur de Saint Lubin, je vous présente ma nièce et mon neveu.

OSCAR.

Il y tient.

VI.   14.

SAINT LUBIN.

Mais je les connais beaucoup !

OSCAR.

Allons, bon !

SAINT LUBIN.

J'ai l'honneur d'être le vieil ami de la tante de M. Bavolet :
la chanoinesse !

ROLAND.

Oh !

OSCAR, à part.

Parfait !

CLARA.

Oui, mon oncle, la tante de Célestin...

CÉLESTIN, à part.

Je ne peux pourtant pas supporter ça !

SAINT LUBIN.

Je viens chercher ce jeune ménage, pour le présenter à
madame de Saint Lubin.

OSCAR, à part, riant.

Oh ! oh ! oh !

CLARA.

Vous permettez, mon oncle ?

ROLAND.

Les devoirs sociaux avant tout !

CÉLESTIN, à part.

Comment ! Elle ira !...

CLARA, à Saint Lubin.

J'ai le plus grand désir, depuis mon mariage, de voir

madame de Saint Lubin dont on m'a vanté si souvent l'esprit et les vertus !

OSCAR, à part.

Elle est à croquer !

SAINT LUBIN.

Nous savons aussi vos mérites, madame !

OSCAR, riant.

Il sait tout, Saint Lubin !

CÉLESTIN, à part.

Je ne peux pas permettre ça !

CLARA, mettant son chapeau.

Célestin, veux-tu m'aider ?

CÉLESTIN, aidant Clara à mettre son chapeau.

Hein ? Oui, oui !... Cherchez un moyen !...

CLARA, bas.

Vous êtes un homme d'honneur, n'est-ce pas ? Je ne vous dirai pas que mon oncle tuerait sans hésiter l'amant de sa nièce !

CÉLESTIN, même jeu.

L'amant

CLARA.

Mais si vous ne restez pas mon mari pendant vingt-quatre heures, vous m'aurez coûté un million... Vous m'étranglez !

CÉLESTIN.

Moi !

ROLAND, se substituant à Célestin.

Mais il ne sait pas !... (Il arrange le chapeau. A Clara.) Tu le trouves suffisant ?

OSCAR, bas.

Vous n'en sortirez plus ! C'est fini !

ROLAND, qui a achevé.

Là !

CLARA.

Nous sommes à vous, monsieur.

SAINT LUBIN, lui offrant le bras.

Madame !

CLARA.

Au revoir, mon oncle ! Excusez mon mari. Il est un peu
timide !

SAINT LUBIN.

C'est une nature angélique !

ROLAND.

Je le vois bien !... Enfin, elle sera heureuse !

CLARA, appelant.

Célestin !

OSCAR.

Allez donc ! Votre femme !...

ROLAND, à Célestin.

Allez donc, Angélique !... (Oscar éclate de rire.) Eh bien !
vous riez, vous ?

OSCAR.

Je ris, je ris... de M. de Saint Lubin !

ROLAND.

Non... non... Vous riez de mon neveu. J'en rirais aussi,
moi, si je n'étais pas son oncle, car il a l'air d'un jocrisse.
Mais elle le trouve suffisant !

OSCAR.

C'est l'essentiel.

ROLAND.

Vous ne m'en voulez pas de vous avoir donné une fausse joie?

OSCAR.

Je vous assure que non !

ROLAND.

Merci !... Enfin, maintenant je suis leur oncle, n'est-ce pas ?... Je ne peux pas renoncer à mes prérogatives. Je vais leur offrir quelques petits cadeaux. Vous devez connaître les bons endroits, vous m'accompagnerez.

OSCAR.

Je suis tout à vous.

ROLAND.

Ne riez donc plus. Je vais prendre quelques billets de banque... Vous aurez la consolation de vous dire que ce Bavolet ne vous vaut pas.

OSCAR.

Ça m'est très agréable !

ROLAND, revenant.

Je pense à une chose, moi. Je suis sûr qu'ils divorceront avant un an. Vous devriez attendre.

OSCAR.

Tiens, c'est une idée !

ROLAND.

Mais vous ne voudriez peut-être pas épouser une femme divorcée... Je comprends ça.

OSCAR.

J'étudierai la question... quand on en sera là !

ROLAND.

Bien sûr, vous ne m'en voulez pas ?

OSCAR.

Je vous le jure !

ROLAND.

Je reviens. (En sortant.) Une nature angélique... c'est quelque chose.

Il sort.

OSCAR.

Célestin ! le candide Célestin... Célestin le chaste, s'est fait enlever par Clara Soleil !... Elle m'avait bien dit qu'elle se vengerait ! Et la nièce, la fameuse nièce que le colonel m'offrait, c'était Clara Soleil ! S'il s'en doutait, quel grabuge ! Pauvre colonel !... C'est égal, je ne peux pas m'empêcher d'en rire...

SCÈNE XIII

OSCAR, DUPLANTAIN.

DUPLANTAIN, un guide à la main.

« Hôtel du Paillon, recommandé aux familles ! » Il ne doit pas être gai... Enfin !

OSCAR, étonné.

Monsieur Duplantain !

DUPLANTAIN.

Ah ! vous nous suiviez ?

OSCAR.

Vous, à Nice ?

DUPLANTAIN.

J'ai un peu dérangé l'itinéraire de papa.

OSCAR.

Vous étiez parti pour rentrer dans votre famille?

DUPLANTAIN.

Oh! mais non!... Oh! mais non!... au contraire. C'est papa qui viendra me rejoindre ici. Il ne veut pas que j'aille à Monte-Carlo sans lui.

OSCAR.

Alors, que faites-vous?

DUPLANTAIN.

Je continue le voyage de noces.

OSCAR.

Tout seul?

DUPLANTAIN.

Comment, tout seul?... Non, pas tout seul; avec ma femme et madame Bavolet!

OSCAR.

Ma cousine est ici?

DUPLANTAIN.

Ces dames attendent dans la voiture.

OSCAR.

Il ne faut pas qu'elle entre!

DUPLANTAIN.

Nous cherchons à nous caser.

OSCAR.

Pas dans cet hôtel!

DUPLANTAIN.

Il est recommandé aux familles !

OSCAR.

Il est détestable !

DUPLANTAIN.

Ceux qui sont bons n'ont plus que des mansardes.

OSCAR.

Vous y serez mieux !

DUPLANTAIN.

Je ne peux pas monter, moi, je m'essouffle.

OSCAR, bas.

Célestin est ici, en bonne fortune.

DUPLANTAIN.

M. Bavolet ! Ah bah ! Ah bah ! Je prévoyais qu'il allait faire une escapade !... Prévenez-le, il ira à Monte-Carlo sans nous.

OSCAR.

Je ne peux pas le prévenir, il se promène !... Ah ! vous auriez bien dû ne pas changer votre itinéraire.

DUPLANTAIN.

J'ai brûlé Marseille parce que j'avais peur d'y rencontrer le dogue...

OSCAR.

Prémaillac ! Il est ici.

DUPLANTAIN.

A Nice ?

OSCAR.

Dans cet hôtel !

DUPLANTAIN.

Je repars !

OSCAR.

A la bonne heure !

DUPLANTAIN.

Ne lui dites pas que vous m'avez vu !

SCÈNE XIV

Les Mêmes, ROLAND.

DUPLANTAIN, voyant Roland.

Trop tard !

ROLAND.

Tiens ! c'est mon voyageur de Montélimar !

DUPLANTAIN.

Ah ! oui, non... (A part.) Je ne peux pas nier !

OSCAR, à Roland qui s'est placé devant Duplantain.

Ne retenez pas monsieur.

ROLAND.

Je ne le retiens pas !... (A Duplantain.) Vous êtes vif, vous !...

DUPLANTAIN.

Moi ?

ROLAND.

Vous m'avez égratigné avec votre parapluie !

DUPLANTAIN.

Ah ! Est-ce possible ?... Égratigné ! Où donc ?

OSCAR, bas.

N'appuyez pas.

ROLAND.

Je ne suis pas habitué à ce genre de duel.

DUPLANTAIN.

Moi non plus !

ROLAND.

J'avais déjà mis la main à mon revolver... Je me croyais
en Amérique... Heureusement que j'ai vu le Rhône !

DUPLANTAIN, à part.

C'est le Rhône qui m'a sauvé ! Merci, Rhône !

ROLAND.

J'attendais vos témoins.

DUPLANTAIN.

Mes témoins ?

ROLAND.

Je les aurais priés de vous transmettre mes excuses.

DUPLANTAIN.

Hein ?... Si j'avais su, je vous en aurais envoyé.

OSCAR.

C'est une autre guitare maintenant.

ROLAND.

La jeune personne que vous avez ·embrassée sous le
tunnel...

DUPLANTAIN.

Effleurée...

ROLAND.

Le méritait... Je l'ai reconnu après votre départ !

DUPLANTAIN.

Ah !

ROLAND.

Vous ne vous étiez pas trompé de femme... mais vous vous étiez trompé de tunnel ! Celui-là est trop court. La pudeur n'a que le temps de s'effaroucher !... Je retire mes paroles sévères !

DUPLANTAIN.

Je les accepte ! (A part.) Il est charmant ! (Avec élan.) Si jamais vous veniez à Nimes, je serais heureux de vous présenter à papa.

ROLAND.

A votre papa ? Le bonheur serait partagé !

OSCAR.

Les voilà intimes à présent !... C'est ne pas avoir de chance !

ROLAND.

Acceptez-vous un cigare ?

DUPLANTAIN.

Très volontiers ! (Bas, à Oscar.) Je ne fume pas !

OSCAR.

Dites-le-lui !

DUPLANTAIN.

Maintenant, j'ai accepté !

OSCAR.

Fumez-le... Et allez-vous-en !

DUPLANTAIN.

Je ne peux pas quitter ainsi un homme aussi aimable !

OSCAR.

Et, pendant ce temps-là, Évelyne est dans la voiture !

SCÈNE XV

Les Mêmes, ÉVELYNE, LÉONIE.

LÉONIE, entrant.

Que fait donc monsieur Duplantain ?

ÉVELYNE.

Tu vois, il s'informe.

LÉONIE.

Il nous a oubliées... Il cause !

ÉVELYNE.

Je vous disais bien que j'avais reconnu mon cousin à la gare de Marseille... (A Oscar, avec reproche.) Vous avez abandonné Célestin ?

OSCAR.

Oh ! pour un jour ou deux !

ÉVELYNE.

Mais il s'ennuie, ce pauvre ami !

OSCAR.

Oh ! il a du courage !

ÉVELYNE.

Est-il bien triste ?

OSCAR.

Triste !... Oh ! Il a du courage !

LÉONIE, étonnée.

Oh ! M. Duplantain fume... Son père me l'avait caché.

ROLAND, à Duplantain.

Vous êtes rêveur ! Vous pensez à la jolie blonde que vous avez embrassée sous le tunnel ?

LÉONIE.

Hein ?

DUPLANTAIN.

Colonel !

ROLAND.

Si, si... vous y pensez. Elle était agréable d'ailleurs... Et vous aviez une mine si drôle !

DUPLANTAIN.

Colonel !

ROLAND.

Après, au grand jour... Cupidon attrapé ! Oh ! les dames !...

DUPLANTAIN, à Oscar.

Retenez-le !

OSCAR.

Au contraire, ça fait diversion.

ROLAND.

Pardonnez-moi, mesdames, je plaisantais monsieur, à propos d'une aventure qui lui est arrivée près de Montélimar sous un tunnel !... sans conséquences... Si j'avais dit un mot de trop, je serais désolé...

ÉVELYNE.

Non, monsieur... vous n'avez rien dit de trop.

LÉONIE.

Au contraire.

DUPLANTAIN.

Elle a tout entendu !

ÉVELYNE.

D'ailleurs, nous n'écoutions pas...

ROLAND.

Vous me rassurez, madame !... (A Oscar.) Elle est ravissante, cette petite femme-là ! Elle me rappelle une de mes passions de Bordeaux en 1867.

OSCAR.

C'est bien vieux !

ROLAND.

Vous arrivez, mesdames?

OSCAR.

Ces dames désireraient loger ici, mais il n'y pas un seul appartement vacant !

ROLAND.

Pas un seul !... Voulez-vous me permettre, mesdames, de vous offrir le mien.

OSCAR.

Bon ! (Haut.) Mais, colonel...

ROLAND.

Je repars ce soir ; et pour quelques heures... ce n'est pas une affaire !

ÉVELYNE.

Vraiment, monsieur, vous êtes trop aimable... Vous vous dérangeriez pour nous !

ROLAND.

J'en suis déjà payé, madame. Je vais dire qu'on peut disposer de mon appartement en votre faveur.

ÉVELYNE.

Nous acceptons alors...

OSCAR.

Ah ! s'il est écrit qu'elle doit voir Célestin !

ROLAND.

Venez donc, Mérindol, vous m'accompagnez ?

OSCAR.

Ah ! oui ! oui !

ROLAND, bas.

Connaissez-vous cette dame ?

OSCAR.

Moi... Non... pas du tout ! (A part.) Il faudrait lui dire son nom... Ça ferait double emploi.

ROLAND.

Dépêchons-nous.

OSCAR

Il ne me lâchera pas !

Ils sortent.

SCÈNE XVI

LÉONIE, DUPLANTAIN, ÉVELYNE, puis LÉONIDAS.

LÉONIE.

Achille, vous avez embrassé une dame blonde sous un tunnel !

DUPLANTAIN.

Permets, Léonie !

LÉONIE.

Ce monsieur vient de le dire.

DUPLANTAIN.

Tu n'as pas bien compris !

LÉONIE.

Vous en rougissez encore.

DUPLANTAIN.

Effleuré peut-être...

LÉONIE.

Parce que l'obscurité n'a pas duré... je connais ça !

DUPLANTAIN.

Tu connais ça !

LÉONIE.

Dans un voyage de noces...

ÉVELYNE.

Calme-toi, Léonie !

DUPLANTAIN.

Oui, n'est-ce pas ?

LÉONIE.

Je voudrais bien t'y voir, toi. Si M. Bavolet !...

ÉVELYNE.

Ce n'est pas la même chose !

LÉONIE.

Pourquoi n'est-ce pas la même chose ?

ÉVELYNE.

Parce que mon mari... lui...

LÉONIE.

Moi aussi... Je croyais le mien vertueux.

DUPLANTAIN.

Je le suis, Léonie, je le suis.

ÉVELYNE.

Généralement !

DUPLANTAIN.

Par principe !

LÉONIE, à Evelyne.

Je n'ai pas choisi M. Duplantain pour sa beauté, n'est-ce pas ?

DUPLANTAIN.

Elle est cruelle !

ÉVELYNE.

Enfin ! Il t'a plu !

DUPLANTAIN.

Je l'espérais.

LÉONIE.

Parce que son père me l'avait garanti !

ÉVELYNE.

Nous le ferons gronder par son père.

DUPLANTAIN.

Ne parlez pas de ça à papa, il me maudirait !

LÉONIE.

Vous m'aviez déjà caché que vous fumiez !... Tenez, j'ai épousé un libertin !

DUPLANTAIN.

Libertin ! jamais !... Quand j'étais célibataire, j'étais irréprochable !

LÉONIE.

Vous avez attendu d'être marié !

ÉVELYNE, à part.

Il n'est pas adroit.

DUPLANTAIN.

Je veux dire que ce sont les ivresses du mariage qui m'ont grisé !

LÉONIE.

Pour les autres femmes.

ÉVELYNE.

Il faudrait savoir comment les choses se sont passées.

DUPLANTAIN.

Précisément, tout est là !... Le train partait... Je me précipite... Je marche sur les pieds d'un monsieur qui se fâche... Ça me fait trébucher, et je tombe sur les genoux d'une dame ! Ça arrive tous les jours en omnibus. Je me relève vivement pour m'excuser et je me trouve dans l'obscurité. J'ai dû m'excuser de travers... Je l'aurai frôlée. Et une femme que l'on frôle s'imagine toujours qu'on va plus loin... Alors... Tu comprends...

LÉONIE.

Parfaitement !

ÉVELYNE.

C'est très clair !

DUPLANTAIN.

Elle est calmée !

LÉONIE.

Eh bien ! monsieur, pendant que vous embrassiez une dame blonde, un voyageur superbe embrassait votre femme !

DUPLANTAIN.

Vous ?

LÉONIE.

Sous le même tunnel !

ÉVELYNE.

Pourquoi lui dire ça ?

LÉONIE.

Je dis qu'il est superbe pour lui être désagréable.

DUPLANTAIN.

Un homme se serait permis...

LÉONIE.

Vous n'étiez pas là.

DUPLANTAIN.

Il aurait poussé l'audace...

LÉONIE.

Comme vous... Il paraît que cela se fait en chemin de fer.

DUPLANTAIN.

Où est-il, madame ? Où est-il ?

LÉONIE.

Cherchez !

DUPLANTAIN.

Et il est superbe !

ÉVELYNE.

Tu es cruelle, vraiment !...

LÉONIDAS, entrant.

Si ces dames veulent voir l'appartement de M. le comte ? (Apercevant Léonie.) C'est elle ! Le roman de ma vie !

LÉONIE.

Ah ! c'était un marmiton ?

ÉVELYNE, à Léonidas.

Certainement, nous allons voir.

LÉONIE, bas.

Dis que tu ne veux pas.

ÉVELYNE.

Pourquoi ?

LÉONIE.

C'est ce marmiton qui m'a embrassée !

Évelyne éclate de rire.

DUPLANTAIN, à part, très ému.

Et il est superbe !... Je ne me croyais pas jaloux !

LÉONIE.

Tu ris ?

ÉVELYNE, montrant Léonidas.

Vois donc cette figure !

LÉONIE.

Je la vois trop !

ÉVELYNE.

Je te jure qu'avec une tête comme celle-là, ce n'est pas
sérieux !

LÉONIDAS, à part.

Elle sera sous mon toit ! sous le même toit !

DUPLANTAIN.

Si vous voulez nous diriger, monsieur...

LÉONIDAS.

Miette, passe devant. J'aurai l'honneur de suivre ces
dames.

LÉONIE.

Mais je ne veux pas!

ÉVELYNE.

Tu vas te trahir!

DUPLANTAIN, regardant Léonidas.

Pourquoi fait-il des yeux blancs, celui-là?

LÉONIDAS, s'effaçant.

Mesdames...

ÉVELYNE.

Viens, Léonie.

LÉONIDAS, à part.

Elle s'appelle Léonie, et moi Léonidas!

ÉVELYNE, bas.

Tu ne peux pas reculer... Donne-moi le bras!

Elles passent devant Léonidas qui fait des grâces.

DUPLANTAIN.

Qu'est-ce qu'il a donc ce cuisinier rêveur?... Pas si vite,
Léonie!

LÉONIDAS, examinant Duplantain.

C'est son père.

DUPLANTAIN, revenant.

Donnez-moi donc mon chapeau!

LÉONIDAS, le chapeau à la main.

Monsieur est le père de cette jeune dame?

DUPLANTAIN.

Je suis son mari!

LÉONIDAS.

Oh!

Il écrase le chapeau.

DUPLANTAIN.

Vous écrasez mon chapeau !

LÉONIDAS.

Pardon !... C'est une distraction !

DUPLANTAIN.

Un chapeau neuf !... Mon chapeau de noces pour rendre
mes visites aux clients de papa. Il est extraordinaire ce
marmiton !

LÉONIDAS.

Elle ne peut pas l'aimer !... Je regrette d'avoir endossé la
livrée de mes fourneaux, Ce costume lui paraîtra peut-être
vulgaire ! Et pourtant il est poétique !... Beaucoup de femmes
me l'ont murmuré !

SCÈNE XVII

LÉONIDAS, SAINT LUBIN, MIETTE.

SAINT LUBIN.

Mon cher Léonidas, voulez-vous préparer du tilleul avec
de la fleur d'oranger?

LÉONIDAS.

Oh ! ne me parlez pas de tisane en ce moment.

SAINT LUBIN.

Pour ce pauvre M. Bavolet ! Je n'ai pas pu le présenter
à madame de Saint Lubin. Il s'est trouvé subitement indis-
posé, et il a voulu revenir à pied avec sa jeune femme...
J'ai pris les devants !

Il sort.

MIETTE, paraissant au fond de l'escalier.

Ces dames trouvent l'appartement très bien ! Seulement,
elles ont peur dans les hôtels. Elles se sont enfermées.

LÉONIDAS, à part, avec fierté.

Je lui parais donc redoutable!

Il sort à gauche.

SCÈNE XVIII

SAINT LUBIN, CÉLESTIN, CLARA, MIETTE.

SAINT LUBIN.

Eh bien! cela va-t-il mieux?

CLARA, soutenant Célestin.

Ah! oui! Ah! oui! Beaucoup mieux!

CÉLESTIN.

Pas encore!

SAINT LUBIN.

Où est donc Léonidas?

Il entre à l'office.

CLARA, gaiement.

Il me semble que, maintenant, vous pourriez revenir à la santé...

CÉLESTIN.

Quand il sera tout à fait parti... Ce malaise subit m'a sauvé. L'idée ne m'en serait pas venue.

CLARA.

Je vous l'ai soufflée... charitablement. Vous aviez l'air si désolé de me présenter à madame de Saint Lubin.

CÉLESTIN.

Comprenez ma situation...

CLARA.

Ne l'exagérez pas. Quand vous passeriez pour mon mari
pendant deux jours...

CÉLESTIN.

Avec monsieur votre oncle qui ne me connait pas et que
je ne reverrai plus, je m'y ferais; mais avec M. de Saint
Lubin, un ami de ma tante, qui parle encore de nous
inviter à dîner... Non, je vais m'enfermer dans ma chambre.

CLARA.

Et je vous soignerai... bruyamment... d'ici... Car le tête-
à-tête n'est plus ce qui vous tente.

CÉLESTIN.

Oh! si, oh! si!... Vous ne m'avez encore rien accordé.

CLARA.

Heureusement! Si vous aviez des remords, que serait-ce?

SAINT LUBIN, à Miette.

Je ne peux pas découvrir Léonidas. Je lui avais commandé
du tilleul avec de la fleur d'oranger.

CLARA.

Oh ! non ! Cette tisane l'affaiblirait encore! Je connais
une potion merveilleuse, mais il faut que je la confectionne
moi-même. (A Miette.) Voulez-vous, mademoiselle, m'apporter
un réchaud à esprit-de-vin, de l'eau, du sucre, du kirsch et
deux citrons, pour prendre le zeste... Ça lui donnera du
ton.

MIETTE.

Bien, madame!

CÉLESTIN, très abattu.

Je voudrais seulement un peu de calme et de repos.

CLARA.

Eh bien! je préparerai ma drogue dans ce salon.

CÉLESTIN.

Je vous en prie!

SAINT LUBIN.

Prenez mon bras.

CÉLESTIN.

Oh! c'est inutile.

SAINT LUBIN.

Je ne vous quitterai pas avant que vous soyez rétabli.

CÉLESTIN.

Vous êtes trop bon!

SAINT LUBIN.

J'y tiens!

CÉLESTIN.

Je monterai seul.

CLARA.

Ne sois pas imprudent!

SAINT LUBIN.

Soyez tranquille, madame, je me constitue garde-malade.

Il monte en courant.

SCÈNE XIX

CLARA, puis MIETTE, DUPLANTAIN, LÉONIDAS.

CLARA.

Ah! je plains sa femme!... Garder pendant deux jours un mari comme celui-là, ça me paraîtra beau. Enfin! C'est encore de la chance dans ma mésaventure d'avoir trouvé si à point un mari vraisemblable!

MIETTE.

Voici d'abord le réchaud, madame.

CLARA.

Merci, mademoiselle! (A part.) Ce qu'il faut avant tout, c'est que mon oncle n'apprenne jamais que sa nièce chante dans les cafés-concerts, et encore moins qu'elle lui a présenté un mari pour rire.

MIETTE, entrant.

Voici l'eau, le sucre... Ah! le kirsch!

Elle sort.

CLARA.

Qu'est-ce que je vais lui faire?... un punch?

DUPLANTAIN, entrant, à Léonidas.

Comment! vous écoutiez aux portes?

LÉONIDAS.

Je passais...

DUPLANTAIN.

Et vous me prenez pour le père de ma femme? Où est votre patron?

LÉONIDAS.

Mon patron... C'est moi-même.

DUPLANTAIN.

Ah! c'est bien! Je quitte votre hôtel.

LÉONIDAS.

Vous ne ferez pas ça... Je vous avais préparé un menu de déesse... avec des truffes partout!

DUPLANTAIN.

Comment! des truffes partout... pour des jeunes mariés! C'est un menu de défiance!... Allez préparer ma note!

LÉONIDAS.

Est-ce que monsieur emmène madame?

DUPLANTAIN.

Certainement que je l'emmène!

LÉONIDAS.

C'est votre droit! (A part.) Ma vie est brisée!

Il sort.

DUPLANTAIN.

Cet animal écoutait aux portes pendant que ma femme me faisait une scène... Elle est adorable quand elle se fâche! C'est un plaisir! (Miette apporte le kirsch.) Ça me monte l'imagination!

CLARA, à Miette.

Merci!

DUPLANTAIN.

Ah! c'est Clara Soleil!

CLARA.

Il a une singulière façon de regarder, ce voyageur!

DUPLANTAIN.

Elle me sourit... Elle m'a reconnu! Si ma femme n'était pas là-haut, et s'il n'y avait pas cette bonne!

CLARA, à Miette.

Et les citrons?

MIETTE.

Ah! oui, madame!

DUPLANTAIN.

La bonne s'en va. Attaquons! (Évelyne paraît.) Ah! madame Bavolet!... quel dommage!

Il s'esquive par le fond.

SCÈNE XX

CLARA, ÉVELYNE.

ÉVELYNE, une lettre à la main.

Léonie se fâchait avec son mari pendant que j'écrivais à Célestin. Voilà bien les contrastes. J'entendais tout à travers la cloison... (Allant à Clara qu'elle prend pour une employée de l'hôtel.) Voudriez-vous me dire, madame, où se trouve la boîte aux lettres?

CLARA.

Je l'ignore, madame. J'arrive!

ÉVELYNE, confuse.

Oh! madame! je vous demande pardon de ma méprise!

CLARA.

Elle est bien excusable, madame... Vous me voyez occupée comme si j'étais chez moi. (Miette revient avec les citrons.) Voilà une jeune personne qui se chargera de votre lettre.

ÉVELYNE, à Miette.

Ne la perdez pas!

MIETTE.

Soyez tranquille, madame! (A Clara.) Monsieur va mieux?

ÉVELYNE, avec intérêt.

Vous avez un malade, madame?

CLARA.

Mon mari est souffrant.

ÉVELYNE.

Oh! ce n'est pas grave?

CLARA.

Un malaise passager, je l'espère!

ÉVELYNE.

Je comprends bien votre inquiétude! Il suffit que mon mari ait un bobo pour me mettre aux abois!

CLARA.

Le mien est très délicat!

ÉVELYNE.

Le mien aussi... Il ne veut se laisser soigner que par moi!

CLARA.

Tous les hommes se ressemblent.

ÉVELYNE.

Je vois, en effet, que vous préparez sa tisane.

CLARA.

Je n'aurais confié ce soin à personne!

ÉVELYNE.

C'est d'une femme modèle !

CLARA.

La potion que je compose est souveraine contre toutes les
indispositions légères... mais très compliquée.

ÉVELYNE.

Si j'osais vous demander la recette...

CLARA.

Je vous la donnerai avec le plus grand plaisir !

ÉVELYNE.

Permettez-moi d'abord de vous voir opérer...

CLARA.

C'est le plus simple. Je prends le zeste de deux citrons...

ÉVELYNE.

Je vais vous aider.

CLARA.

Vous êtes trop bonne, madame !

ÉVELYNE.

Je m'instruis pour mon mari.

SCÈNE XXI

Les Mêmes, ROLAND, OSCAR.

OSCAR, entrant au bras de Roland.

Il n'a pas voulu me lâcher ! (Apercevant Evelyne.) Oh ! Évelyne avec Clara Soleil !

ROLAND.

Tiens ! cette jolie personne est avec ma nièce !

OSCAR.

Voulez-vous venir fumer un cigare?

ROLAND.

Je viens d'en fumer! (Galant.) Je ne veux pas vous déranger, mesdames!

ÉVELYNE.

Vous ne nous dérangez pas, monsieur.

OSCAR.

Nous avons encore à causer!

ROLAND.

Laissez-moi donc tranquille!

CLARA.

Mon oncle, le comte de Prémaillac!

ROLAND.

J'ai déjà eu l'honneur de voir madame.

ÉVELYNE.

Et monsieur nous a même offert son appartement, que j'ai accepté.

CLARA, avec joie, à Roland.

Vous partez?

ROLAND.

Je ne suis plus bon à rien ici.

OSCAR, essayant de l'emmener.

Vous n'avez pas terminé l'histoire de votre escapade sur les toits!

ROLAND, bas.

Ne parlez pas de ça devant ma nièce!... (Haut.) Qu'est-ce que tu fabriques donc là, toi?

CLARA.

Vous le voyez.

ÉVELYNE.

Madame prépare une potion pour son mari qui est souffrant.

ROLAND.

Oh ! le pauvre garçon !

CLARA.

Et madame veut bien m'aider.

ROLAND.

Il est malade ?

CLARA.

Ne vous inquiétez pas ! Ce ne sera rien. Aurais-je ce
calme, sans cela ?

ROLAND, très galant.

Tant mieux !... Permettez-moi de vous féliciter, madame !
Je n'ai jamais vu enlever le zeste d'un citron avec cette
délicatesse et cette grâce !

ÉVELYNE.

Vous êtes trop galant.

ROLAND.

Ma parole d'honneur ! C'est adorable.

ÉVELYNE.

Vous allez me faire rougir.

ROLAND.

Je ne m'en plaindrai pas.

ÉVELYNE.

Oh !

OSCAR, à part.

C'est qu'elle a une aisance qu'elle n'a pas chez elle !

ROLAND.

Vous ne connaissez pas le mari de ma nièce ?

ÉVELYNE.

Non, monsieur !

ROLAND.

Elle l'a choisi sans moi. Je n'étais pas en France... C'est un gros propriétaire... Je vous le présenterai !

OSCAR, à part.

Où allons-nous, mon Dieu !

ROLAND.

Je viens de le voir pour la première fois! Elle le trouve suffisant !... Je n'en dis rien... quoique... Enfin, il lui plait comme ça ! Une mauviette, madame, une vraie mauviette!

CLARA, se récriant.

Oh! mon oncle!

ROLAND.

Mais il est malade!... Je vais le voir. Je commence à l'aimer, ce garçon-là !... Mauviette! mais pas méchant !

CLARA.

Je vous suis, mon oncle. (A part.) Je ne veux pas les laisser seuls !

OSCAR, à part.

Maintenant! Il faut enlever Evelyne coûte que coûte !

SCÈNE XXII

OSCAR, ÉVELYNE, CLARA, LÉONIE, MIETTE.

Léonie paraît. — Évelyne va à elle.

LÉONIE.

Ce marmiton chante encore sous ma fenêtre. Je le vois
partout ! Il me fait peur ! Tu es très à ton aise, toi.

ÉVELYNE.

Je m'émancipe.

OSCAR, à Évelyne.

Quittez cet hôtel à l'instant même !

LÉONIE.

C'est ce que je lui disais.

OSCAR.

Vous ne pouvez pas rester ici.

ÉVELYNE.

Parce que ce cuisinier chante sous les fenêtres ?

OSCAR.

Il ne s'agit pas de cuisinier... Croyez-moi sur parole.

LÉONIE.

Cette dame...

ÉVELYNE.

Une femme charmante...

OSCAR.

C'est Clara Soleil !

ÉVELYNE.

C'est la nièce du comte de Prémaillac !

OSCAR.

Ça n'empêche pas...

ÉVELYNE.

Elle a un mari.

OSCAR.

Par accident... Pour se donner une contenance !

ÉVELYNE, stupéfaite.

Et je viens de causer avec elle, comme avec une amie!.. Partons vite !

OSCAR.

Enfin !... Vos chapeaux, vos manteaux !

MIETTE, entrant, une lettre à la main.

Des billets de concert pour M. et madame Bavolet...

ÉVELYNE, étonnée.

Ah ! (Elle s'avance d'un pas.)

CLARA, prenant les billets.

C'est bien... Je vous remercie.

ÉVELYNE.

Comment ! Qu'est-ce que cela veut dire ?

OSCAR.

Ça ne veut rien dire. Sauvons-nous !

ÉVELYNE.

Oh! non!... pas maintenant ! (Regardant Clara.) Madame Bavolet!

SCÈNE XXIII

Les Mêmes, ROLAND, SAINT LUBIN, CÉLESTIN.

ROLAND, entrant.

Il va très bien, ton bonhomme de mari !

CÉLESTIN, abasourdi.

Oh ! Évelyne !

CLARA.

C'est sa femme !

ÉVELYNE, à Clara.

Madame Bavolet ?

CLARA.

Oui, madame !

ÉVELYNE.

Qui a épousé le neveu d'une chanoinesse ?

ROLAND.

C'est son titre de noblesse.

ÉVELYNE.

Alors j'ai quelques scrupules, madame, de ne pas m'être nommée tout de suite !... Clara Soleil, artiste lyrique !

CÉLESTIN, ahuri.

Elle !

CLARA.

Ah !

ROLAND.

Clara Soleil!... Autrefois, je l'aurais deviné.

OSCAR, à Léonie.

Eh bien! c'est crâne ce qu'elle fait là.

LÉONIE.

Elle a raison ; elle se venge!

SAINT LUBIN.

Ah! mademoiselle... C'est le ciel qui vous envoie! Nous donnons ce soir un concert. L'attrait principal nous manque. Ce serait dix mille francs de plus pour les pauvres, si vous vouliez chanter...

ÉVELYNE.

Chanter!

CLARA.

Vous ne pouvez pas refuser, mademoiselle, c'est pour les pauvres !

ÉVELYNE.

Aussi, madame, je chanterai!

ROLAND.

Alors, je ne pars plus, moi ! (A Clara.) Veille sur ton mari, il paraît que cette Clara Soleil a une puissance de séduction extraordinaire.

ÉVELYNE.

Je chanterai le Hanneton, la Femme de Polichinelle...

CLARA.

Elle sait mon répertoire.

OSCAR.

Elle ne doute plus de rien.

CLARA.

Je serai là pour vous applaudir.

ROLAND, à Célestin.

Vous, je vous prie de ne pas regarder cette demoiselle avec ces yeux-là ! Si vous trompez votre femme, je vous coupe les oreilles !

ACTE TROISIÈME

Un salon de cercle, très artistement aménagé, en façon de loge d'artiste.

SCÈNE PREMIÈRE

SAINT LUBIN, MADAME RAGONAUD.

M. de Saint Lubin entre doucement, va prendre un des bouquets, change le billet qui s'y trouvait caché et le remplace par un autre,

SAINT LUBIN.

J'avais oublié qu'elle est blonde. (Lisant le billet.) « Que tes beaux cheveux noirs... » — blonds! C'est la Carolina qui était brune... — « Que tes beaux cheveux blonds seraient doux à mes lèvres!... »

MADAME RAGONAUD, entrant, très émue.

Ah! mon cher monsieur de Saint Lubin!...

SAINT LUBIN.

Qu'avez-vous, ma bonne madame Ragonaud?

MADAME RAGONAUD.

Figurez-vous que votre étoile ne voulait pas chanter.

SAINT LUBIN.

Oh! mon Dieu!

MADAME RAGONAUD.

Elle a pris peur tout à coup...

SAINT LUBIN.

De quoi?

MADAME RAGONAUD.

Du public de la province. J'ai vu souvent de ces effets-là dans ma carrière.

SAINT LUBIN.

Madame Ragonaud, vous me tuez!

MADAME RAGONAUD.

Rassurez-vous, mon bon monsieur de Saint-Lubin; c'est arrangé!

SAINT LUBIN.

Ah! et comment?

MADAME RAGONAUD.

Je n'en sais rien. Elle était assise à la fenêtre, elle regardait le ciel... Tout à coup : « Habillez-moi, madame... » et v'lan! v'lan! les cheveux au vent, la robe à la diable! J'ai eu un mal... Mais j'aime ces natures-là, moi!

SAINT LUBIN.

Et moi donc!... dans la limite des convenances!

MADAME RAGONAUD.

Cette femme-là a des peines de cœur!

SAINT LUBIN.

Vous croyez?

MADAME RAGONAUD.

J'ai l'expérience de ces choses-là, mon bon monsieur de Saint Lubin!

OSCAR, paraissant à la porte.

Mademoiselle Clara Soleil?

MADAME RAGONAUD.

Elle est encore à l'hôtel, monsieur.

OSCAR.

On m'a dit à l'hôtel qu'elle était au Cercle.

MADAME RAGONAUD.

C'est la consigne, monsieur !

OSCAR.

Qui a donné cette consigne ?

SAINT LUBIN.

Moi, monsieur, elle est générale. Une dame s'est présentée aussi. Je ne l'ai pas vue... Elle a beaucoup insisté.

OSCAR, à part.

C'est madame Duplantain.

SAINT LUBIN.

Je lui ai fait répondre que mademoiselle Clara Soleil ne recevait personne avant la fin du concert.

OSCAR.

Vous l'avez donc séquestrée ?

SAINT LUBIN.

Mon cher monsieur, il y a trois ans, j'avais une chanteuse de Marseille. On demande à la voir. C'était une femme mariée, qui lui saute à la figure et qui égratigne le nez de mon étoile !... Les précautions ne sont pas inutiles !

OSCAR.

Moi, monsieur, je dois accompagner mademoiselle Clara Soleil au piano !

SAINT LUBIN.

Au piano !... Nous avons un accompagnateur attitré !

OSCAR.

Elle me préfère.

SAINT LUBIN.

Je m'incline, alors! Si vous voulez attendre?

OSCAR.

C'est mon devoir.

SAINT LUBIN.

Je vais vous ramener notre belle et grande artiste dans ma voiture... C'est une de mes prérogatives!

Il sort.

MADAME RAGONAUD.

Un accompagnateur, ce monsieur-là!... C'est un amoureux! Il n'y entend rien, ce pauvre M. de Saint Lubin! (S'approchant.) Monsieur n'a aucune recommandation à m'adresser?

OSCAR.

Aucune, madame.

MADAME RAGONAUD.

Je suis habilleuse!

OSCAR.

Enchanté, madame, de faire votre connaissance!

MADAME RAGONAUD.

J'en étais sûre!

Elle sort, avec des révérences.

OSCAR.

Elle est étonnante, cette habilleuse!... Je suis sûr, cette fois, de voir Évelyne!

SCÈNE II

OSCAR, CLARA.

CLARA, gaîment.

Est-ce que vous chantez aussi, monsieur de Mérindol?

OSCAR.

Ah! non, madame, j'accompagne.

CLARA.

Mes compliments!

OSCAR, souriant.

La consigne était de ne pas laisser entrer les femmes.

CLARA.

Oh! moi, j'entre partout!... Elle a un joli aplomb, madame Bavolet!

OSCAR.

Si elle avait crié : « Ciel! mon mari! » comme c'est l'usage, le colonel devinait qu'on l'avait berné!

CLARA.

J'en serais désespérée!

OSCAR.

Et Dieu sait ce qui serait advenu avec le caractère que nous lui savons!

CLARA.

Je suis très reconnaissante à votre aimable cousine. Mais maintenant...

OSCAR.

Maintenant?

CLARA.

Elle a pris mon nom, il faut qu'elle le garde!

OSCAR.

C'est beaucoup demander!

CLARA.

Puisqu'elle a si gracieusement promis de chanter pour les pauvres... Qu'elle chante!

OSCAR.

Je ne connais pas ses intentions.

CLARA.

Je viens lui offrir de lui faire répéter mes chansons et de lui indiquer les traditions qui en ont assuré le succès.

OSCAR.

Vous allez l'exaspérer.

CLARA.

Je ne peux pourtant pas laisser compromettre ma réputation de chanteuse!

OSCAR.

Soyez prudente! Songez que vous risquez de perdre un million!

CLARA.

Oh! je ne tiens pas outre mesure à ce million de la famille qui me rejetterait dans la vie bourgeoise!... Ce qui m'effraie un peu, c'est la colère de mon oncle, mais personne ne lui apprendra la vérité!

OSCAR.

Cela dépend de madame Bavolet!

CLARA.

J'ai un gage qui me répond de sa discrétion.

OSCAR.

Un gage?

CLARA.

Le mari, mon séducteur!

OSCAR.

C'est un gage difficile à garder!

On apporte des fleurs.

CLARA.

Je l'ai enfermé, je ne veux pas qu'il m'échappe. Il allait tout gâter, et je tiens à entendre madame Bavolet chanter mon répertoire... c'est une joie que je me suis promise!... Des fleurs déjà?... Elle vous aime, madame Bavolet?

OSCAR.

Moi! Pas du tout! Elle n'aime que son mari!

CLARA.

Est-ce possible!

OSCAR.

On voit encore de ces phénomènes-là dans notre monde!

CLARA.

Et vous êtes son cousin?

OSCAR.

Dans le sens bête du mot!

CLARA.

Je n'en crois rien!... (On apporte des fleurs). Encore?

OSCAR.

Cette situation ne peut pas durer, il faudrait renvoyer Prémaillac!

CLARA.

Par quel moyen?

OSCAR.

J'en ai trouvé un !

CLARA.

Voyons.

OSCAR.

Nous trompons l'heureux Bavolet!

CLARA.

Qui?

OSCAR.

Vous et moi.

CLARA.

Sans autre cérémonie !

OSCAR.

Votre oncle nous surprend...

CLARA.

Pardon ! Vous connaissez sa violence!

OSCAR.

Je connais Prémaillac! Il ne vous pardonnerait pas de chanter dans les Eldorados... et ce qui s'ensuit. Mais il vous pardonnerait de tromper légitimement un mari comme Bavolet, d'autant plus que c'est avec moi qu'il voulait vous marier !

CLARA.

Avec vous?... Oh ! que c'est drôle !

OSCAR.

Je suis venu à Nice pour vous épouser.

CLARA.

Non! c'est tout à fait drôle!

OSCAR.

N'est-ce pas?... Votre oncle a été navré. (Après réflexion.) Moi aussi !

CLARA.

Vous êtes poli.

OSCAR.

Le programme que je vous offre me dédommagerait un peu.

CLARA.

Vous êtes trop aimable! (On apporte des fleurs.) C'est pour moi, tout ça?

OSCAR.

Évidemment.

CLARA, prenant une carte.

Le prince Pericoli!... Comme il est tendre!... (Deuxième carte.) Le marquis de l'Estacade. (Lisant.) « Je me présenterai dans votre loge, après votre première chanson. Soyez seule! »

On apporte de nouvelles corbeilles.

MADAME RAGONAUD, entrant avec les porteurs.

Là, mettez là.

CLARA.

Encore! C'est une débauche de fleurs!

MADAME RAGONAUD.

On lui prépare un triomphe!

CLARA.

A qui?

MADAME RAGONAUD.

A mademoiselle Clara Soleil!

CLARA.

Ah !

MADAME RAGONAUD.

Si madame voyait les couronnes qu'on doit jeter sur la scène !

CLARA.

On fait bien les choses à Nice !

MADAME RAGONAUD.

Quand elle sortira, on dételera les chevaux et on la transportera avec sa voiture !

CLARA.

Il ne manquera rien à sa gloire !

SCÈNE III

LES MÊMES, ROLAND.

ROLAND.

La diva n'est pas encore arrivée ?... Té ! Mérindol... Valentine ici !

CLARA.

Oui, je... je vous cherchais !

OSCAR.

Et madame a bien voulu me prier de l'introduire au Cercle.

ROLAND.

Mais Oscar est très compromettant !... Où est donc ton mari ?

CLARA.

Mon mari !

OSCAR.

Eh bien... on ne voulait pas vous l'avouer... Il est parti pour Marseille !

ROLAND.

Parti ?

CLARA.

Oui, c'est ce que je venais vous dire !

OSCAR.

Avec une femme.

ROLAND.

Comment ? Avec une femme ?

OSCAR.

Qu'il enlève !

ROLAND.

Bavolet ?... Il enlève quelqu'un ?

CLARA.

Oui, mon oncle, oui !

OSCAR.

Il faut se méfier de ces tempéraments maigres.

ROLAND.

Ce n'est pas une craque, il te trompe ?

OSCAR.

Madame hésitait à vous le dire, de peur de vous causer trop de peine !

ROLAND.

Et tu l'aimes ?

CLARA.

Passionnément.

OSCAR.

Il faudrait courir après lui !

ROLAND.

Je te le ramènerai par les oreilles, s'il lui en reste !
A quelle heure le train pour Marseille ?

OSCAR.

A dix heures dix-sept.

ROLAND, appelant.

Madame Ragonaud !

CLARA.

Vous envoyez mon oncle à Marseille ?

OSCAR.

Nous cherchions un moyen, le voilà !

CLARA.

Ce n'est pas mal imaginé.

ROLAND.

Madame, voulez-vous conduire ma nièce jusqu'à l'hôtel
du Paillon ?

MADAME RAGONAUD.

Avec plaisir, monsieur !

ROLAND.

Pauvre petite, sois tranquille ! Je te rendrai ton mari ou
j'y perdrai mon nom !

CLARA.

Oh ! que vous êtes bon !

. OSCAR .

Nous voilà sauvés !

CLARA, à Oscar.

Merci !... A bientôt ! Je vais m'habiller !

SCÈNE IV

ROLAND, OSCAR.

ROLAND.

J'arrive ici tranquille, j'y trouve un neveu que je n'attendais pas, je l'accueille bien, je le comble de cadeaux, et ce coquin-là me joue des tours pareils !

OSCAR.

C'est abominable !

ROLAND.

Et ce soir... quand je me promettais... (Changeant de ton.) Rien ne vous retient à Nice, vous ?

OSCAR, étonné.

Pourquoi ?

ROLAND.

Vous pouvez me rendre un service dont je vous serai reconnaissant toute ma vie !

OSCAR.

En quoi faisant ?

ROLAND.

En allant à Marseille chercher mon neveu

OSCAR, stupéfait.

Comment ?

ROLAND.

A ma place.

OSCAR.

Ce ne serait pas la même chose.

ROLAND.

Moi, je ne répondrais pas de le ramener vivant!

OSCAR.

Je n'ai aucune autorité...

ROLAND.

Ce sont toujours les amis qu'on charge de ces corvées-là !

OSCAR

Et puis ce soir, j'ai promis d'accompagner les chansons de mademoiselle Clara Soleil.

ROLAND.

Je les accompagnerai, moi !

OSCAR.

Vous, colonel !

ROLAND.

Je me pique d'être aussi bon musicien que vous !

OSCAR.

Beaucoup meilleur ; mais votre situation...

ROLAND.

Je n'en ai plus de situation ! Je suis Américain, et d'ailleurs, j'ai rajeuni de vingt ans en quelques heures !

OSCAR.

Que vous est-il arrivé ?

ROLAND.

Rien et tout... Tout et rien ! Je me suis enfui de Paris

pour échapper à un charme que je connais trop... Tac, je l'ai retrouvé à Nice ?

OSCAR.

Qui donc ?

ROLAND, bas.

Cette Clara Soleil...

OSCAR, ahuri.

Bah !

ROLAND.

Je n'ai rien vu de plus séduisant !

OSCAR.

Si vous vous emballez !

ROLAND.

Ah ! Mérindol, ceux qui ne s'emballent pas dans la vie ne connaissent pas les joies de ce monde.

OSCAR.

Vous voyez une femme dix minutes dans un salon d'hôtel...

ROLAND.

Je l'ai vue bien davantage !

OSCAR.

Elle ?

ROLAND.

Je lui ai cédé mon appartement comme vous savez. Mais comme je suis décidé à rester à Nice...

OSCAR.

Allons donc !

ROLAND.

Tant qu'elle y sera et même à la suivre !

OSCAR.

Et l'Amérique ?

ROLAND.

Ah ! l'Amérique, je ne suis pas sûr d'y retourner.

OSCAR.

Vous dites ?

ROLAND.

Je me sens capable de faire des folies comme autrefois, et avec les Yankees, ce ne serait pas drôle !

OSCAR, à part.

Voilà ce que je n'avais pas prévu !

ROLAND.

Je demande donc à l'hôtel une chambre quelconque, on me met sur la cour, en face de ses fenêtres !

OSCAR.

Les fenêtres de qui ?

ROLAND.

De Clara Soleil... Elle s'habillait pour le concert... Des cheveux blonds à reflets d'or qui tombent jusqu'aux genoux, une taille souple et cambrée, avec des hanches de statue moderne développées et jeunes. Les épaules d'une pureté de lignes irréprochable, et une grâce, une vivacité d'allures, de jolies petites mains, d'adorables mouvements d'impatience, des sourires et des larmes à la fois... La femme nerveuse dans tout son épanouissement ! La vie et le charme !... Alors, vous comprenez bien que je n'ai aucune envie d'aller à Marseille !

OSCAR.

Cependant, colonel, il y a les devoirs de la famille !

ROLAND.

Je les respecte. Voilà pourquoi j'envoie un ami à ma place.

OSCAR.

Ce n'est pas un ami, c'est vous qui devez sacrifier quelques heures de plaisir... problématique !

ROLAND.

Vous me donnez une leçon ?

OSCAR.

J'en aurais le droit, car en ce moment, vous êtes beaucoup plus jeune que moi !

ROLAND, se contenant.

Savez-vous, Mérindol, qu'on ne m'a jamais parlé ainsi !

OSCAR.

On a eu tort, colonel !

ROLAND.

On a eu tort ?

OSCAR.

Je sais bien que cette franchise-là, pour vous, vaut un coup d'épée...

ROLAND.

Mérindol !

OSCAR.

Je ne reculerai pas pour si peu !... Quand on s'appelle Roland de Prémaillac, on ne se demande pas si un devoir à remplir amuse ou n'amuse pas !

ROLAND, après une pause, brusquement.

Mérindol ! Vous avez raison ! Je vais partir.

OSCAR, seul.

Ouf! Il m'en a coûté, mais il fallait le renvoyer à
tout prix!... Le voilà amoureux d'Évelyne! Il lui aurait
adressé des déclarations incendiaires qui l'auraient boule-
versée... Enfin, il part!... (Roland entre avec Évelyne.) Il revient!
Avec Évelyne!...

SCÈNE V

ROLAND, OSCAR, SAINT LUBIN, ÉVELYNE, en
toilette de bal, MADAME RAGONAUD, portant des cartons
et des objets de toilette.

ROLAND.

Je connais tout votre répertoire. J'ai fait la traversée de
New-York avec un de vos adorateurs... Je vous étonnerai
quand nous serons seuls!

SAINT LUBIN, vexé.

Il me l'a enlevée!

OSCAR.

Comment, colonel?

ÉVELYNE, voyant Oscar, avec joie.

Ah!

ROLAND.

Je n'ai pu résister au plaisir d'accompagner mademoiselle
un instant. J'ai encore le temps!... Je suis désespéré, mon
coquin de neveu m'empêchera de vous entendre ce soir!

ÉVELYNE, étonnée.

Ah!

ROLAND.

Mais il me le payera! (A Oscar.) J'arriverai assez tôt en me
hâtant un peu!

OSCAR.

Mais non, colonel, mais non !

ROLAND, à Évelyne.

Vous êtes délicieuse dans cette toilette, et votre émotion ne s'explique guère... Vous attirerez tous les cœurs en paraissant !

SAINT LUBIN.

Tiens, c'est ce que j'ai dit à mademoiselle. (Avec tendresse.) Prenez garde maintenant de ne pas avoir trop chaud !...

Il veut enlever sa mantille.

ROLAND, à part.

Il est insupportable, ce Saint-Lubin !

Il enlève la mantille.

SAINT LUBIN.

Il me dispute toutes mes prérogatives !

ÉVELYNE, très embarrassée, à madame Ragonaud.

Voulez-vous m'aider, madame ?

MADAME RAGONAUD, à part.

Il aime ces ouvrages-là, M. de Saint Lubin !

OSCAR.

Mais, colonel, vous manquerez le train !

ROLAND.

Non, non, je me retire ! (A Évelyne.) Croiriez-vous que mon neveu, ce scélérat de Bavolet, est parti pour Marseille ?

ÉVELYNE.

Ah !

ROLAND.

Avec une dame qu'il enlève !

ÉVELYNE.

Une autre?

ROLAND.

Comment, une autre? Il est donc coutumier du fait?

ÉVELYNE.

Cela vous étonne?

ROLAND.

Bavolet, un conquérant! Ah! par exemple, je ne l'aurais
jamais cru!

ÉVELYNE.

Il y a des conquêtes faciles.

ROLAND.

Je sais bien... (A Oscar.) Elle est adorable quand elle
sourit!

OSCAR.

Vous manquerez le train!

ROLAND.

Vous avez raison. Je me retire navré!... Il me vient une
idée. Je vais envoyer une dépêche au procureur général des
Bouches-du-Rhône.

OSCAR.

Allons bon!

ROLAND.

Il est de Bordeaux, pour qu'on empoigne mon Bavolet à
son arrivée et pour qu'on le ramène entre deux gendarmes!

ÉVELYNE.

Voilà ce qu'il mérite.

ROLAND.

Mademoiselle m'approuve! Je vous remercie au nom de ma pauvre nièce qui se morfond à l'hôtel.

ÉVELYNE.

Ah! vraiment!

ROLAND, bas.

Vous éloignerez Mérindol, dites, pour que nous puissions causer en tête à tête!... Quant à Saint Lubin, je m'en charge. (Haut à Oscar.) Vous ne direz plus que je ne remplis pas les devoirs de la famille, je fais arrêter mon neveu !... Délicieuse! Elle est délicieuse!

Il sort.

SAINT LUBIN.

Eh bien! chère et grande artiste, (Il lui prend la main avec tendresse.) vous allez mieux, n'est-ce pas?

ÉVELYNE, dégageant sa main.

Oui, monsieur.

SAINT LUBIN, la lui reprenant.

Vous aurez un public excellent... (Plus bas.) Et des amis!

ÉVELYNE, embarrassée.

Je vous demande pardon, j'ai à m'occuper de ma toilette.

SAINT LUBIN.

Ne vous gênez pas.

ÉVELYNE.

C'est que... il faut que je change de corsage.

SAINT LUBIN.

Je détournerai la tête... Voilà!

ÉVELYNE, bas, à Oscar.

Emmenez-le et revenez.

OSCAR, à Saint Lubin.

Nous sommes indiscrets.

SAINT LUBIN.

Faites comme moi. Je vois tout dans la glace.

OSCAR.

Elle préfère être seule.

ÉVELYNE.

Oui, oui, je préfère...

SAINT LUBIN.

Je m'incline. (A Oscar.) Je reste ordinairement, c'est une de mes prérogatives. (En sortant.) Elle est incomparable !

Ils sortent.

MADAME RAGONAUD.

C'était pour renvoyer M. de Saint Lubin, j'ai compris... Madame est agitée, son rouge ne tient pas bien.

ÉVELYNE.

Il tient assez.

MADAME RAGONAUD.

Je mettrais un peu de blanc sur les épaules...

ÉVELYNE.

C'est inutile.

MADAME RAGONAUD.

Un peu de bleu sous les yeux.

ÉVELYNE, naïvement.

Pour quoi faire !

MADAME RAGONAUD.

Je n'ai pas voulu offenser madame. (A part.) On ne leur apprend plus rien au Conservatoire. Notre art s'en va.

OSCAR, revenant par une autre porte.

Me voici.

MADAME RAGONAUD, s'esquivant avec une discrétion exagérée.

Je m'en vais... je m'en vais...

OSCAR.

Elle est extraordinaire!

SCÈNE VI

OSCAR, ÉVELYNE.

ÉVELYNE.

Quelle est cette histoire de Marseille?

OSCAR.

C'était un conte pour éloigner Prémaillac. Nous n'avons pas réussi... Occupons-nous de vous. Qu'allez-vous faire?

ÉVELYNE.

Moi? Je resterai Clara Soleil tant que M. Bavolet ne m'aura pas rendu mon nom publiquement.

OSCAR.

Ce n'est pas commode en ce moment.

ÉVELYNE.

J'attendrai que ce soit commode. Jamais je n'ai été si fêtée, ni si entourée. Des fleurs! des fleurs partout!

OSCAR.

Comme l'autre!... Et vous chanterez?

ÉVELYNE.

Il paraît que cela plaît à mon mari, puisqu'il n'a pas même essayé de m'en empêcher.

OSCAR.

On l'a enfermé.

ÉVELYNE.

Tant pis pour lui!

OSCAR.

Et maintenant Prémaillac le croit à Marseille!

ÉVELYNE.

C'est son affaire... Est-ce que M. Bavolet ne devrait pas en
ce moment se traîner à mes genoux comme un criminel?
Je ne lui pardonnerai jamais d'avoir donné mon nom à une
autre femme!

OSCAR.

Ce n'est pas tout à fait sa faute.

ÉVELYNE.

Vous le défendez?

OSCAR.

Sa mésaventure...

ÉVELYNE.

Vous appelez ça une mésaventure?

OSCAR.

Se complique d'une forte déveine. Il se trouve que mademoiselle Clara Soleil est la nièce du comte de Prémaillac.

ÉVELYNE.

Je le plains.

OSCAR.

Il la croit immaculée.

ÉVELYNE.

Oh ! les hommes sont bêtes!

OSCAR.

Quelquefois. Mais si le colonel n'avait pas pris Célestin pour son neveu...

ÉVELYNE.

Son neveu?

OSCAR.

Il l'aurait certainement tué!

ÉVELYNE.

Cet homme si aimable?

OSCAR.

Il a des colères terribles! Vous avez sauvé Célestin en ne le réclamant pas.

ÉVELYNE.

Je ne le réclamerai jamais.

OSCAR.

Voilà un pas vers la conciliation,

ÉVELYNE.

Mais pourquoi m'avez-vous abandonnée aussi?

OSCAR.

Vous étiez gardée.

ÉVELYNE.

Je comprends Léonie qui a peur de se compromettre, c'est bien naturel, mais vous?...

OSCAR.

Ce Saint Lubin est un cerbère; j'ai été obligé de me présenter comme accompagnateur.

ÉVELYNE.

J'avais écrit à M. Duplantain...

OSCAR.

Duplantain! Mais il ignore ce qui est arrivé!

ÉVELYNE.

Je le sais. Aussi ai-je mis prudemment : « Mademoiselle Clara Soleil prie M. Duplantain de passer dans sa loge. »

OSCAR.

Il va faire quelque sottise.

ÉVELYNE.

Je ne connaissais pas d'autre personne sérieuse à Nice.

OSCAR.

Eh bien, et moi?

ÉVELYNE.

Vous êtes célibataire.

SCÈNE VII

LES MÊMES, LÉONIE.

LÉONIE, paraissant en femme de chambre.

Il n'est pas facile d'arriver à toi!

ÉVELYNE, étonnée.

Léonie!

OSCAR.

Comment, madame...

LÉONIE.

Je m'y étais prise de toutes les façons. Alors, j'ai mis une robe de laine et je me suis présentée comme ta femme de chambre... A vos ordres, madame!

ÉVELYNE.

Tu as poussé le dévouement jusque-là?

LÉONIE.

Je ne t'aurais pas abandonnée dans une circonstance pareille. C'est notre cause à toutes que tu défends!

ÉVELYNE.

Que dira M. Duplantain?

LÉONIE.

Il ne se doute de rien Je l'ai occupé en lui disant tout ce que j'avais sur le cœur contre lui. Il en a eu la migraine, heureusement, et je l'ai couché!... Tu es toujours décidée?

ÉVELYNE.

Oh! oui. J'ai eu un moment de défaillance, mais l'habilleuse m'a dit que madame Bavolet lui avait demandé de mes nouvelles. Oh! alors, j'ai pris ma robe de bal, je me suis ébouriffé les cheveux pour avoir l'air effronté et je me suis mis du rouge. J'ai du rouge, je vais en mettre encore. Me voilà prête à tout, à tout pour me venger!

LÉONIE.

A la bonne heure! J'aime cette bravoure!

ÉVELYNE.

Oh! oui! Je chanterai, oui!... Mais... (A Oscar) mais vous m'avez enlevé les phrases inconvenantes, je ne produirai aucun effet!

OSCAR.

Nous les remettrons, ma cousine.

ÉVELYNE.

Nous n'avons pas la musique!

OSCAR.

Je vais me la procurer.

ÉVELYNE.

C'est indispensable.

LÉONIE.

Je ne t'avais jamais vu cet air résolu !

ÉVELYNE.

Oh! tu ne me connais pas !... On frappe!

LÉONIE.

Ça t'inquiète?

ÉVELYNE.

Tout m'inquiète un peu !... Ne partez pas encore! (On frappe.) On recommence!

LÉONIE.

Entrez.

ÉVELYNE

On n'entre pas.

On frappe,

OSCAR.

Je vais ouvrir.

Il ouvre et se trouve en face de madame Ragonaud souriante.

MADAME RAGONAUD.

Oh! pardon! Je frappe toujours trois fois. C'est une habitude que j'ai prise aux Variétés... (Étonnée.) Il y a une autre personne! (A Léonie.) Que demandez-vous, mademoiselle?

LÉONIE.

Je suis la femme de chambre de madame.

MADAME RAGONAUD.

Ah! c'est différent! Nouvelle alors?

LÉONIE.

Oui, madame.

MADAME RAGONAUD, bas à Léonie.

On ne reste pas dans la loge d'une actrice quand il y a un monsieur!

LÉONIE.

Pourquoi donc?

MADAME RAGONAUD, de même.

Vous ne voyez pas que c'est un des adorateurs de madame?

LÉONIE.

Mais non!

MADAME RAGONAUD, avec dignité.

Avez-vous la prétention de vous y connaître mieux que moi?

LÉONIE, à part.

Vieille sorcière!

OSCAR.

Je vais chercher votre musique, avec les paroles inconvenantes.

ÉVELYNE.

Revenez vite.

MADAME RAGONAUD, à Oscar.

Comme elle vous aime!... c'est bien flatteur!

OSCAR.

Ma bonne madame Ragonaud... comme aux Variétés!

Il sort.

MADAME RAGONAUD.

Revenez vite! Si madame veut bien le permettre, j'achèverai sa toilette. Il y a encore quelques fleurs à ajouter.

LÉONIE.

Je m'en charge, madame!

MADAME RAGONAUD.

Vous?

ÉVELYNE.

Oui, madame, je vous rappellerai.

MADAME RAGONAUD.

C'est la première fois dans ma carrière qu'on me trouve
inutile!... (Sortant.) Le respect s'en va... comme le reste!

SCÈNE VIII

ÉVELYNE, LÉONIE.

ÉVELYNE.

Ah! je voudrais que M. Bavolet pût voir sa femme en ce
moment.

LÉONIE.

Et M. Duplantain que j'ai couché! Nous voici comme à la
pension, pour la distribution des prix!

ÉVELYNE.

Nous en sommes loin!

LÉONIE.

Ah! oui!

ÉVELYNE.

Nous nous promettions de choisir si bien nos maris!

LÉONIE.

Nous les avons peut-être voulus trop vertueux!

ÉVELYNE.

Ce que tu as à reprocher au tien est une peccadille!

LÉONIE.

Comment! une peccadille?

ÉVELYNE.

Tu ne vas pas comparer...

LÉONIE.

Si, je compare!

ÉVELYNE.

M. Bavolet, qui enlève une chanteuse!

LÉONIE.

Je m'imagine qu'au fond, tout ça est bien innocent!

ÉVELYNE.

Innocent!

LÉONIE.

Pas pour toi, pour elle... Ne parlons plus; je chiffonne tes roses.

Elle se met à genoux devant Évelyne qui tourne le dos à la porte, et arrange les fleurs avec attention.

SCÈNE IX

LES MÊMES, DUPLANTAIN.

Duplantain paraît à la porte en tenue de soirée avec un bouquet.

DUPLANTAIN, à madame Ragonaud qui l'introduit avec mystère.

Ma femme a la migraine, heureusement!... Elle est seule, merci!

Il va sur la pointe des pieds et dépose un baiser sur l'épaule d'Évelyne.

ÉVELYNE.

Hein?

VI.   18

LÉONIE, stupéfaite.

Oh!

DUPLANTAIN, ahuri.

Madame Bavolet!... Ne le dites pas à Léonie!

ÉVELYNE.

La bonne le lui dira.

DUPLANTAIN.

J'achèterai son silence. (Il donne une pièce à Léonie qui se lève.)
Ma femme!

LÉONIE.

Voilà un silence qu'il faudra payer cher, monsieur.

DUPLANTAIN.

Je n'ai pas de chance!

ÉVELYNE.

J'ai eu le tort d'écrire à M. Duplantain.

DUPLANTAIN.

C'est vous?

ÉVELYNE.

Et de signer Clara Soleil!

DUPLANTAIN.

Oui, voilà. J'ai reçu ce billet...

LÉONIE.

Et vous êtes accouru?

DUPLANTAIN.

Naturellement !

LÉONIE.

Vous la connaissez donc?

DUPLANTAIN.

J'ai cru qu'elle m'appelait, comme notaire.

LÉONIE.

Et vous arrivez avec un bouquet !

DUPLANTAIN.

Il y a tant de fleurs à Nice !

LÉONIE.

Et c'est comme notaire que vous l'embrassiez sur l'épaule ?

DUPLANTAIN.

Ce sont des habitudes patriarcales !

ÉVELYNE.

Usitées chez ces petites dames. Je suis très flattée, mon cher Duplantain. Et vous m'apportiez des fleurs...

DUPLANTAIN.

Madame...

ÉVELYNE.

Donnez, donnez les attributs du parfait notaire. Nous savons le secret des dames qui vous charment ! Elles inscrivent sur leur bonnet : « Je permets qu'on m'aime... » Ça suffit !

LÉONIE.

Eh bien ! nous aussi, monsieur, nous voulons être de celles qu'on aime !

DUPLANTAIN.

Léonie, je n'aime que toi !

ÉVELYNE.

Comme monsieur Bavolet !

LÉONIE.

Tout est fini entre nous, je n'ai plus de mari ! Nous sommes deux veuves !

DUPLANTAIN.

Je ne suis pas mort.

LÉONIE.

Et nous porterons votre deuil en rose !

ÉVELYNE.

En rose.

LÉONIE, à Duplantain, avec ironie.

Gommeux !... (A Évelyne). Je vais achever ta toilette !

DUPLANTAIN, à part.

En rose... Elles sont menaçantes ! Pourquoi madame Bavolet est-elle dans cette loge, et pourquoi Léonie s'est-elle déguisée en femme de chambre ? Il y a là un mystère !... Voudrait-elle déjà se venger du tunnel !

SCÈNE X

LES MÊMES, SAINT LUBIN, MADAME RAGONAUD.

SAINT LUBIN.

Eh bien ! chère et grande artiste...

DUPLANTAIN.

Hein !

SAINT LUBIN.

Vous êtes ravissante ! Le concert commence.

ÉVELYNE.

Oh !

LÉONIE.

Madame est prête .

SAINT LUBIN.

Vous n'êtes que de la seconde partie. Nous avons une foule énorme et vous aurez un succès prodigieux !

DUPLANTAIN.

Qu'est-ce qu'il dit celui-là ?

SAINT LUBIN.

Si vous voulez juger votre public avant de chanter...

ÉVELYNE.

Avant de chanter ! Je veux bien.

DUPLANTAIN.

Chanter !

SAINT LUBIN.

J'ai sur la scène une petite loge, d'où l'on voit sans être vu !

ÉVELYNE, bas, à Léonie.

Tu vas me suivre.

LÉONIE.

Oh ! certainement !

SAINT LUBIN.

Couvrez-vous bien la poitrine, pour ne pas avoir froid. Hâtons-nous !

ÉVELYNE.

Je vous remercie, monsieur. J'ai une femme de chambre.
Elle sort avec Saint Lubin.

MADAME RAGONAUD.

Mademoiselle, vous ne pouvez pas vous promener dans les salons du Cercle.

LÉONIE.

Madame ne veut plus que je la quitte.

DUPLANTAIN.

Léonie, qu'est-ce que ça veut dire ?

LÉONIE, sortant.

Laissez-moi, monsieur, je ne vous connais plus !

Le colonel paraît.

MADAME RAGONAUD.

Il n'y a plus de hiérarchie !

DUPLANTAIN.

Oh ! le colonel !

ROLAND.

La diva n'est plus là ?

MADAME RAGONAUD.

Elle est sur la scène.

ROLAND.

Monsieur Duplantain !

DUPLANTAIN.

Oui, monsieur.

ROLAND.

Comment êtes-vous ici, vous ? Dites donc, mon camarade, ce n'est pas la place d'un notaire !

DUPLANTAIN.

Vous croyez ?

ROLAND.

Vous êtes donc un farceur comme mon neveu ?

DUPLANTAIN.

Je n'ai pas l'honneur de connaître...

ROLAND.

Bavolet !

DUPLANTAIN.

Ah!

ROLAND.

Il est à Marseille. Je le fais ramener par les gendarmes!

DUPLANTAIN.

Oh!

ROLAND.

Mais vous, monsieur Duplantain!... Un notaire doit toujours être père de famille!

DUPLANTAIN.

Je suis marié depuis un mois!

ROLAND.

Ce serait prématuré. Les notaires eux-mêmes!... Quelle charmeuse!

Il sort.

DUPLANTAIN.

Qu'est-ce qu'il a voulu dire?

MADAME RAGONAUD.

Vous paraissez troublé?

DUPLANTAIN.

Ahuri, madame! ahuri!

SCÈNE XI

LES MÊMES, CÉLESTIN, puis OSCAR.

MADAME RAGONAUD, regardant Duplantain avec intérêt.

Elle vous trompe?

DUPLANTAIN, bondissant.

Comment? Elle me trompe?

MADAME RAGONAUD.

Je n'en sais rien, je dis toujours ça, parce que c'est l'usage.

DUPLANTAIN.

Quel usage?

MADAME RAGONAUD.

Monsieur aurait tort de se fâcher ; avec ces dames...

CÉLESTIN, paraissant.

N'est-ce pas le salon préparé pour la personne?...

MADAME RAGONAUD.

Mais monsieur, on n'entre pas.

DUPLANTAIN.

Monsieur Bavolet !

CÉLESTIN.

Monsieur Duplantain !

DUPLANTAIN.

Vous allez m'expliquer...

CÉLESTIN, avec des larmes.

Ah ! mon cher monsieur Duplantain !

DUPLANTAIN.

Alors ! c'est vrai?

CÉLESTIN.

Oui, c'est vrai.

DUPLANTAIN.

Elle me trompe?

CÉLESTIN.

Qui ?

DUPLANTAIN.

Ma femme.

CÉLESTIN.

Je vous parle de la mienne !

DUPLANTAIN.

La vôtre aussi ? Alors je ne suis pas tout seul.

OSCAR, entrant.

Célestin !

CÉLESTIN, avec joie.

Oscar !

DUPLANTAIN.

Ah ! vous allez m'expliquer...

OSCAR, à madame Ragonaud.

Voulez-vous, madame, nous laisser seuls un instant ?

MADAME RAGONAUD, sortant vivement, joyeuse.

Une affaire !... Un duel peut-être !

SCÈNE XII

OSCAR, DUPLANTAIN, CÉLESTIN.

DUPLANTAIN, à Oscar.

Expliquez-moi...

OSCAR.

Comment êtes-vous ici, vous ?

CÉLESTIN.

Je ne peux plus rester sans voir ma femme !

OSCAR.

Vous étiez enfermé.

DUPLANTAIN.

Non ! il était à Marseille !

CÉLESTIN.

Je me suis échappé par la fenêtre.

DUPLANTAIN.

Malgré les gendarmes ?

CÉLESTIN.

Quels gendarmes ?

OSCAR.

Ne répondez pas à monsieur.

CÉLESTIN.

Ma situation est horrible !

DUPLANTAIN.

C'est la mienne, monsieur, qui est épouvantable.

OSCAR.

La vôtre ne nous intéresse pas !

CÉLESTIN.

Où est ma femme ?

DUPLANTAIN.

Elle est ici. Elle va revenir.

OSCAR.

Non, monsieur, la personne que vous avez vue ici est mademoiselle Clara Soleil.

DUPLANTAIN.

Par exemple! je lui ai parlé.

OSCAR.

Je vous dis que c'est Clara Soleil!

CÉLESTIN.

Elle va revenir?

OSCAR.

Vous allez repartir à l'instant.

CÉLESTIN.

Non, non, non... quoi qu'il puisse m'arriver!

OSCAR.

Il ne s'agit plus de vous, mais d'Évelyne, qui ne veut pas qu'on vous tue!

CÉLESTIN, avec joie.

Elle vous a dit ça?

OSCAR.

Elle ne me l'a pas dit; elle ne le pense même pas ce soir... Mais dans huit jours, peut-être...

CÉLESTIN.

Vous croyez qu'elle me pardonnera?

DUPLANTAIN.

Vous vous êtes donc fait pincer aussi?

OSCAR.

Il a enlevé Clara Soleil!

DUPLANTAIN.

Vous me dites que c'est madame Bavolet.

OSCAR.

Je parle de la nièce.

DUPLANTAIN.

La nièce de qui ?

OSCAR.

La nièce du colonel !

DUPLANTAIN.

Quel colonel ?

OSCAR.

Le comte de Prémaillac !

DUPLANTAIN, à Célestin.

C'est l'oncle de votre femme ?

OSCAR.

Non, c'est l'oncle de l'autre.

DUPLANTAIN.

Quelle autre ?

OSCAR.

Je vous le dirai demain.

DUPLANTAIN.

C'est M. Bavolet qu'il appelle son neveu ?

OSCAR.

Eh bien ! oui.

DUPLANTAIN.

Et qu'il veut faire ramener par des gendarmes ?

OSCAR.

Qui ?

DUPLANTAIN.

Le colonel... tout à l'heure...

OSCAR.

Il est ici ?

DUPLANTAIN.

Avec ces dames.

OSCAR, à Célestin.

Vous n'avez plus qu'un parti à prendre : sauvez-vous !

CÉLESTIN.

Quand j'aurai vu ma femme !

DUPLANTAIN.

Il a raison.

OSCAR.

Si Prémaillac le rencontrait en ce moment, il l'exterminerait !

DUPLANTAIN.

Oh !

OSCAR.

Lui et ses complices.

DUPLANTAIN, vivement.

Je ne suis pas son complice !

OSCAR.

Vous l'êtes tant que vous resterez dans cette loge !

DUPLANTAIN.

Permettez... J'y suis entré innocemment, croyant trouver Clara. J'étais de si bonne foi, que j'ai déposé un baiser furtif sur ses épaules.

CÉLESTIN.

Quelles épaules ?

DUPLANTAIN.

Les épaules... qui étaient ici !

VI.   19

CÉLESTIN.

Les épaules de ma femme ?

DUPLANTAIN.

Je me trompais.

CÉLESTIN, furieux.

Vous vous êtes permis...

DUPLANTAIN.

Je ne savais pas, je ne sais pas encore... On ne m'a rien dit.

CÉLESTIN.

Monsieur... Vous me rendrez raison.

OSCAR.

Il ne manquerait plus que ça !

DUPLANTAIN.

Mais, monsieur, c'est une erreur !

CÉLESTIN.

Tant pis ! Il faut que je batte quelqu'un. J'en ai envie depuis ce matin !

OSCAR, va à la porte. A part.

Oh ! Évelyne ! (A Duplantain.) Emmenez-le, monsieur, emmenez-le !...

DUPLANTAIN.

Moi ?... Il veut me battre !

OSCAR, les poussant tous les deux.

Et retenez-le par la force s'il le faut!

DUPLANTAIN.

Il veut me battre !

OSCAR.

S'il nous échappe, les plus grands malheurs peuvent fondre sur nous!!

DUPLANTAIN.

Sur moi aussi?

OSCAR.

Il les pousse.

Oui.

DUPLANTAIN.

Venez, monsieur, venez!

CÉLESTIN.

Je veux voir ma femme

Ils sortent.

OSCAR, fermant la porte.

C'est moi qui subis toutes les émotions, et je n'y ai aucun intérêt. C'est le lot de ce qu'on appelle les bonnes natures!... (Ouvrant l'autre porte.) Tiens, la porte était fermée!

SCÈNE XIII

OSCAR, ÉVELYNE.

ÉVELYNE, tombant sur un siège.

Non, non, jamais!

OSCAR.

Qu'est-il arrivé?

ÉVELYNE.

Quand j'ai vu ce public muet et curieux... tous ces yeux braqués sur une pauvre comédienne qui était en scène, — je voyais ses lèvres trembler en disant son monologue : *les Pommes de la petite Hortense*, — je me suis mise à trembler comme elle!... J'ai prévenu M. de Saint Lubin que je ne chanterais pas. Je m'évanouirai, si vous voulez, pour faire preuve de bonne volonté, mais pas en scène, ici!

OSCAR.

Vous aurez du courage et vous chanterez pour les pauvres ! Nous repartirons après pour Avignon. Mais il faut à
tout prix éviter un éclat, dans votre intérêt même, dans
celui de Célestin.

ÉVELYNE.

Il faut que je sauve ce monsieur de la fureur du colonel?

OSCAR..

Repassez la chanson la plus anodine... celle-ci que vous
savez si bien et que vous dites comme un ange : *la Femme
de Polichinelle*.

ÉVELYNE, voyant Clara.

Elle ! C'est elle, quelle audace !

SCÈNE XIV

LES MÊMES, CLARA, SAINT LUBIN.

SAINT LUBIN.

Ma chère madame Bavolet, vous arrivez pour entendre
mademoiselle Clara Soleil ! Elle ne veut plus chanter !
Quelle déception pour mon public !... Aidez-moi à la décider, on lui prépare une entrée ! la salle croulera !

CLARA.

Faites patienter le public. Mademoiselle Clara Soleil
chantera.

SAINT LUBIN.

Vous croyez ?

CLARA.

J'en suis sûre.

SAINT LUBIN.

Oh ! merci, merci !

Il sort.

OSCAR.

Vous allez chanter, mais votre oncle n'est pas parti !

CLARA.

Oh ! mon oncle !... Mon nom est sur l'affiche, le public m'attend, les fleurs sont prêtes, je n'y résiste plus !

DUPLANTAIN, revenant.

Il m'a échappé !

CLARA.

Voulez-vous me donner votre bras, monsieur, jusqu'à la salle de concert ?

DUPLANTAIN.

Hein ! avec plaisir. (Il rencontre sa femme. Se détournant.) C'est plus court par là !

Il sort au fond.

LÉONIE.

Elle enlève mon mari !

Elle les suit.

OSCAR.

Maintenant, à la grâce de Dieu !

ÉVELYNE.

Elle va chanter, eh bien ! partons pour Avignon !

OSCAR.

Je vais chercher une voiture... Oh ! Prémaillac! (Il rencontre Célestin.) Vous, je vous enferme et ne bougez plus ! (Il le pousse dans un placard resté ouvert.)

ÉVELYNE.

Oh ! le colonel ! Impossible de partir !

SCÈNE XV

ROLAND, OSCAR, ÉVELYNE.

ROLAND.

Voulez-vous me permettre de vous offrir quelques dou-
ceurs ?

OSCAR.

Pas de bonbons avant de chanter, colonel.

ROLAND.

Ah ! c'est juste !

OSCAR, bas.

Je vais chercher la voiture, retenez-le un instant, il n'en-
tendra pas chanter sa nièce.

ROLAND.

Vous allez au concert, Mérindol ?

OSCAR.

Oui.

ROLAND.

Oh ! moi, il n'y a que mademoiselle qui m'intéresse !
(Oscar sort.) Nous sommes seuls ! Si je pouvais rendre l'impression que vous avez produite sur moi...

ÉVELYNE.

Mais, monsieur...

ROLAND.

Rêvez une folie, la plus folle des folies, je la ferai pour
vous !

ÉVELYNE.

Mais monsieur, je ne veux rien !

ROLAND.

Si l'Amérique ne vous effrayait pas ?

ÉVELYNE.

Moi ?

ROLAND.

Je mettrais tout ce que j'ai à vos pieds !

ÉVELYNE.

Monsieur...

ROLAND.

Vous êtes ravissante ! (Il va l'embrasser quand madame Ragonaud ouvre la porte.)

MADAME RAGONAUD.

Oh ! pardon !

Elle veut se retirer.

ÉVELYNE.

Madame, j'ai mis du rouge à un de mes gants... j'en avais apporté une autre paire...

MADAME RAGONAUD.

C'est moi qui l'avais conseillé à madame... (Elle va ouvrir le placard, voit Célestin, pousse un cri, et referme vivement.) Oh !

ROLAND.

Qu'avez-vous ?

MADAME RAGONAUD.

Rien, monsieur, rien !

ROLAND.

C'est un amoureux caché ?

ÉVELYNE.

Non ! monsieur.

MADAME RAGONAUD.

Je n'ai plus l'habitude... J'aime mieux m'en aller !

ROLAND.

Les placards sont faits pour les amoureux... j'en ai usé quand j'étais jeune !

ÉVELYNE.

Mais non, monsieur, vous vous trompez, je n'enferme personne dans les placards... (Elle va ouvrir et se trouve en face de Célestin.) Hein !

ROLAND, ahuri.

Mon neveu ! qui a fait semblant d'aller à Marseille pour rester près de vous...

ÉVELYNE.

Monsieur, vous allez jurer à M. le comte, que ce n'est pas moi qui vous ai introduit dans ce placard, et que vous n'avez aucun droit d'y être !

ROLAND.

Monsieur, on ne se cache pas chez une femme sans y être autorisé ; ce n'est pas d'un galant homme, et si vous n'étiez pas mon neveu ! Comment, monsieur, vous avez une femme jeune, jolie, aimable... Ce n'est pas une étoile comme vous, mademoiselle, mais elle est vertueuse, elle est dévouée, elle a des qualités solides... Et veuillez considérer que vous n'avez rien de séduisant !... Vous êtes tourné comme un pied de table, pas d'élégance, aucun esprit, muet comme une carpe ! Un oncle, mademoiselle, a toujours le droit de dire ses vérités à son neveu !

OSCAR, entrant.

Hein ? Il en est sorti !... C'est le bouquet !

ROLAND.

Mon neveu ! mon scélérat de neveu qui s'était caché dans un placard !

OSCAR.

Oh! Dans un placard!

ROLAND.

Je lui faisais la morale.

OSCAR.

Je vais vous aider.

ROLAND.

Nous y perdrions notre éloquence. C'est madame seule qui peut réparer le mal! Je vous en supplie, madame, au nom de ma pauvre nièce qui est la candeur même... vous l'avez vue... Rendez-lui ce monsieur.

ÉVELYNE.

Je ne le retiens pas.

ROLAND.

Faites plus... Ramenez ce mari à sa femme!

ÉVELYNE.

Oh! ceci... je n'essayerai pas.

ROLAND.

Il est fou, vraiment, de croire qu'il pourrait vous plaire! Je vous en demande pardon pour lui.

Il prend la main d'Évelyne pour la porter à ses lèvres.

CÉLESTIN.

Monsieur, je vous défends de prendre les mains de madame!

ROLAND, étonné.

Hein?

OSCAR.

Eh bien! ça vaut mieux!

ROLAND.

Vous me défendez...

VI.   19.

CÉLESTIN.

Oui, monsieur, je vous le défends !

ROLAND.

l a un accès de fièvre chaude !

CÉLESTIN.

J'aime madame et je n'ai jamais aimé qu'elle !

ÉVELYNE.

A la bonne heure cela, à la bonne heure !

ROLAND, à Célestin.

Vous me le dites, à moi ?

CÉLESTIN.

Oui, monsieur, à vous, et je suis à vos ordres !

ROLAND.

Mais malheureux, tu veux donc que j'oublie que tu es mon neveu ?

CÉLESTIN.

Oui, oh ! oui !

SCÈNE XVI

Les Mêmes, SAINT LUBIN, LÉONIE, CLARA, DUPLANTAIN, MADAME RAGONAUD.

SAINT LUBIN, accourant effaré.

Comment ! chère et grande artiste, vous permettez à une dame du monde, sans talent, de chanter à votre place ?

ROLAND.

On chante à votre place ?

LÉONIE.

Croiriez-vous que M. Duplantain a présenté lui-même au public, en la tenant par la main, mademoiselle Clara Soleil !

SAINT LUBIN.

Mais non, madame, elle est ici !

LÉONIE.

L'autre, la vraie !

ROLAND.

Comment, la vraie ?

LÉONIE.

Oh ! je n'avais pas vu l'oncle.

MADAME RAGONAUD.

Ah ! quel triomphe !

ROLAND, la prenant par le bras.

Madame, où est mademoiselle Clara Soleil ?

MADAME RAGONAUD.

Mais, monsieur, vous me faites une question, je n'y suis pas préparée !

CLARA entre avec Duplantain, surchargée de bouquets et entourée de messieurs.

Ah ! quel succès !

ROLAND, à Clara.

Toi ? C'était toi ?

CLARA

Le public m'attirait, je n'ai pas pu y résister, j'ai repris mon nom de Clara Soleil !

SAINT LUBIN.

C'était elle !... Quel talent !

LÉONIE, à Duplantain.

Il ne vous manquait plus que de monter sur les planches !

DUPLANTAIN.

Papa était dans la salle !

LÉONIE.

C'est bien fait !

ROLAND.

Clara Soleil ! Et ce monsieur ?

CLARA.

Ah ! je vous jure, mon oncle, que là, je n'ai rien à me reprocher !

ROLAND.

Ce n'est pas ton mari ?

ÉVELYNE.

Non, colonel, c'est le mien !

ROLAND.

Le vôtre ?

ÉVELYNE.

Il faut bien l'avouer.

DUPLANTAIN, suppliant, à sa femme.

Léonie ! Elle lui pardonne. Quel exemple !

LÉONIE.

Moi, je ferai mes conditions.

OSCAR.

Il n'y aura eu que moi de vertueux et de pas récompensé !

ROLAND.

Clara Soleil !

OSCAR.

Elle ne vous déplaisait pas Clara Soleil... Soyez calme !

ROLAND.

Je suis calme !... (A Clara.) Je t'emmènerai en Amérique et je te marierai là-bas. Je n'aime pas les Américains !

FIN DE CLARA SOLEIL.

LE ROI L'A DIT

OPÉRA-COMIQUE

représenté pour la première fois, à Paris,
sur le Théâtre de l'Opéra-Comique, le 24 mai 1873
repris sur le même Théâtre, le 3 juin 1885.

MUSIQUE DE
LÉO DELIBES

PERSONNAGES

	En 1873.	En 1885.
BENOIT.	MM. LHÉRIE.	MM. DEGENNE.
MARQUIS DE MONCONTOUR.	ISMAEL.	FUGÈRE.
MITON.	SAINTE-FOY.	GRIVOT.
BARON DE MERLUSSAC. . .	BERNARD.	ISNARDON.
GAUTRU.	THIERRY.	GOURDON.
PACOME.	BARNOLT.	BARNOLT.
MARQUIS DE FLARAMBEL. .	Mmes GANETTI	Mmes DE GRANDI.
MARQUIS DE LA BLUETTE. .	REINE.	CHEVALIER.
JAVOTTE	PRIOLA.	MERGUILLIER.
MARQUISE DE MONCONTOUR.	RÉVILLY	PIERRON.
PHILOMÈLE	MARGUERITE CHAPUY.	MOLÉ.
AGATHE.	JEANNE GUILLOT. . .	RÉMY.
CHIMÈNE	JEANNE NADAUD . . .	DUPONT.
ANGÉLIQUE.	BLANCHE THIBAUT . .	ESPOSITO.

A Versailles, en 1688.

Pour la mise en scène et la musique d'orchestre, s'adresser à M. Henri HEUGEL (2 bis, rue Vivienne), éditeur-propriétaire de la partition de M. LÉO DELIBES.

LE ROI L'A DIT

ACTE PREMIER

Un salon du temps de Louis XIV. — A gauche, grande cheminée; à droite porte en glaces ; au fond, à droite et à gauche, grandes portes; au milieu large fenêtre par laquelle on aperçoit le palais de Versailles, tel qu'il était en 1688.

SCÈNE PREMIÈRE

LE MARQUIS, LA MARQUISE, AGATHE, CHIMÈNE, ANGÉLIQUE, PHILOMÈLE, JAVOTTE, PACOME.

Le marquis cherche à retrouver une révérence; chacun essaie de la lui indiquer, en la faisant d'une façon différente. Le marquis a encore sa robe de chambre. Les jeunes filles ont d'élégants peignoirs blancs.

JAVOTTE.

On fait trois pas et l'on s'arrête.

PACOME.

En inclinant un peu la tête.

AGATHE et CHIMÈNE.

Papa, je crois que c'est ainsi.

ANGÉLIQUE et PHILOMÈLE.

Papa, regardez par ici.

JAVOTTE.

Monsieur, voilà comme on se penche.

PACOME.

On met son coude sur la hanche.

LA MARQUISE.

Marquis, marquis, voyez cela.

TOUS.

Nous y voilà, nous y voilà.

LE MARQUIS, avec désespoir.

Non. J'ai perdu ma révérence.
Le jour même où j'en ai l'emploi,
Quand j'obtiens la faveur immense
De paraître devant le roi.
Depuis six mois, plein d'espérance,
J'attends cet honneur mérité,
Et j'ai perdu ma révérence
Au moment d'être présenté.

Je l'appris en vingt-cinq leçons particulières
Que me donnait un savant du bon ton,
Le célèbre Miton,
Professeur de belles manières.

JAVOTTE.

Nous la retrouverons.

LE MARQUIS.

Trop tard !
Il est onze heures.

CHIMÈNE.

Moins un quart.

AGATHE.

Et Miton va venir sans doute.

ANGÉLIQUE et PHILOMÈLE.

Déjà peut-être est-il en route.

LES QUATRE JEUNES FILLES.

Car c'est notre jour de leçon.

LA MARQUISE.

Reprenez l'ancienne méthode.

LE MARQUIS.

Elle n'est plus à la mode.

JAVOTTE.

Saluez à votre façon.

LE MARQUIS.

En vain je m'agite,
Je n'arrive à rien.
Je te savais si bien,
Révérence maudite!

TOUS.

Recommençons, recommençons.

LE MARQUIS.

Et j'avais pris tant de leçons!

JAVOTTE.

Monsieur, voilà comme on s'élance.

PACOME.

Sur les genoux on se balance.

AGATHE et CHIMÈNE.

On baisse ingénument les yeux.

ANGÉLIQUE et PHILOMÈLE.

Et l'on prend des airs gracieux.

JAVOTTE.

On met ses mains sur sa poitrine.

PACOME.

Je crois qu'on courbe un peu l'échine.

LA MARQUISE.

Voyez ceci.

LES QUATRE FILLES.

Voyez cela.

TOUS.

Nous y voilà, nous y voilà.

LE MARQUIS.

Non. J'ai perdu ma révérence
Le jour même où j'en ai l'emploi,
Quand j'obtiens la faveur immense
De paraître devant le roi.

TOUS.

Il a perdu sa révérence
Lorsqu'il en a si bien l'emploi,
Qu'il obtient la faveur immense
De paraître devant le roi.

LE MARQUIS.

Allez chercher Miton.

PACOME.

Monsieur, comptez sur moi.

Le marquis va s'asseoir sur le fauteuil à gauche, près du guéridon. Pacome sort.

LE MARQUIS.

Mes filles, approchez.

LES QUATRE FILLES.

Parlez, papa.

Elles l'entourent.

LE MARQUIS.

J'espère,
Mes filles, que jamais vous n'oublierez le jour
Où le marquis Raoul Othon de Moncontour
De la Botardais, votre père,
Fit son entrée à la cour.

LES QUATRE FILLES.

Jamais, papa, jamais.

LE MARQUIS.

C'est bien. Il faut, mes filles,
Que les grands souvenirs vivent dans les familles.
Avec quels airs triomphants
Vous redirez plus tard à vos petits-enfants
Ce qu'avait accompli leur glorieux ancêtre,
Pour plaire au Roi-Soleil, son maître!
Je vous l'ai raconté bien souvent; mais je veux,
En quelques traits rapides et nerveux,
Graver dans votre mémoire
Cette merveilleuse histoire.

Il se lève.

J'avais perdu la trace d'un chevreuil.
J'allais droit devant moi, traînant ma meute en deuil;
De forêts en taillis, de rochers en broussailles,
J'arrive aux portes de Versailles.
On sonnait l'angélus du soir;
Le soleil s'éteignait...

LES QUATRE FILLES, continuant sa phrase.

Dans un nuage rose.

LE MARQUIS.

J'aperçois un oiseau; je l'ajuste, il se pose
Sur mon bras, qu'il prenait, je crois, pour un perchoir.
Je relève aussitôt mon fusil, il se juche
Sur le canon.
C'était la perruche
De madame de Maintenon!
Depuis deux jours, la noble veuve
N'avait ni mangé ni dormi,
Et cette lamentable épreuve
Troublait fort son royal ami.

En ramenant la perruche en délire
Dont on pleurait l'absence et les égarements,
J'avais rendu le calme et le sourire
Aux petits appartements.
Service suprême,
Qui n'a point d'ingrats,
Et que les rois même
N'oublieraient pas!
Aussi j'abandonnai les antiques murailles
Du château de la Botardais,
Pour venir attendre à Versailles;
Voilà six mois que j'attendais.
Je pris cette maison superbe, une merveille,
Arrangée à prix d'or par un écervelé,
Qui s'était battu la veille
Et qu'on avait exilé.
J'attendais, cruel supplice!
L'heure de la justice.
Elle a tinté :
Je suis présenté,
Et maintenant je verrais, sans surprise,
Tous les bonheurs m'arriver,
Le tabouret pour la marquise!
Et je me prends à rêver
Qu'on m'admet au petit lever
Et que j'assiste à la chemise!

PACOME, revenant.

Monsieur Miton n'est pas rentré.

LE MARQUIS.

Ciel! Je suis déshonoré.
Retrouvons ce salut; je n'en veux pas démordre.

PACOME, présentant une lettre.

Pour monsieur le marquis!

LE MARQUIS, avec effroi.

Une lettre! un contre-ordre!

Ah! je sens dans mon cœur un effrayant tic-tac.

Rassuré, lisant la signature.

Non, non. — « Baron de Merlussac. »

LA MARQUISE, très émue.

Ciel!

LE MARQUIS.

« Gautru, financier. »

LA MARQUISE.

Ciel!

LE MARQUIS.

Pures bagatelles,

Ces noms sont inconnus. (Lisant.) « Monsieur... »

LA MARQUISE.

N'achevez pas.

LE MARQUIS.

Hein?

LA MARQUISE.

Renvoyez ces demoiselles.

LE MARQUIS, stupéfait.

Eh quoi! marquise, un faux pas?

LA MARQUISE.

Renvoyez-les.

LE MARQUIS.

J'apprends cette nouvelle...

LA MARQUISE.

Renvoyez-les.

LE MARQUIS.

En un pareil moment!
Angélique, Chimène, Agathe, Philomèle,
Rentrez dans votre appartement.

PHILOMÈLE.

Quand on nous chasse ainsi, c'est signe de querelle.
Les quatre filles sortent.

LA MARQUISE.

Je vous avouerai tout.

LE MARQUIS.

En un moment pareil

LA MARQUISE.

Vous perdiez le manger, le boire et le sommeil;
Vous ne pouviez vivre
Sans respirer l'air des cours;
Et je voyais les jours se suivre :
Vous attendiez, vous attendiez toujours.
Vous dépensiez comme un prodigue,
Et, quand rien ne venait, encor plus obstiné,
Vous vous seriez ruiné.

LE MARQUIS.

Sur mon honneur!

LA MARQUISE.

J'eus recours à l'intrigue.

LE MARQUIS.

Vous?

LA MARQUISE.

Je trouvai quelqu'un, — Merlussac est son nom, —
Noble, baron, de bonne mine,
Et quelque peu parent par sa cousine,
De madame de Maintenon.

Il avait du pouvoir, il était diplomate,
Il daigna s'employer pour vous.

LE MARQUIS.

Homme charmant!

LA MARQUISE.

Seulement
Il veut épouser Agathe.

LE MARQUIS.

S'il est cousin du roi, cette union me flatte.

LA MARQUISE.

Ce n'est pas tout.

LE MARQUIS.

Qu'exige-t-il encor?

LA MARQUISE.

Il est toujours suivi d'un ami cousu d'or,
Le financier Gautru, qu'il montre et qu'il promène.

LE MARQUIS.

Eh bien?

LA MARQUISE.

Le financier veut épouser Chimène.

LE MARQUIS.

S'il est l'ami du cousin de la reine,
Chimène épouse un trésor.

LA MARQUISE.

Alors vous m'approuvez?

LE MARQUIS.

Embrassez-moi, marquise :
Ces gendres-là me vont, puisqu'ils ont du crédit.
Mes filles, n'est-ce pas, les trouvent à leur guise?

LA MARQUISE.

Je ne leur avais rien dit.

LE MARQUIS.

Alors prévenez-les vite,
Car ces gendres excellents,
En termes des plus galants,
    Nous annoncent leur visite.

LA MARQUISE.

Quoi! déjà, sans perdre un moment?

LE MARQUIS.

J'aime cet empressement.

LA MARQUISE.

Il faut bien que nos ingénues
    Soient prévenues.

LE MARQUIS, tout en cherchant sa révérence.

Il le faut assurément.

LA MARQUISE.

Que dire?

LE MARQUIS.

Dites-leur qu'elles ont eu la chance
De subjuguer des hommes d'importance.
J'espère qu'ils sont bien?

LA MARQUISE.

            L'un est long; l'autre est court.
Le baron, trop léger, le financier, trop lourd.

LE MARQUIS.

Dites-leur que l'apparence
    Ici-bas trompe toujours.

LA MARQUISE.

Je vais préparer mon discours.

LE MARQUIS, avec joie.

Ah !

LA MARQUISE.

Quoi ?

LES QUATRE FILLES, accourant.

Qu'arrive-t-il ?

LE MARQUIS.

Silence !
J'ai retrouvé ma révérence,
Pleine de grâce et d'élégance.

TOUS.

Le salut est retrouvé.
Tout est sauvé.

LE MARQUIS.

Me voilà joyeux et preste ;
Mes enfants, regardez-moi.
Cet homme simple et modeste
Va bientôt parler au roi.

TOUS.

Quel honneur pour la famille !
Quel honneur pour la maison !

LE MARQUIS, très ému.

Tu m'embrasses trop, ma fille ;
Mes enfants, de la raison !

AGATHE.

Vous verrez, — honneur suprême ! —
Le roi comme je vous vois.

JAVOTTE.

Il vous répondra lui-même

PACOME.

Ce sera sa propre voix?

CHIMÈNE.

Un roi que l'Europe admire!

PHILOMÈLE.

Un roi qui fait tout trembler!

JAVOTTE.

Monsieur, qu'allez-vous lui dire?

PACOME.

Monsieur, pourrez-vous parler?

TOUS.

Quel honneur pour la famille!
Quel honneur pour la maison!

LE MARQUIS.

Mes enfants, de la raison !
Tu m'embrasses trop, ma fille.

PACOME, annonçant.

La chaise de gala!

LE MARQUIS, gravement.

Introduisez-la.

Pacome sort. — Des domestiques en livrée apportent vivement l'habit, le chapeau, le
baudrier, l'épée, la canne, les gants et la tabatière. La marquise, Javotte, et chacune
des filles s'emparent d'un objet et le donnent au marquis, qui se trouble de plus en
plus.

.LE MARQUIS.

Voici l'heure solennelle,
Ne me manque-t-il plus rien?
Mes manchettes? ma dentelle?.
Ma perruque est-elle bien?

Les coureurs entrent les premiers, suivis des valets de pied en grande livrée, précé-
dant la chaise. — Les serviteurs, cuisiniers, cochers, marmitons, servantes et cuisi-
nières accourent par toutes les portes, pour assister au départ de leur maître.

TOUS.

Quel honneur pour la famille
Quel honneur pour la maison !

LE MARQUIS.

Mes enfants, de la raison !
Ne m'embrasse plus, ma fille.
Non, non, de grâce, laissez-moi.
Vous augmentez encor mon trouble,
Et mon émotion redouble
Quand je vous vois tous en émoi.

TOUS.

Il va parler au roi !

Il s'est assis dans la chaise. — La marquise et ses filles l'entourent. Javotte et Pacome sont derrière. — Le cortège se met en marche. Les serviteurs se placent sur deux rangs pour le laisser passer. — Tout le monde disparaît, sauf Javotte qui reste la dernière et ne sort pas.

SCÈNE II

JAVOTTE, BENOÎT.

Javotte, restée seule, s'assure que tout le monde est parti et va vivement ouvrir un placard, à gauche.

JAVOTTE.

Sortez vite.

BENOIT, dans l'armoire.

Ma jambe est prise.

JAVOTTE.

Dégagez-la.

BENOIT.

Je suis perclus.

JAVOTTE.

Donnez-moi vos deux mains.

VI.   20.

BENOIT.

    Mais je ne les sens plus.

JAVOTTE, désespérée.

Ah! mon Dieu! Je suis compromise.
Suppliant.
Benoît, mon cher petit Benoît,
Fais un effort.

BENOIT, sortant.

    Voilà comment on me reçoit?

JAVOTTE.

Il fallait bien te faire disparaître.

BENOIT.

Tu t'en vas pour huit jours et tu restes six mois.

JAVOTTE.

    Avec mon maître.

BENOIT.

Tu quittes le pays; j'arrive, je te vois...

JAVOTTE.

    Et tu sautes par la fenêtre!

BENOIT.

    Le plus court chemin...

JAVOTTE.

    Pour un fou.
J'étais là, lisant un histoire.
Un grand garçon, tombant je ne sais d'où,
    Me saute au cou.

BENOIT.

Et tu le mets dans une armoire!

JAVOTTE.

On entrait. — Sauve-toi.

BENOIT.

Je partirais ainsi?

JAVOTTE.

Je te suis toujours fidèle.

BENOIT.

Grand merci, mademoiselle.

JAVOTTE.

Embrasse-moi bien vite et passe par ici.

Au lieu de l'embrasser, Benoit s'assied.

Tu restes?

BENOIT, froidement.

J'aurai l'air de ne pas vous connaître.

JAVOTTE.

Que veux-tu donc?

BENOIT.

J'attends le marquis.

JAVOTTE.

Notre maître?

BENOIT.

Je suis ambitieux aussi.
Je veux entrer à son service.

JAVOTTE.

Comme quoi?

BENOIT, se levant avec dignité.

Comme suissé.

JAVOTTE.

Toi, suisse! un simple paysan!

Lui tendant la joue.

Prends vite un baiser et va-t'en.

JAVOTTE.

Sais-tu que pour être suisse
Il faut marcher noblement?

BENOIT.

Avec un peu d'exercice
Cela s'apprend aisément.

JAVOTTE.

Pourrais-tu porter la pique?

BENOIT.

Oh! sans le moindre embarras.

JAVOTTE.

Il faut être magnifique.

BENOIT.

Cela ne me gêne pas.

JAVOTTE.

Pauvre cœur novice,
Épris des grandeurs,
Il veut être suisse
Chez les grands seigneurs.
Ah! quel est ton rêve,
Mon pauvre garçon!
Tu crois qu'on s'élève
De cette façon!

BENOIT.

On me croit novice;
J'aime les grandeurs;
Je veux être suisse
Chez les grands seigneurs.

Poursuis donc ton rêve,
Benoît, mon garçon ;
Car chacun s'élève
De cette façon.

Déjà dans ma province
J'ai servi, l'an dernier,
Dans le château d'un prince,
Où mon oncle était cuisinier.

Moi, j'aime la noblesse,
Et je suivais sans cesse
Le prince, un franc luron,
Qui courait les fillettes
Et qui dans les guinguettes
Chantait comme un démon.
J'ai vu ce diable à quatre
Se griser et se battre
Et toujours bon vivant.
Quelle belle existence !
Et que de fois j'y pense !
Que j'en rêve souvent !

JAVOTTE.

Et moi, Benoît, je rêve
Au temps où nous allions tous deux
Ramasser sur la grève
Les petits cailloux merveilleux.

BENOIT, avec tendresse.

Tu t'en souviens encor, Javotte ?

JAVOTTE.

Je chantais comme une linotte.

BENOIT.

Moi, j'étais gai comme un pinson.

JAVOTTE.

Et nous disions notre chanson :

I

Jacquot, courant par les bruyères,
Chante aux oiseaux : « Je suis heureux!
» Les arbres ont des mines fières,
» Les blés ont des airs langoureux,
» Les muguets me font la courbette,
» Les boutons d'or se sont faits beaux. »
Ah! Jacquot, nous voyons... les deux petits sabots
                De Jeannette.

II

Jacquot, tournant encor la tête,
Revient, le cœur tout enfiévré;
Il rougit, il tremble, il s'arrête :
« Un follet m'a donc enivré?
» Mais, comme la bergeronnette,
» Je n'ai bu que l'eau du chemin. »
Ah ! Jacquot, tu buvais... dans le creux de la main
                De Jeannette.

BENOIT, joyeux.

Voilà Javotte, enfin; c'est ma Javotte à moi.

JAVOTTE.

Tu me feras mourir d'effroi.

BENOIT.

Ne reprends plus ton air sévère.
Si tu me protégeais un peu...

JAVOTTE.

                        Que puis-je faire ?

BENOIT.

Je resterais auprès de toi.

JAVOTTE.

En te voyant mis de la sorte,

Avec ce gros air campagnard,
On va te jeter à la porte.

BENOIT.

Laissons faire le hasard.

JAVOTTE, poussant un cri.

On vient !

BENOIT.

Non, non, — ce n'est personne.

JAVOTTE.

On n'eut jamais d'effroi pareil.
Partiras-tu si je te donne
Un bon conseil ?

BENOIT.

Un conseil ? C'est bien peu. — Donne-le tout de même.

JAVOTTE.

Nous faisons aujourd'hui notre entrée à la cour,
Et nous serions d'une exigence extrême.

BENOIT.

Alors ?

JAVOTTE.

Reviens un autre jour.

BENOIT.

On me renvoie à ma cabane;
Je ne serais bon à rien.
Si je suis paysan, n'es-tu pas paysanne ?

JAVOTTE.

Mais, moi, je prends des leçons de maintien.

BENOIT.

Tu prends des leçons ?

JAVOTTE.

En cachette.
Ces dames n'ont jamais achevé leur toilette,
    On me donne un peu de leur part.

BENOIT.

Cela te coûte cher ?

JAVOTTE.

Rien du tout. — C'est pour l'art.

BENOIT.

Des leçons de maintien ?

JAVOTTE.

Et de belles manières.

BENOIT.

Mais, moi, j'en prendrais bien aussi.

JAVOTTE.

En dix leçons particulières
    Tu serais dégrossi.

BENOIT.

Ce professeur, alors, est un grand homme ?

JAVOTTE.

Très célèbre, dit-on.

BENOIT.

Il se nomme ?

JAVOTTE.

Monsieur Miton.

BENOIT.

Où loge-t-il ?

JAVOTTE.

On voit d'ici la maisonnette.

BENOIT.

Je vais me pendre à sa sonnette,
Et j'y reste pendu jusqu'à ce qu'il m'admette.

JAVOTTE.

Ne sois pas indiscret.

BENOIT.

Me crois-tu maladroit?

Déclamant.

Je ne connais personne, et des bords de la Loire
J'arrive en droite ligne, attiré par sa gloire.

JAVOTTE.

On vient. C'est lui. — J'entends son pas. Adieu, Benoît.

BENOIT.

Je vais l'attendre à sa porte.

JAVOTTE.

Monsieur Miton! — Je suis morte!

*Elle est appuyée sur la porte de gauche, par où Benoît est parti, quand Miton
entre par la porte de droite.*

SCÈNE III

JAVOTTE, MITON.

MITON, *s'arrêtant à la porte.*

Est-ce un prince? Est-ce un duc? un marquis? un baron?

Entrant.

Quoi! pas même baron! alors, ce n'est personne?

JAVOTTE, *vivement.*

Personne.

MITON, avec dédain.

Un simple poltron ?
Tu ne mérites pas tes jolis yeux, friponne.
— Nous sommes seuls. — Allons, Javotte, allons.
Ne songeons plus aux galants.

JAVOTTE.

Je suis prête.

MITON.

Les principes, d'abord. — Marchez : levez la tête.
N'appuyez pas sur les talons.
Très bien. — La révérence ? Exquise.
Le jeu de l'éventail ? Bien. — La main à baiser ?
Bravo ! — Tu peux te reposer.
Javotte est marquise.

JAVOTTE.

Vous vous moquez de moi.

MITON.

Marquise.

JAVOTTE.

Pas si haut.

MITON.

Duchesse si je veux, princesse s'il le faut.

JAVOTTE.

Une pauvre servante ?

MITON.

C'est ce dont je me vante.

JAVOTTE.

Qui gardait les brebis et fauchait les moissons ?

MITON.

Je ne connais ni reines ni bergères ;
Je ne vois que la femme et les belles manières.
On est sultane en trente-deux leçons.
Recommençons.
La révérence profonde ?
Pour tout le monde.
Bien. — Pour lui seul ? Très bien. — Le jeu de l'éventail.
Et la main à baiser, — supprimons le détail.

I

Il vous conte fleurette :
Vous devenez coquette.
Très bien. — Il tourne un madrigal :
Vous le trouvez banal.
Très bien. — Il risque une sornette :
Soyez superbe ! — Il dit : « Pourtant, si tu m'aimais ! »
Courez à votre sonnette...
Et ne sonnez jamais.

II

Il prend un air timide :
Vous devenez candide.
Très bien. — Il a le cœur en feu :
Vous en riez un peu.
Très bien. — A vos pieds il se jette :
Montrez la porte ! — Il dit : « Et si je la fermais ? »
Courez à votre sonnette...
Et ne sonnez jamais.
Le geste est toujours noble et la pose est fort belle.

La regardant avec admiration.

Quelle adorable cruelle !
Viens m'embrasser.
Je n'ai plus qu'à te lancer.

JAVOTTE, étonnée.

A me lancer ?

MITON.

Oui, Javotte.

JAVOTTE.

Où ?

MITON.

Dans le monde.

JAVOTTE.

Pourquoi ?

MITON.

Es-tu sotte?
Pour lui montrer ce que j'ai fait de toi.
Voilà mon œuvre; elle est finie.
Par la force de mon génie,
Par la puissance de mon art,
Je vaincs toutes les résistances,
Je supprime les distances,
Et corrige le hasard.
Tu verras à tes pieds la robe et la finance,
Les grands seigneurs chamarrés d'or,
Et mieux encor,
Si nous avons de la chance.
Il a suffi d'un ruban
A la belle de Fontanges;
Madame de Montespan
Pas plus que toi ne descendait des anges.
Elles ont eu le bonheur peu commun
De surprendre le cœur du Roi-Soleil à jeun.

JAVOTTE, qui l'écoutait tout ébahie.

Mais, moi, monsieur, j'aime quelqu'un.

MITON.

Qui? quelqu'un! Quoi? quelqu'un! Quelqu'un!... La belle
                                                    [affaire.

JAVOTTE.

C'est lui que je préfère.

MITON, se mettant peu à peu en colère.

Quelqu'un ?... Vous avez fait cet effort de bon goût.
Parbleu ! quelqu'un n'est pas un oiseau rare.
Quelqu'un ! cela peut se trouver partout.
Ah ! vous aimez quelqu'un, ainsi, sans crier gare !

JAVOTTE.

Voilà longtemps que nous nous connaissons...

MITON, furieux.

Et mes leçons ?

JAVOTTE.

Je lui serai fidèle.

MITON.

Ingrate !

JAVOTTE.

Et je n'épouserai qu'un simple paysan.

MITON, exaspéré.

Un paysan ! Je sens que ma colère éclate.
Va-t'en ! va-t'en ! va-t'en !

Elle se sauve. — Il la suit en la menaçant de son violon, qui tombe sur la tête de
Philomèle au moment où elle entre par la première porte à droite, suivie de ses
sœurs.

SCÈNE IV

MITON, AGATHE, CHIMÈNE, ANGÉLIQUE, PHILOMÈLE, puis FLARAMBEL et LA BLUETTE.

PHILOMÈLE.

Qu'est cela ?

MITON; confus.

Ciel! une blessure!

ANGÉLIQUE.

Oh! mon Dieu!

CHIMÈNE.

Qu'avez-vous?

AGATHE.

Que s'est-il donc passé?

PHILOMÈLE, touchant sa tête.

Ce n'est rien.

MITON, examinant son violon.

Il n'est pas cassé.

PHILOMÈLE.

Mais que faisiez-vous donc?

MITON.

Je battais la mesuré.

PHILOMÈLE, riant.

A tour de bras?

MITON.

J'avais haussé le ton.

PHILOMÈLE.

Vous chantiez un air de bravoure.

MITON.

Oui.

LES JEUNES FILLES, l'entourant.

Bonjour, monsieur Miton.

MITON, avec satisfaction.

Comme on m'entoure!

LES JEUNES FILLES.

Vous êtes si bon!

MITON.

Vous riez de ma faiblesse.
Mais moi, j'aime la jeunesse,
Et je me sens tout joyeux,
A vous voir là si gentilles;
De rester, en devenant vieux,
Le grand enfant des jeunes filles.

Nous commençons.

LES JEUNES FILLES.

Déjà?

MITON.

Les principes d'abord:

AGATHE, câline.

Causons un peu.

MITON, gravement.

Mesdemoiselles!

CHIMÈNE.

Vous vous fatiguez trop.

ANGÉLIQUE.

Oh! oui.

AGATHE.

Vous avez tort.

PHILOMÈLE.

Nous portez-vous quelques chansons nouvelles?

MITON, avec intention.

Oui, oui.

LES JEUNES FILLES, avec joie.

Vraiment?

Elles se placent vivement toutes les quatre, deux à sa droite, deux à sa gauche
comme au jeu des quatre coins.

MITON.

Cambrez-vous, — sans effort.

Elles prennent leurs robes comme pour faire une révérence.

La révérence. — Bien. — Tournez la tête à droite.

Elles tournent toutes les quatre la tête à droite; il en profite pour remettre en cachette
un billet à Chimène.

Regardez le plafond.

Elles lèvent les yeux au ciel.

Très bien.

Il remet un billet à Angélique.

Sans embarras.

Très bien.

Même jeu pour Agathe.

Laissez tomber plus mollement les bras.

Très bien. — La tête à gauche.

En tournant la tête à gauche, Philomèle se trouve en face de Miton, qui lui présente
le dernier billet.

Un repos.

Chacune a son billet, qu'elle grille de lire. — Elles remontent un peu et se retrouvent
toutes les quatre en face les unes des autres.

LES JEUNES FILLES.

Maladroite!

MITON.

Nous allons chanter un chœur.

Il va à la table préparer les cahiers de musique.

AGATHE, à Angélique et à Philomèle.

Mesdemoiselles!

CHIMÈNE.

A votre âge!

PHILOMÈLE.

Au tien, ma grande sœur, nous serons en ménage.

AGATHE.

Il vous sied bien de prendre un ton moqueur!

ANGÉLIQUE.

Prendrons-nous un air de victime?

PHILOMÈLE, d'un air innocent.

Recevoir un billet poli n'est pas un crime.

CHIMÈNE.

Voyez-vous cette candeur?

PHILOMÈLE.

Si nous écoutons, charmées,
L'hommage qu'on nous rend,
Et si nous sommes aimées,
Le mal est-il bien grand?

AGATHE, vivement,

Monsieur de Flarambel mérite mon estime.

CHIMÈNE.

Monsieur de la Bluette est de bonne maison.

ANGÉLIQUE.

Robert m'a montré son blason.

PHILOMÈLE.

Et si vous connaissiez Maxime!

MITON.

Mesdemoiselles, j'attends.

Elles se placent toutes les quatre de front, au milieu de la scène, Chimène, Angélique
Philomèle, Agathe. — Miton donne à chacune sa partie de musique.

Le chœur des *Filles du Ténare.*

Oreste fuit. — Il s'égare.

— A quatre temps.

LES JEUNES FILLES.

Monstres aux fauves prunelles,
    Filles de la nuit,
Euménides, sœurs cruelles,
    Oreste vous fuit.

MITON.

Pas tant de bruit.

Pendant que Miton va à Philomèle, Agathe s'échappe et s'avance sur le devant de la scène.

AGATHE, lisant le billet que lui a remis Miton.

« Mon amour peut-être
    Vous attendrira ;
Quand midi sonnera,
    Soyez à la fenêtre. »

MITON, en aparté:

C'est un chœur de mon opéra.

Il revient à Angélique. — Chimène s'échappe.

CHIMÈNE, lisant.

« L'amour est un maître,
    Qui nous rend hardi ;
Montrez-vous à midi,
    Vous me verrez paraître. »

MITON, aux jeunes filles, levant son archet pour faire recommencer.

Quand serai-je applaudi !

LES JEUNES FILLES.

Monstres aux fauves prunelles,
    Filles de la nuit,
Euménides, sœurs cruelles,
    Oreste vous fuit.

MITON, avec enthousiasme.

Pages immortelles !

ANGÉLIQUE, s'échappant derrière Miton et lisant.

« Astre du jour,
O mon amour,
Quand sortirai-je
  Du collège? »

PHILOMÈLE, même jeu.

« Astre des nuits,
Belle ingénue,
Plains-moi, je suis
En retenue. »

MITON, levant son archet.

De l'entrain
Pour la fin !

LES JEUNES FILLES.

O fureurs épouvantables!
  Horrible courroux!
De vos rages exécrables
  L'enfer est jaloux.

Tout en chantant, elles remontent vers la fenêtre, pendant que Miton, en extase
continue à battre la mesure, sans rien voir ni rien entendre.

AGATHE.

C'est lui qui regarde.

CHIMÈNE.

Il est là.

AGATHE et CHIMÈNE, se montrant Miton, qui approche.

Prenons garde.

MITON, comme réveillé en sursaut.

Qu'est cela?
        Allant à la fenêtre.
Voici des promeneurs que je crois reconnaître
Fermez la fenêtre.

LES JEUNES FILLES, le ramenant.

Ah! monsieur Miton,
Vous êtes si bon!

MITON.

Je ne suis pas un barbon;
Les billets doux sont à la mode,
Il faut bien qu'on s'en accommode,
Mais voilà tout. Chantons.

LES JEUNES FILLES.

Non, non!

MITON.

Fermez.

AGATHE et CHIMÈNE.

Il me voit.

LES JEUNES FILLES.
Écoutons.

FLARAMBEL et LA BLUETTE, en dehors.

1

Déjà les hirondelles
Rapportent sur leur ailes,
Messagères fidèles,
Tous les parfums d'avril.
Écoutez leur babil :
    L'amour va renaître
    Aux cœurs de vingt ans.
Ouvrez la fenêtre
    Au gai printemps.

MITON.

Mais c'est pousser par trop loin l'aventure.
Venir chanter ainsi!

AGATHE.

Par hasard, je vous jure.

CHIMÈNE.

Ils passaient par ici.

MITON.

Au moins, qu'ils chantent en mesure !

Les jeunes gens paraissent sur le balcon. — Les jeunes filles font semblant de ne pas les avoir vus. — Ils s'approchent insensiblement, et, à la reprise du refrain, Flarambel est près d'Agathe et la Bluette s'est emparé de la main de Chimène. — Miton bat la mesure avec des airs rêveurs.

FLARAMBEL et LA BLUETTE.

II

L'abeille court, alerte,
Sur la fleur entr'ouverte,
La plaine est déjà verte,
L'air frémit dans les bois.
Tout murmure à la fois :
L'amour va renaître
Aux cœurs de vingt ans.
Ouvrez la fenêtre
Au gai printemps.

MITON.

Morbleu ! c'est trop d'audace.

LES JEUNES GENS, se relevant.

La fenêtre est si basse !

LES JEUNES FILLES, mollement.

C'est très mal.

MITON.

Ce sans-gêne est phénoménal.

ES JEUNES GENS, aux jeunes filles.

Il faut bien que je vous dise
Ce qui me remplit le cœur.

SCÈNE V

LES MÊMES, LA MARQUISE, JAVOTTE, PACOME

JAVOTTE, entrant suivie de Pacôme.

Madame la marquise!

LES JEUNES FILLES.

Grand Dieu! — Partez! — Trop tard!

es jeunes gens essaient de fuir, mais la marquise va arriver. Ne pouvant s'échapper, ils se cachent derrière les quatre jeunes filles, qui se mettent en rang devant eux.

MITON, vivement.

Le chœur!

On donne une partie à Javotte, qui fait chanter Pacôme, et elles entonnent le chœur avec furie.

LES JEUNES FILLES.

Monstres aux fauves prunelles,
Filles de la nuit...

LA MARQUISE, étonnée.

Mesdemoiselles!

LES JEUNES FILLES.

Euménides, sœurs cruelles...

LA MARQUISE.

Mesdemoiselles!

LES JEUNES FILLES.

Oreste vous fuit.

FLARAMBEL et LA BLUETTE, cachés.

Amour, dieu des demoiselles,
Où m'as-tu conduit?
Fais quelque chose pour elles,
Cache-moi sans bruit.

LES JEUNES FILLES.

O fureurs épouvantables !
Horrible courroux!...

LA MARQUISE.

Taisez-vous !

LES JEUNES FILLES.

De vos rages exécrables...

LA MARQUISE.

Taisez-vous !

LES JEUNES FILLES.

L'enfer est jaloux.

FLARAMBEL et LA BLUETTE, à part.

Divinités secourables,
Effroi des jaloux !
Pour nous soyez charitables
Et protégez-nous.

LA MARQUISE, avec violence.

Taisez-vous !

> Tout le monde se tait.

SCÈNE VI

MITON, AGATHE, CHIMÈNE, ANGÉLIQUE, PHI-
LOMÈLE, LA MARQUISE, FLARAMBEL et LA
BLUETTE, cachés, puis MERLUSSAC et GAUTRU.

LA MARQUISE, d'un ton solennel.

Un motif grave m'amène.
Approchez, Agathe et Chimène.

> Elles avancent toutes les quatre sans se séparer. Miton joue une ritournelle
> pour détourner l'attention de la marquise.

LA MARQUISE.

Qu'est cela?

MITON.

C'est un trait.

LA MARQUISE, très troublée.

J'avais mon discours tout prêt.
Mais vous m'avez troublée. — Il est l'heure, ô mes filles,
De songer à l'avenir...
Vos futurs maris vont venir.

LES JEUNES FILLES.

Hein?

Miton exécute des trilles furibonds.

LA MARQUISE.

Qu'est-ce encore?

MITON.

Quelques trilles.

PACOME, revenant.

Monsieur de Merlussac, avec monsieur Gautru.

LA MARQUISE.

Déjà! — L'un est baron; il vient pour vous, Agathe.
Et l'autre... Mais quittez ce maintien d'automate.

Elle s'approche de ses filles et voit les jeunes gens. Ils veulent fuir, — mais le baron
et le financier vont entrer; ils se sauvent à droite et les jeunes filles courent se
ranger devant eux pour les cacher encore.

Ciel! que vois-je! Grand Dieu! mes filles! qui l'eût cru!
Fermez la porte. Empêchez qu'on ne vienne.

MERLUSSAC, à la porte.

Marquise!

LA MARQUISE.

C'est fini... je meurs... qu'on me soutienne!

Miton veut la soutenir. Elle se redresse indignée. — Les jeunes filles tenant leurs
robes pour mieux cacher les jeunes gens, restent raides et immobiles. — Miton va
chercher un paravent placé à gauche et le transporte doucement et lentement
à droite, s'arrêtant toutes les fois que Merlussac et Gautru le regardent.

MERLUSSAC.

Marquise! Permettez qu'on vous baise la main.

GAUTRU.

Eh! c'est Miton. — Bonjour.

MERLUSSAC.

Bonjour, faquin.

A la marquise.

Compatissez, de grâce, à mon chagrin.

GAUTRU, poussant un soupir.

Ah!

MERLUSSAC.

Je viens de perdre un quart d'heure.

GAUTRU, de même.

Ah!

MERLUSSAC.

J'accourais; un étourneau,
Voulant me saluer trop poliment, m'effleure
De la plume de son chapeau.

GAUTRU, l'imitant et l'admirant.

De son chapeau.

MERLUSSAC.

Comment tolérer cette offense?

GAUTRU.

Comment?

MERLUSSAC.

Je mets l'épée au vent et cadédis!...

GAUTRU.

Pif, paf.

MERLUSSAC.

Mais retenu par les nouveaux édits,
J'usai de clémence,
Je balafrai le fat... qui se bat bien, d'ailleurs.
En des temps meilleurs,
Je l'aurais transpercé comme une poire mûre.

GAUTRU.

V'lan.

MERLUSSAC, galamment.

Trop heureux, en ce beau jour,
De donner à ma future
Cette faible preuve d'amour.

GAUTRU, se retournant vers la marquise.

Car nous pouvons nous déclarer, marquise?

LA MARQUISE, très embarrassée.

Certes. — Vous remarquez peut-être, avec surprise,
Que ces chères enfants ont des airs empruntés.
C'est la peur qui les paralyse,
Je veux dire : la joie... et le...

MERLUSSAC.

Vous nous flattez.

GAUTRU.

Adorable candeur!

MERLUSSAC.

Timidité charmante!

GAUTRU.

Aimable maintien!

MERLUSSAC.

Je sens que mon amour augmente.

GAUTRU.

Je ne vois plus de borne au mien.

MERLUSSAC, prenant un écrin dans la poche de Gautru.

Puis-je au moins suspendre, moi-même,
A votre cou
Ce modeste bijou?

GAUTRU, tirant de sa poche un autre écrin.

Faveur suprême!
Puis-je, seulement,
Poser sur votre front charmant
Ce diadème?

Ils avancent avec leurs bijoux. Ils vont découvrir les amoureux. La marquise ferme
les yeux. Les jeunes filles sont tremblantes.

AGATHE et CHIMÈNE, bas.

Que faire?

PHILOMÈLE, bas.

Refusez.

MERLUSSAC, s'avançant.

Inclinez-vous un peu.

AGATHE.

Nous ne portons jamais de bijoux.

CHIMÈNE.

C'est un vœu.

MERLUSSAC.

Belles comme le jour! et pas même coquettes!

GAUTRU, vivement.

Ne contrarions pas ces vertueux penchants.

MERLUSSAC.

Ce sera donc pour les cadettes.

ANGÉLIQUE.

Nous non plus.

PHILOMÈLE.

Nous n'aimons, nous, que les fleurs des champs.

MERLUSSAC.

Gautru, nous ne devions apporter que des roses.

GAUTRU.

Je te l'ai dit, baron.

MERLUSSAC.

Il en est encor temps.

GAUTRU.

Oui, je comprends à demi-mot les choses;
Nous allons, dans quelques instants...

MERLUSSAC.

Déposer à vos pieds tout ce que le printemps
A de fleurs écloses.

GAUTRU.

Vous ne verrez plus céans...

MERLUSSAC.

Que montagnes de fleurs.

GAUTRU.

Des lacs !

MERLUSSAC.

Des océans!

GAUTRU, à part.

Je suis le plus heureux des hommes.

MERLUSSAC, de même.

Je suis un heureux coquin.

Ils se dirigent vers la porte.

TOUS.

Ah!

Ils reviennent.

Ciel!

Miton pose vivement son paravent devant les jeunes gens, qui se trouvent cachés.

MERLUSSAC.

Étourdis que nous sommes!

Marquise, permettez qu'on vous baise la main.

Ils se retournent pour saluer les jeunes filles et ne trouvent plus qu'un paravent;
celles-ci, complètement rassurées, les entourent et les accompagnent jusqu'à la porte
avec force saluts. Ils n'y comprennent rien.

LA MARQUISE, stupéfaite.

Les voilà tout à fait à l'aise ;
Elles font de jolis saluts.
Je crois que mon cœur ne bat plus.

SCÈNE VII

LA MARQUISE, AGATHE, CHIMÈNE, ANGÉLIQUE, PHILOMÈLE.

AGATHE et CHIMÈNE, revenant.

Pardonnez-nous.

LA MARQUISE, avec colère.

Que l'on se taise!

Enlevez ce paravent.

Miton l'enlève.

Ah! j'en resterai muette.

FLARAMBEL, très embarrassé, se présentant lui-même, sans oser faire
un pas.

Marquis de Flarambel.

LA BLUETTE, de même.

Marquis de la Bluette.

FLARAMBEL.

Si l'amour le plus pur...

LA BLUETTE.

Si ma flamme discrète...

LA MARQUISE, avec un geste superbe.

Sortez, messieurs.

Ils se retirent lentement et comme à regret.
A ses filles.

Et vous... vous allez au couvent.

AGATHE et CHIMÈNE, suppliant.

Oh! non.

LA MARQUISE.

Pour n'en sortir que le jour de vos noces.

ANGÉLIQUE et PHILOMÈLE, vivement avec aplomb.

Mais pas nous?

LA MARQUISE.

Vous aussi : vous êtes trop précoces.
Partez sur l'heure.

A Miton.

Et vous, le professeur savant,
Qui vous montrez si peu sévère...

LES JEUNES FILLES, au fond.

Papa! voici papa.

Elles s'esquivent par la droite, pendant que les jeunes gens s'échappent
en repassant par le balcon.

LA MARQUISE, très troublée.

Déjà! Malheureux père!
Pourrai-je lui cacher ce qui se passe ici?
Que dire? qu'inventer?

SCÈNE VIII

LA MARQUISE, MITON, LE MARQUIS.

LE MARQUIS, entrant très visiblement ému, sans voir personne,
et appelant.

Ma femme!

LA MARQUISE.

Me voici.

LE MARQUIS.

Allez chercher Miton.

MITON, s'avançant.

A vos ordres.

LE MARQUIS.

Merci.
Où sont mes filles?

LA MARQUISE, très embarrassée.

J'aurais voulu vous prévenir avant,
Mais, pour quelques peccadilles,
Je les renvoie au couvent.

LE MARQUIS.

Tant mieux! Tout est fermé? Rien ne peut nous distraire?

LA MARQUISE, le regardant.

Le roi vous a mal reçu?

LE MARQUIS.

Au contraire.

LA MARQUISE.

Pourtant vous êtes ému.

LE MARQUIS.

Écoutez-moi. J'entre avec grâce,
Je marche; — mon chapeau tombe, — je le ramasse;
Tous mes membres restent glacés.
Mais je montre du caractère,
Je m'incline jusqu'à terre.

A Miton.

Je suppose que c'est assez?

Miton fait un signe approbatif.

Alors, avec un sourire,
Et d'un air affectueux,
Quoique toujours majestueux,
Le grand roi daigne me dire :
« Marquis Othon de Moncontour
» De Labotardais et d'Arvèze...
— Il sait tous mes noms! — Je suis aise
» De vous voir à ma cour. »
Je cherche à m'incliner plus bas — en pure perte.
Cela me déconcerte.
« Vous avez, » — reprend-il d'un air plein de bonté,
Quoique toujours rempli de majesté, —
« Beaucoup d'enfants? » — Sire, j'ai quatre filles.
— J'aime les nombreuses familles.
— J'en aurais voulu six.
— Mais vous avez un fils?
Et son ton voulait si bien dire :
Je le désire,
Que je répondis : « Oui, sire. »

MITON.

Bah!

LA MARQUISE.

Vous avez dit au roi?

LE MARQUIS.

J'ai dit : « Oui, sire. »

LA MARQUISE.

Mais pourquoi?

LE MARQUIS.

Pourquoi? — La révérence avait été mal faite,
J'étais troublé; j'avais... Dieu sait ce que j'avais!
Et le grand roi, d'une voix satisfaite,
M'a répondu : « Je le savais. »

LA MARQUISE.

Comment?

LE MARQUIS.

Puis reprenant son auguste sourire :
« Nous nous occuperons de lui.
» Présentez-le-moi. »

LA MARQUISE.

Hein?

LE MARQUIS.

« Oui, sire. »

LA MARQUISE.

Je deviendrai folle aujourd'hui.

LE MARQUIS.

Et trois ducs m'ont fait la conduite,
Me saluant comme un homme en faveur,
Et tout le monde enviait mon bonheur.
Il me faut un fils tout de suite.

LA MARQUISE.

Il vous faut?

LE MARQUIS.

J'écrirais : « Grand roi, c'est une erreur;
» J'ai menti; j'avais le délire.
» Ouvrez la Bastille, j'y vais;

» Je n'ai pas de fils; je rêvais. »
Mais il a dit : « Je le savais. »
    Puis-je le contredire?

MITON.

Non.

LE MARQUIS.

Il me faut un fils.

MITON.

                Demain
Vous l'aurez, monseigneur.

LE MARQUIS.

        Je l'aurai?

MITON.

                De ma main.

LE MARQUIS.

    Vous feriez cela?

MITON.

        Je l'espère.

LE MARQUIS.

Il sera présentable?

MITON.

    Aussi marquis que vous.

LE MARQUIS.

Où le prendrez-vous donc?

MITON.

        Cela n'importe guère.

LE MARQUIS.

Si vous réussissez, je tombe à vos genoux.

LA MARQUISE.

Et pensez-vous que j'y consente?

LE MARQUIS.

Quand j'aurais un fils?

LA MARQUISE.

Malgré moi?

LE MARQUIS.

Tous les deux.

LA MARQUISE.

Jamais.

LE MARQUIS.

Oh! pourquoi?

I

Marquise, soyez indulgente,
Et ne vous fâchez pas trop haut,
Le roi dirait que je me vante;
Ayons un fils puisqu'il le faut.
Je perdrais mes grandeurs en herbe;
Me feriez-vous ce déplaisir?
Ayons un fils, nous le prendrons superbe,
Puisque nous pouvons choisir.

II

Il est bien d'avoir quatre filles;
C'est une assez belle moisson.
Mais, croyez-moi, dans les familles,
Rien n'est flatteur comme un garçon.
Voyez-le, gracieux, imberbe,
Jeune, élégant, fait à plaisir!
Ayons un fils, nous le prendrons superbe,
Puisque nous pouvons choisir.

LA MARQUISE.

Je ne choisirai pas et je ne veux personne.

LE MARQUIS.

Songez donc aux grandeurs que cet enfant nous donne!

LA MARQUISE.

Trouvera-t-on naturel
Qu'un fils nous tombe du ciel?

LE MARQUIS.

C'était un fils oublié.

LA MARQUISE.

Je proteste.

MITON.

Il était élevé dans des pays déserts,
Pour le soustraire au contact si funeste
De notre siècle pervers.

LE MARQUIS, satisfait.

Voilà.

LA MARQUISE.

Que dirais-je à mes filles?

MITON.

Vous aviez un secret.

LE MARQUIS.

Oui.

MITON.

Les grandes familles
Ont toujours un secret dans l'air,
Témoin le masque de fer.

LE MARQUIS.

Un fils masqué!... C'est un trait de génie.

LA MARQUISE.

Et moi, monsieur, je le renie.

LE MARQUIS.

Ne me donnez pas de remords.

MITON.

Il nous faudra quelque monnaie.

LE MARQUIS.

Puisez dans mes coffres-forts.

MITON, s'inclinant.

Monseigneur!...

LE MARQUIS.

C'est moi qui paie.

MITON.

Vous voulez un prince, alors?

Il sort.

LA MARQUISE.

Allez trouver le roi pour avouer vos torts!

LE MARQUIS.

Marquise, écoutez-moi.

LA MARQUISE.

Je ne veux rien entendre.

LE MARQUIS.

Comment faudrait-il m'y prendre?

PACOME, accourant.

Des seigneurs de la cour
Veulent féliciter monsieur de Moncontour.

LA MARQUISE.

Faites attendre.

LE MARQUIS.

Me féliciter!... sur quoi?

PACOME.

Sur l'honneur que vous fait le roi.

LE MARQUIS.

Introduis-les.

A la marquise.

Restez auprès de moi.

SCÈNE IX

LE MARQUIS, LA MARQUISE, PACOME, Les
Seigneurs, puis FLARAMBEL et LA BLUETTE,
puis MERLUSSAC et GAUTRU, puis JAVOTTE.

LES SEIGNEURS, entrant.

Souffrez qu'on vous complimente;
Le roi veut qu'on lui présente
Votre fils!

PACOME.

Vous avez un fils?

LES SEIGNEURS.

Il a, dit-on, la tournure,
L'élégance et la figure
D'Adonis!

FLARAMBEL et LA BLUETTE, qui viennent d'entrer.

Vous avez un fils?

LES SEIGNEURS.

Nous vous félicitons, marquise.

TOUS LES SERVITEURS.

Oh! madame, quelle surprise!

LE MARQUIS, à la marquise.

Comment veux-tu qu'on s'en dédise?

LA MARQUISE.

Vous voyez que je me maîtrise.

LE MARQUIS.

Il faut se mettre à l'unisson,
Soyons fiers d'avoir un garçon.
Aux seigneurs.
Ah! votre démarche me touche
Mais mon émoi
Me clôt la bouche,
Merci pour mon fils et pour moi.

AUTRES SEIGNEURS.

Souffrez qu'on vous complimente,
Le roi veut qu'on lui présente
Votre fils.

MERLUSSAC et GAUTRU, entrant avec des fleurs, interloqués.

Vous avez un fils?

LES SEIGNEURS.

Il a, dit-on, la tournure,
L'élégance et la figure
D'Adonis!

TOUS.

Vous avez un fils?

JAVOTTE, entrant.

Un fils! madame la marquise?
C'est aujourd'hui qu'on s'en avise?
Un fils!... Ah! monsieur le marquis!
Un fils!... Où l'avez-vous pris?

LE MARQUIS.

Veux-tu bien te taire,
Langue de vipère!

JAVOTTE.

Vous aviez un fils, heureux père!
Et vous n'en disiez rien?
Est-il bien?

LE MARQUIS, furibond.

Très bien.

JAVOTTE.

Alors... ce fils, que le ciel nous envoie,
       Tombe dans la maison
       Comme un rayon de joie
       Au fond d'une prison.

LE MARQUIS, voulant l'arrêter.

Écoute-moi...

JAVOTTE, riant plus fort.

Cela me parait si baroque
De voir un fils, gai compagnon,
Pousser comme un champignon !

LE MARQUIS.

Tais-toi.

JAVOTTE, sans l'écouter.

Non, non, j'étouffe, je suffoque.

Avec joie.

       La maison s'emplira
              D'allégresse ;
       Ce fils en chassera
              La tristesse.
       L'arbre des Moncontour
              Se redresse.
       Voici la jeunesse
Ramenant la joie et l'amour.

ENSEMBLE

LE MARQUIS, à la marquise.

L'arbre des Moncontour
Fleurit et se redresse.
Voyez comme on s'empresse !
Ce fils manquait à notre amour.

LA MARQUISE, au marquis.

Honte des Moncontour,
Tout m'irrite et me blesse,
Maudite maladresse!
Ah! qu'alliez-vous faire à la cour?

MERLUSSAC et GAUTRU.

L'arbre des Moncontour
S'accroit et se redresse;
Voyez comme on s'empresse!
Ce fils gêne un peu notre amour.

LES AUTRES.

L'arbre des Moncontour
Fleurit et se redresse;
Et voici la jeunesse
Ramenant la joie et l'amour.

ACTE DEUXIÈME

Un salon. — Grande porte au fond, donnant sur une vaste antichambre.
Portes latérales.

———————

SCÈNE PREMIÈRE

LE MARQUIS, LA MARQUISE, puis MITON.

Le marquis se promène avec agitation.

LA MARQUISE, assise.

Vous êtes agité.

LE MARQUIS.

Vous êtes bien tranquille.

LA MARQUISE.

Miton vous berne.

LE MARQUIS.

Pourquoi ?
Trouver un Moncontour n'est pas chose facile.

LA MARQUISE.

Il n'en trouvera pas.

LE MARQUIS, avec désespoir.

Que répondrai-je au roi?

MITON, entrant triomphant.

J'ai le fils qu'il vous faut.

LE MARQUIS.

Miton, embrassez-moi.

LA MARQUISE, étonnée.

Vous l'avez?

MITON.

Je vous l'apporte.

LE MARQUIS.

Où l'avez-vous trouvé?

MITON.

Sur le pavé,
Devant ma porte.
Quand le hasard s'en mêle, il agit de la sorte.

LE MARQUIS.

Me connaît-il?

MITON.

Non.
Voici son histoire :
Il ne connaît personne, et des bords de la Loire
Il arrive attiré par l'éclat de mon nom
Nous lui dirons plus tard le reste.

LE MARQUIS.

Quand le verrons-nous?

MITON.

Il est là.

Miton fait un signe. — Benoît, dans son costume de paysan, entre timidement
en se faisant très humble.

SCÈNE II

LES MÊMES, BENOIT.

LE MARQUIS et LA MARQUISE, étonnée.
C'est cela?

MITON, le montrant.
Gras, frais, l'œil vif et le pied leste.

LE MARQUIS.
C'est un paysan.

LA MARQUISE.
Quelle horreur!

MITON.
Je lui vois des façons princières.

LE MARQUIS.
A ce benêt?

MITON.
Permettez, Monseigneur,
Il lui manque l'habit et les belles manières.

LE MARQUIS, avec ironie.
En combien de leçons serait-il noble?

MITON.
En dix.

LE MARQUIS.
Mais les grands airs, l'élégance suprême?

MITON.
C'est la base de mon système.

LE MARQUIS.

On ne prendra jamais ce lourdaud pour mon fils.

MITON.

Vous vous y tromperez vous-même.

LE MARQUIS.

Sa roture a trois épaisseurs,
Et plus je le considère...

MITON, l'interrompant.

Attendez les fournisseurs.
Comte Benoît, — embrassez votre père.

BENOIT, stupéfait.

Hein? quoi? comment? suis-je fou?

MITON.

Veuillez lui sauter au cou.
Benoît embrasse le marquis.
Et madame?
II embrasse la marquise.

LA MARQUISE.

Je meurs de honte!

MITON.

Monseigneur, vous êtes comte.

LE MARQUIS, avec douleur.

Et noble à douze quartiers.

BENOIT.

J'y consens très volontiers.
A part.
Ah! faut-il, sort propice!
Croire à tant de bonheur?
Je rêvais d'être suisse,
On me fait grand seigneur.

23

LE MARQUIS et LA MARQUISE, à Miton.

Croyez-vous que l'on puisse,
Avec un professeur
Et beaucoup d'exercice,
Devenir grand seigneur?

BENOIT, après une pause.

Devient-on noble de la sorte?
Je crois que non ; eh bien, qu'importe !

Au marquis, qui n'a cessé de l'examiner d'un air découragé, pendant que Miton
l'étudie en connaisseur.

C'est un fait acquis,
Monsieur le marquis,
Vous êtes mon père.
J'ignore comment ;
Mais je l'admets facilement,
Et je vous vénère.

LE MARQUIS.

Oui, je suis marquis,
Un titre conquis
Sous le roi Lothaire !
Mais en ce moment,
Mes aïeux disent tristement :
Comme on dégénère !

Il n'aura jamais l'air fier,
La grâce, l'élégance,
Et le grand air
Que donne la naissance.

MITON, au marquis.

Attendez les fournisseurs,
Les bottiers, les coiffeurs,
Les brodeurs et les tailleurs.

Les fournisseurs arrivent, présentant des habits, des chapeaux, des épées, des plumes
des rubans, des souliers superbes et des étoffes de toutes couleurs.

LES FOURNISSEURS.

1er GROUPE.

Nous avons la dernière mode.

2e GROUPE.

C'est fin, léger, frais et commode.

3e GROUPE.

Voyez comme chez nous on brode.

4e GROUPE.

Remarquez l'art et la méthode.

1er GROUPE.

Examinez bien le détail.

2e GROUPE.

Ces beaux rubis sur fond d'émail.

3e GROUPE.

Voyez ces boucles de corail.

4e GROUPE.

Et quel fini dans le travail !

1er GROUPE.

Et ce pourpoint que l'or rehausse.

2° GROUPE.

Que Monseigneur au moins l'endosse!

3e GROUPE.

Et pas la moindre perle fausse !

4° GROUPE.

Remarquez bien ce haut-de-chausse.

1er GROUPE.

Voyez cet habit vert de mer.

2e GROUPE.

Ces paillettes sur un fond clair.

3e GROUPE.

Que ce chapeau vous a bon air !

4° GROUPE.

Ces talons useraient l'enfer.

BENOIT.

Choisir m'embarrasse ;
J'ai la tête en feu,
Permettez, de grâce,
Que je me recueille un peu.

Avec enthousiasme.

Ces brillants costumes,
Ces chapeaux à plumes,
Ces velours,
Ces manchettes,
Ces paillettes,
Mes amours,
Cet or qui flamboie,
Ces pourpoints de soie,
Ces habits,
Ces rubis,
Ces bouffettes
Si coquettes,
Ces talons, ces talons de roi,
Ces talons rouges sont à moi.

MITON, aux marchands.

Monsieur le comte est jeune et quelque peu novice,
Suivez-le tous dans son appartement,
Et dirigez son caprice.

A Benoit.

Monseigneur, ces croquants sont à votre service;
Traitez-les sans ménagement.
Quittez cet habit vulgaire.

BENOIT.

Oh ! je n'y tiens guère.

MITON.

Et revenez-nous grand seigneur.

SCÈNE III

LE MARQUIS, MITON, LA MARQUISE.

LE MARQUIS, tendrement.

Vous ne me dites rien, marquise ?

LA MARQUISE.

Et que voulez-vous que je dise ?
Je suis muette de stupeur.

MITON.

Il va, sur vos aïeux, jeter un nouveau lustre.

LA MARQUISE.

Ce rustre ?

MITON.

Il n'est pas mal.

LA MARQUISE.

Il est hideux.

MITON.

Laissez-le changer d'enveloppe.

LE MARQUIS, vivement.

Nos gendres !... Plus un mot.

LA MARQUISE.

Ah ! occupez-vous d'eux.
Moi, je vais tomber en syncope !

Elle s'éloigne vivement.

LE MARQUIS.

Je la calmerai.
Restez, Miton.

SCÈNE IV

LE MARQUIS, MITON, MERLUSSAC, GAUTRU.

MITON, regardant Merlussac et Gautru.

Ils ont la mine déconfite.

MERLUSSAC.

Vous attendiez notre visite ?

LE MARQUIS.

Moi ? Mon Dieu non !

GAUTRU.

Hier, vous étiez entouré.

MERLUSSAC.

On vous avait accaparé.

LE MARQUIS.

Oui, ce souvenir me transporte.

MERLUSSAC.

Mais pour nous, palsambleu ! la surprise était forte :
Vous avez donc un fils ?

GAUTRU.

Qui revient au bercail ?

MERLUSSAC.

Vous n'en dites rien à vos gendres ?

LE MARQUIS.

Oui, j'avais en effet oublié ce détail.

GAUTRU.

Nous prenez-vous pour des Cassandres ?

MERLUSSAC, menaçant. .

Vit-on jamais un pareil sans-façon?

GAUTRU.

Un autre vous dirait : la dot sera plus mince.

MERLUSSAC.

Ainsi vous aviez un garçon?

GAUTRU.

Depuis quand?...

LE MARQUIS.

Mais depuis... Il était en province.

GAUTRU.

Où?

MITON.

Dans des pays déserts..

LE MARQUIS, vivement.

Pour le soustraire au contact si funeste
De...

Il cherche,

MITON.

De notre siècle pervers.

GAUTRU.

L'intention est manifeste.

MERLUSSAC.

Et votre but est assez clair.

GAUTRU.

Vous supprimez le fils pour marier les filles.

LE MARQUIS, interloqué.

Mais non.

MITON.

Les plus grandes familles...

LE MARQUIS, vivement.

Ont toujours un secret dans l'air.
Témoin...

LE MARQUIS et MITON, ensemble.

Le masque de fer.

Merlussac et Gautru se découvrent.

GAUTRU.

Quand nous raconterons au roi...

LE MARQUIS, effrayé.

Ne lui racontez rien.

GAUTRU.

Pourquoi ?

MERLUSSAC.

Dieu sait ce qu'en dira notre auguste marquise,
Ma cousine de Maintenon ?

Gautru fait mine de partir.

LE MARQUIS, le retenant.

Un seul mot ?

GAUTRU.

Non.
C'est déjà trop d'une sottise.

MERLUSSAC, remontant.

Nous partons.

LE MARQUIS, le ramenant.

Un instant.
Je doublerai la dot que je vous ai promise.

MERLUSSAC, radouci.

Vous avez manqué de franchise.

LE MARQUIS.

Et je paierai le tout argent comptant.

MERLUSSAC, satisfait.

Ah !

GAUTRU.

Mais moi je pouvais prétendre,
Comme gendre,
A votre titre de Marquis,
Merlussac me l'avait promis.

LE MARQUIS, étonné.

Déjà ?

GAUTRU.

Je m'apprête
A porter galamment mon épée en sautoir,
— Comme vous pouvez voir, —
En tenant haut la tête.

Il se campe.

Mais vous avez un fils, adieu le marquisat !

LE MARQUIS, désolé.

J'ai mon comté d'Arvèze à vous céder, ingrat.

MERLUSSAC, à Gautru.

Qu'en dis-tu ?

GAUTRU, faiblissant.

Nous allons manquer de caractère.

LE MARQUIS, avec élan.

Et, dussé-je vendre une terre,
Je triplerai la dot pour orner le contrat.

VI.   23.

MERLUSSAC.

Nous ne sommes pas intraitables.

GAUTRU.

Et vos filles sont adorables.

LE MARQUIS, ravi.

J'y mettrai quelque apparat.

GAUTRU.

Nous allons chez le notaire.

MERLUSSAC.

Adieu, beau-père.

GAUTRU.

Adieu, marquis.

MERLUSSAC, en sortant.

Il est superbe.

GAUTRU, le suivant.

Il est exquis.

LE MARQUIS, joyeux.

Je les ai reconquis.

D'un air piteux.

Je me ruinerai si cela continue.

SCÈNE V

LE MARQUIS, MITON, BENOIT.

BENOIT, entrant.

Me voici, monsieur Miton.

LE MARQUIS.

Ah!

MITON.

Très bien.

LE MARQUIS.

Il est mieux.

MITON.

Relevez le menton,
Et ne vous donnez pas cette mine ingénue.
Marchez un peu. Très bien. Le chapeau sous le bras,
Le torse droit, la tête haute,
Très bien. La main sur la septième côte,
Sans embarras, sans embarras.

Au marquis.

L'œil est vif, n'est-ce pas ?... Et la taille est bien prise ?

LE MARQUIS.

Je vais tâcher d'amener la marquise.

Il sort radieux.

SCÈNE VI

BENOIT, MITON.

BENOIT.

Je me sens maintenant aussi noble que lui.

MITON.

On veut te présenter à la Cour.

BENOIT.

Aujourd'hui ?

MITON

Dans quelques jours. Il faut qu'on te façonne.

BENOIT.

Me façonner ?

MITON.

Cela t'étonne ?
Tu vas prendre d'abord des leçons de maintien.

BENOIT.

Qu'avez-vous à m'apprendre ?

MITON, étonné.

Hein, quoi ?

BENOIT.

Rien.

MITON.

Tu dis ?

BENOIT.

Rien.

BENOIT.

N'ai-je pas l'impertinence
Du marquis le plus galant ?
Un petit air insolent,
Une fière contenance ?
Le beau métier que voilà !
    Comme on l'apprend vite
    Croire à son mérite :
        Tout est là.

Je ne sais que mon caprice,
Et me trouve assez savant.
Je m'en vais le nez au vent,
Et j'existe avec délice.
Le beau métier que voilà !
    Comme on l'apprend vite !
    Croire à son mérite :
        Tout est là.

MITON.

Tu ne sais pas les principes,
Et tu t'émancipes!

BENOIT.

Je crois qu'il m'a tutoyé.

MITON.

C'est avec des moutons que tu t'es coudoyé.

BENOIT.

Je n'aime pas qu'on me conseille.

MITON.

Et tu te crois parfait du jour au lendemain.

BENOIT, le menaçant.

Quel est ce ton, faquin?

MITON, étonné, avec satisfaction.

Il l'a bien dit.

BENOIT.

Veux-tu qu'on te coupe une oreille?

MITON, satisfait.

Une oreille! Pas mal. Pas mal.

BENOIT.

Drôle!

MITON.

Très bien.

BENOIT.

Me crois-tu ton égal?

MITON.

Bravo!

BENOIT, levant sa canne.

Sais-tu que je me tiens à quatre?
Maître sot! maroufle impoli!

MITON, ravi.

Il veut me battre;
Il est accompli.

BENOIT, se radoucissant.

Rassure-toi, Miton, je te pardonne.

MITON.

Ah! monseigneur me comble.

BENOIT.

Oui, oui, cela t'étonne.

S'appuyant sur son épaule.
Laisse-moi m'appuyer.

MITON.

C'est trop d'honneur.

BENOIT.

J'ai peur de m'ennuyer.
Un prince de ma connaissance,
Chez lequel mon oncle est... admis
Comme cuisinier de naissance,
Est toujours entouré d'amis.
C'est à qui l'admire et l'encense,
On le mettrait dans du coton;
Moi, je n'ai que toi, Miton.

MITON.

Vous aurez des amis, monseigneur.

BENOIT.

Bon apôtre!

MITON.

Cela pousse tout seul autour des gens heureux.
Ainsi que le lierre autour des arbres creux.

Flarambel entre.

Et tenez, j'en vois un.

BENOIT.

Déjà ?

La Bluette paraît

MITON.

J'en vois un autre.

BENOIT.

Ce sont des inconnus.

MITON.

Bah ! bah ! vous allez voir.

SCÈNE VII

Les Mêmes, FLARAMBEL, LA BLUETTE.

FLARAMBEL, avec joie.

Miton ?

LA BLUETTE.

Bonjour, Miton.

MITON.

Bonjour.

FLARAMBEL.

Personne nulle part ?

LA BLUETTE.

La maison est muette.

MITON, gravement, les présentant.

Marquis de Flarambel ! Marquis de la Bluette !
Comte Benoît de Moncontour !

FLARAMBEL et LA BLUETTE.

Hein ?

MITON.

De la Botardais et d'Arvèze !

Bas.

Le frère !

LA BLUETTE, avec empressement.

Oh ! monsieur !

FLARAMBEL, de même.

Cher monsieur !

LA BLUETTE.

Votre main, s'il vous plaît.

FLARAMBEL.

Quel plaisir est le mien !

LA BLUETTE.

Mon bonheur est complet.

FLARAMBEL.

Vous nous trouvez peut-être indiscrets?

BENOIT.

Au contraire.

FLARAMBEL, bas.

Il est charmant, Miton.

LA BLUETTE, de même.

Miton, il est charmant.

FLARAMBEL.

Je sens que vers vous, tout m'attire.

MITON, bas, à Benoît.

Répondez par un compliment.

BENOIT.

Entre gens de mérite, on s'entend aisément.

MITON.

Très bien.

BENOIT.

On se comprend.

MITON.

C'est assez.

BENOIT.

Sans rien dire.

FLARAMBEL.

Comme à la cour, cet hiver,
Vous ferez bonne figure !

BENOIT, très fat.

Tout le monde me l'assure.

LA BLUETTE.

Ah ! que de succès dans l'air !
Que de cœurs à la torture !

BENOIT.

Ce taquin de Miton me l'a déjà promis.

FLARAMBEL.

Certes, vous serez à la mode.

BENOIT, à part.

Comme il est commode
D'avoir des amis !

MITON, bas.

Soyez gentilhomme.

Benoît se redresse.

Bien.

BENOIT.

Miton !

MITON.

Monseigneur !

BENOIT.

Va-t'en.

MITON.

Hein ? quoi ?

BENOIT.

Va-t'en.

MITON.

Un peu moins, un peu moins. Vous avez l'air d'un paon.

BENOIT.

D'un paon ? Maraud ! Veux-tu que je t'assomme ?

MITON.

Il a des arguments de grand seigneur.

BENOIT.

Partez.

Aux jeunes gens.

J'ai pour ce fat quelques bontés ;
Il m'amuse,
Et le maroufle en abuse.

Lui prenant l'oreille.

Le pendard sait ce qu'il vaut.

MITON, en sortant.

Il sera maintenant plus noble qu'il ne faut.

SCÈNE VIII

BENOIT, FLARAMBEL, LA BLUETTE.

BENOIT, revenant aux jeunes gens.

Il est indiscret. — Je m'apprête,
Voulant célébrer mon retour,
A donner demain une fête
            Comme à la cour ;
Et je vous invite.

FLARAMBEL.

Nous acceptons vite.

LA BLUETTE.

Vous trouverez en nous d'intrépides danseurs.

FLARAMBEL.

Nous verrons vos aimables sœurs ?

BENOIT, étonné.

Mes sœurs !

LA BLUETTE.

Est-il un bal sans demoiselles ?

BENOIT.

Jamais.
    A part.
        Oh ! j'ai des sœurs et l'on ne m'en dit rien !

FLARAMBEL.

Elles sont si belles !

BENOIT, à part.

J'ai des sœurs! — Combien?

LA BLUETTE.

Alors, nous les verrons?

BENOIT, vivement.

Toutes. — Mais où sont-elles?

Criant.

Pacome! — Pendard, traître, accours, mort ou vivant.

PACOME, effrayé.

J'accours.

BENOIT.

Où sont mes sœurs?

PACOME.

Elles sont au couvent.

Il sort.

FLARAMBEL et LA BLUETTE.

Au couvent!

BENOIT.

Au couvent!

LA BLUETTE.

C'est affreux.

FLARAMBEL.

C'est horrible.

LA BLUETTE et FLARAMBEL.

Au couvent! quelle cruauté!

BENOIT, gravement.

On ne m'a pas consulté;
C'est un manque d'égards auquel je suis sensible.

LA BLUETTE et FLARAMBEL.

N'est-ce pas ? — Et vous étiez prêt
  A parler pour elles ?

BENOIT, les regardant.

Eh ! mais, chers messieurs, on dirait
Que vous aimez ces demoiselles ?

LA BLUETTE.

J'ai grand'peur de vous fâcher.

BENOIT.

Je n'ai pas l'âme inhumaine.

LA BLUETTE.

Eh bien ! oui, — j'aime Chimène.

BENOIT.

Comment vous le reprocher ?

FLARAMBEL.

Je voulais vous le cacher.

BENOIT.

Dans vos yeux l'amour éclate.

FLARAMBEL.

Eh bien ! oui, — j'adore Agathe.

BENOIT.

Comment vous le reprocher ?

Que leur tendresse a de charme !
Et comme ils sont amoureux !
Leur jeunesse me désarme,
  Je vais travailler pour eux.

FLARAMBEL et LA BLUETTE.

Ce frère aimable me charme,
Il comprend les amoureux.
J'ai peur encor ; tout m'alarme,
  Et pourtant, je suis heureux !

BENOIT.

Mes sœurs vous semblent belles,
Mais vous aiment-elles ?

FLARAMBEL et LA BLUETTE.

Je n'ose le décider.

BENOIT, souriant.

Dites-le-moi tout de même.

FLARAMBEL et LA BLUETTE, baissant les yeux.

Je crois bien... je crois qu'on m'aime.

BENOIT.

Alors, il faut vous céder.
Avec importance.
Mais êtes-vous d'une bonne noblesse ?

FLARAMBEL et LA BLUETTE.

En en doutant on nous blesse.

BENOIT.

Remontez-vous, au moins, au bon roi Dagobert ?

LA BLUETTE.

Plus haut.

FLARAMBEL.

Si haut que l'on s'y perd.

BENOIT, à part.

Ah ! l'on ne s'y perd pas tant que moi, je soupçonne.
Haut.
Mais j'ai l'âme bonne,
Et faire des heureux m'a toujours semblé doux.
Vous adorez mes sœurs ? Eh bien, je vous les donne.

FLARAMBEL et LA BLUETTE.

Comment ?

BENOIT.

Elles sont à vous.
Je prétends qu'on vous marie.

FLARAMBEL et LA BLUETTE.

Répétez cela, je vous prie.

BENOIT.

Vous me plaisez beaucoup.

FLARAMBEL et LA BLUETTE.

Permettez-moi de vous sauter au cou.

Chère bien-aimée,
Qui souffres loin de moi,
Mon âme charmée
Voudrait voler vers toi.
Viens bénir toi-même
Ce frère charmant,
Dis-lui que je l'aime,
Mignonne, en t'aimant.

BENOIT.

A la bien-aimée
On pense plus qu'à moi.
J'ai l'âme charmée,
En voyant leur émoi.
Mais, surprise extrême
Se peut-il vraiment
Qu'à la ville on aime
Si naïvement !

Ah ! je m'amuse de leur joie ;
Mais j'ai, — si j'en crois leur amour, —
Des sœurs belles comme le jour.
Il faut au moins que je les voie.

FLARAMBEL.

Les couvents sont fermés.

BENOIT.

Mais je dirai mon nom.

LA BLUETTE.

On vous recevra mal.

BENOIT.

Suis-je le frère ou non ?

SCÈNE IX

LES MÊMES, MITON.

On voit apparaître au fond Miton, qui observe, inquiet.

LA BLUETTE.

Je crois que j'ai rêvé.

FLARAMBEL.

Tant de bonheur m'affole !

LA BLUETTE.

Nous les épouserons ?

BENOIT.

Vous avez ma parole.

MITON, à part.

Qu'a-t-il fait le pendard ?

BENOIT.

Et jamais je ne mens.

LA BLUETTE.

Ah ! Miton, quel grand cœur !

FLARAMBEL.

Quelle âme délicate !

LA BLUETTE.

Quel tact et quel esprit !

FLARAMBEL.

Quels nobles sentiments!

LA BLUETTE.

Il me donne Chimène.

FLARAMBEL.

Il m'a promis Agathe.

Ils sortent.

SCÈNE X

BENOIT, MITON.

MITON.

Hein? Quoi? que disent-ils?

BENOIT.

Comme ils sont amoureux!

MITON.

De quoi te mêles-tu?

BENOIT.

Vois comme ils sont heureux!
Regarde-les courir, gambader et s'ébattre.
Miton, j'ai des amis, j'ai des sœurs... Beaucoup?

MITON.

Quatre.

BENOIT.

Charmantes, n'est-ce pas?

MITON.

Charmantes, j'en conviens.

VI.   24

BENOIT.

J'ai des aïeux très anciens.
Je nage dans la noblesse,
Et j'ai tout ce qu'on peut rêver.

MITON.

Assurément.

BENOIT.

J'ai la grâce, l'esprit, l'élégance, l'adresse.
Sais-tu ce qui me manque ?

MITON.

Oh ! certe.

BENOIT.

Une maîtresse.

MITON, avec dignité.

Cela ne rentre pas dans mon enseignement.

SCÈNE XI

Les Mêmes, JAVOTTE.

JAVOTTE, entrant timidement, et à part.

Je veux le voir aussi, le fils de notre maître.
Pacome dit qu'il est superbe.

BENOIT, à part.

Oh ! maladroit!
Je n'ai pas prévenu Javotte. Soyons froid,
Et tâchons de disparaître.

JAVOTTE.

Pardonnez, Monseigneur.

Stupéfaite.

Benoît !

MITON, bondissant.

Quoi ? Benoît ? Quel Benoît ?

JAVOTTE,

Benoît, celui que j'aime,

MITON.

Celui que tu cachais ?

JAVOTTE.

Lui-même.

MITON.

En voilà bien d'une autre !

JAVOTTE.

Il fait le grand seigneur.

MITON.

Voudrais-tu gâter mon ouvrage ?

JAVOTTE.

Nous sommes nés dans le même village.

MITON.

C'est le fils du marquis.

JAVOTTE.

C'est le fils du sonneur.

MITON.

Comte de Moncontour.

BENOIT.

Moncontour en personne.

JAVOTTE.

Un simple paysan.

BENOIT, se donnant des airs de gentilhomme.

Eh ! palsambleu ! friponne,
Vois-tu des paysans avec ces habits-là ?

JAVOTTE.

Tu voulais être suisse.

MITON, vivement.

Holà.
Que ce soit Moncontour ou Benoît qu'il se nomme,
Je l'ai créé gentilhomme :
Il l'est, morbleu !

JAVOTTE.

Lui?

MITON.

De la tête aux pieds. Le reste importe peu.

JAVOTTE.

On le croira?

MITON.

Je m'en vante.

JAVOTTE.

Et je serai sa servante?

MITON.

On va le présenter à la cour.

JAVOTTE.

Qui?... Lui?

BENOIT.

Moi.
J'y ferai bonne figure.

MITON, à Javotte.

Et serais-tu, par aventure,
Plus difficile que le Roi?

JAVOTTE.

Alors, je m'en irai.

MITON.

Très bien. C'est le plus sage.

JAVOTTE.

Je vais retourner au village.

MITON, furieux.

O femmes! Être inconséquent
Et mes leçons? Et les belles manières?
Est-ce pour ton village? Est-ce pour tes bruyères?
Que te faut-il? un peu de fard et de clinquant?
Une candeur de violette,
La robe indiscrète,
Le regard provocant,
Chapitre sept de ma méthode,
Et te voilà femme à la mode.

JAVOTTE.

Merci, monsieur Miton, merci,

MITON.

Je n'ai qu'à te lancer. Mais, surtout, pas d'esclandre.

JAVOTTE

Non.
                    Elle se dirige vers la porte.

BENOIT.

Javotte?

JAVOTTE.

Monsieur?

BENOIT.

Tu t'en irais ainsi?

VI.   24.

MITON.

Le marquis pourrait vous surprendre.

BENOIT.

Fais le guet.

MITON.

Le guet?

BENOIT.

Au dehors.

MITON.

Et ma dignité?

BENOIT.

Je m'en moque.

MITON.

Votre ton à la fin me choque.

BENOIT.

Comment?

MITON.

Il me domine.

BENOIT.

Allons, sortez.

MITON, résigné.

Je sors.

sort.

SCÈNE XII

BENOIT, JAVOTTE.

JAVOTTE.

Je ne veux pas troubler votre noble famille.

BENOIT.

Je te trouve encore gentille.

JAVOTTE.

Ah! vous êtes bien bon!

BENOIT.

Je le serai toujours,
Un blason ne doit pas effrayer les amours.
Si je suis grand seigneur, que veux-tu que j'y fasse!
La vie a ses hasards, c'est toujours pile ou face.
Je suis noble à douze quartiers.
Mais je t'aimerais volontiers.

JAVOTTE, railleuse.

Quelle indulgence!
Votre importance
Daigne parler
De votre amour immense;
Mais sans défense,
Mon innocence
Va chanceler;
Mon cœur vers vous s'élance

Votre habit mordoré,
Votre perruque blonde;
Votre air évaporé
Vous vont le mieux du monde.

Mais... mais..., monsieur Benoît
Pendant qu'on s'émerveille,
On voit passer, on voit
Le bout de votre oreille,
    Monsieur Benoît!

BENOIT.

Des choses passées
Je n'ai nul souci ;
Toutes mes pensées
Ne sont plus qu'ici.
Cette lèvre fraîche,
Ce regard voilé,
Et ce teint de pêche
M'ont ensorcelé.

JAVOTTE.

Sermon frivole,
Et qui s'envole !
Tombez d'abord
Aux pieds de votre idole.
Ah ! je m'affole !
Votre parole
Me trouble fort.

Mon cœur, mon cœur s'immole.
Votre épée au côté,
Votre aimable faconde,
Votre folle gaieté
Vous vont le mieux du monde.

Changeant de ton.

Ah ! ah ! monsieur Benoît,
Pendant qu'on s'émerveille,
On voit passer, on voit
Le bout de votre oreille.
    Monsieur Benoît!

BENOIT, voulant lui prendre la taill .

Laisse-toi subjuguer.

JAVOTTE, vivement.

N'approchez pas.

BENOIT.

Javotte!
Ne fais pas la sotte.
Lorsque j'étais simple manant,
Je n'étais pas entreprenant;
Aujourd'hui, je veux te séduire...

Il veut l'embrasser.

JAVOTTE, lui donnant un fort soufflet.

Pour en rire?

Le marquis et la marquise, qui ont paru à la porte, restent interdits.

SCÈNE XIII

BENOIT, LE MARQUIS, LA MARQUISE,
PACOME, MITON.

LE MARQUIS.

Oh!

LA MARQUISE.

Oh!

Benoit, qui ne les voit pas, poursuit Javotte. Il va la saisir, quand Pacome se précipite
et c'est lui qu'il prend dans ses bras. Javotte s'esquive.

LE MARQUIS.

Oh!

LA MARQUISE.

Oh!

BENOIT, furieux.

Que fais-tu là, pendard?

Il veut le battre.

PACOME, interdit.

Monseigneur!

MITON, entrant d'un autre côté.

J'arrive trop tard.

Il se précipite vers Benoit pour l'arrêter. Bas.

Maladroit!... quelle imprudence!

BENOIT, à Pacome.

Est-ce qu'on entre ainsi chez les gens d'importance?

Voyant le marquis et la marquise.

Ah! le marquis, mon père? Et ma mère?

MITON, à part.

Cafard!

LE MARQUIS, exaspéré.

Il embrasse Javotte et veut battre Pacome!

LA MARQUISE.

C'est pour voir ces horreurs que l'on me fait venir!

LE MARQUIS.

J'ai peine à me contenir.

BENOIT, sans se déconcerter, montrant Pacome.

Voici bien l'animal le plus sot du royaume.

PACOME.

Je venais en courant...

BENOIT.

Eh!... c'est d'un malappris!

PACOME.

Pour dire à monsieur le marquis...

BENOIT.

Alors, je dois me taire.

PACOME, au marquis.

Que le notaire est prêt...

LE MARQUIS, étonné.

Déjà?

PACOME.

Il n'attend que la dot pour clôturer l'affaire.

LE MARQUIS.

Merlussac est pressé.

BENOIT.

Merlussac! Qu'est cela?

LE MARQUIS.

Merlussac et Gautru, deux parfaits gentilshommes,
Mes gendres.

BENOIT.

Pas encore.

LE MARQUIS.

Au point où nous en sommes!

BENOIT.

C'est que... j'ai trouvé mieux pour mes sœurs.

LE MARQUIS.

Il est fou!

Tu blâmes mes projets?

BENOIT.

J'ai des projets contraires.
Qu'on ne me laisse rien, je consens, pas un sou.
Mais qu'on me donne au moins de très jolis beaux-frères.

LE MARQUIS.

Nous signerons demain.

BENOIT.

Réfléchissez, avant.

LE MARQUIS.

Le baron n'est pas homme à souffrir une insulte.

BENOIT.

Pour marier les gens il faut qu'on les consulte,
Et je vais au couvent.

Il sort vivement.

LA MARQUISE, interdite.

Au couvent?

LE MARQUIS, de même.

Au couvent!

LA MARQUISE.

Il va parler à mes filles!

LE MARQUIS.

Sois tranquille, Anaïs, les couvents ont des grilles.

A Milon

Mais c'est un sacripant!

MITON, avec calme.

La jeunesse en sa fleur!
Pardonnez-lui quelques frasques.

LE MARQUIS.

Je lui pardonnerais s'il me faisait honneur..

MITON.

C'est l'âge des bourrasques.

LA MARQUISE, se tournant vers Milon.

Alors vous l'approuvez?

MITON.

Non, madame. Il est vif.

LA MARQUISE.

Vif! Il va nous jeter bientôt par les fenêtres.

MITON.

Ce serait excessif.

LE MARQUIS.

Il est terrible.

MITON.

Il tient cela de vos ancêtres.

LE MARQUIS.

De mes ancêtres? c'est trop fort!
Pour imiter leurs incartades,
Qu'a-t-il fait? Est-il mort
Aux croisades?

Oui, palsanguienne, et j'en suis fier,
Mes aïeux en faisaient de belles!
Mais ils étaient bardés de fer,
Et ne portaient pas de dentelles.

Athalaric de Moncontour,
Qu'on avait surnommé le Fauve,
Fendait ses deux hommes par jour,
Mais c'était sous Charles le Chauve.

Théodebert de Moncontour,
Trouvant sa femme un peu légère,
La fit murer dans une tour,
Mais sous Louis le Débonnaire.

Aujourd'hui tous les Moncontour
Se résument en ma personne.
Mon fils devrait, avec amour,
Suivre l'exemple qu'on lui donne.

J'ai dans mes armes un mouton,
Je ne prends pas un air farouche,
Je suis doux, je m'appelle Othon,
Je ne tuerais pas une mouche.

Oui, palsanguienne, et j'en suis fier,
Mes aïeux en faisaient de belles!
Mais ils étaient bardés de fer,
Et ne portaient pas de dentelles.

LA MARQUISE.

Vos aïeux avaient le sang bleu
Des Moncontour. Mais lui?... J'en ai la tête en feu
Que fait-il à présent?... Sait-on ce qui se passe?

LA MARQUIS.

Miton, surveillez-le, de grâce.

MITON.

Je vais calmer son ardeur.

SCÈNE XIV

LE MARQUIS, LA MARQUISE.

LA MARQUISE.

Et nous sommes rivés à ce fils de malheur!

LE MARQUIS, radouci.

Soyez calme. Il fera chez nous quelque vacarme
Mais enfin il n'est pas commun.

LA MARQUISE.

Bien. Dites que ce fils vous charme.

LE MARQUIS.

Puisqu'il nous en faut un.

LA MARQUISE.

A qui la faute?

LE MARQUIS.

Prenez la voix moins haute.

LA MARQUISE.

Très bien, monsieur, je m'assieds.

LE MARQUIS.

Elle s'apaise.

LA MARQUISE.

Puisqu'il faut que je me taise.

Se relevant subitement.

Il a battu Pacome. Il bat ses créanciers.

LE MARQUIS.

Tous ces marchands l'exaspéraient sans doute.

LA MARQUISE.

Rien ne vous déroute.

LE MARQUIS.

Avouez qu'il est bien vêtu.

LA MARQUISE.

Attendons qu'il vous ait battu.

LE MARQUIS.

Oh!

LA MARQUISE.

Rien ne vous scandalise.

LE MARQUIS.

Si fait!

LA MARQUISE.

Vous lui diriez merci.

LE MARQUIS.

C'est que je fus jeune aussi.

LA MARQUISE.

Vantez-vous-en, marquis.

LE MARQUIS.

Je m'en vante, marquise.

LA MARQUISE, le regardant.

Et vous avez un air vainqueur?
Je comprends tout.

LE MARQUIS, étonné.

Quoi, tout?

LA MARQUISE.

Le voile se déchire.

LE MARQUIS.

Comment?

LA MARQUISE.

Il vous ressemble; il a votre sourire;
Et lorsque, chez le roi, vous répondiez : « Oui, Sire... »

LE MARQUIS.

Eh bien?

LA MARQUISE.

C'était un cri du cœur.

LE MARQUIS.

Quelle démence!

LA MARQUISE.

Le cri de votre conscience.

LE MARQUIS.

Que veux-tu dire, Anaïs?

LA MARQUISE.

Vous aviez un fils!

LE MARQUIS.

Hein? Comment?

LA MARQUISE.

Unique!

LE MARQUIS.

Tu crois...

LA MARQUISE.

Enfin, tout s'explique.

LE MARQUIS.

Que ce Benoît?...

LA MARQUISE.

J'ai vu que tu l'aimais.

LE MARQUIS.

Oh! l'entêtement étrange!

LA MARQUISE.

Tu m'as trompée, Othon!

LE MARQUIS.

Jamais!

LA MARQUISE.

Tu veux donc que je me venge?

LE MARQUIS.

Mes serments...

LA MARQUISE.

Ils sont superflus.

LE MARQUIS.

Pourtant...

LA MARQUISE.

Je ne vous connais plus.

SCÈNE XV

LES MÊMES, PACOME, MITON, puis BENOIT.

PACOME.

Ah! ce n'est pas du pied que monseigneur se mouche.

LE MARQUIS.

Qu'est-ce encor? Qu'a-t-il fait?

PACOME.

Ah! ah! quelle escarmouche!

MITON.

Superbe, étonnant, inouï!

LE MARQUIS, à Benoît, qui entre.

Tu reviens du couvent?

BENOIT.

Oui.
Je frappe à la sainte demeure.
Une nonne inférieure,
Abominablement majeure,
Entre-bâille la porte en faisant les gros yeux.
Cependant, d'une voix douce comme un cantique,
Je lui parle de nos aïeux,
Elle m'appelle hérétique!
Vertuchoux! je fais un bond,
Elle tombe à la renverse;
Et j'entre au parloir furibond.
Tout le monde se disperse.
Quel accueil pour un Moncontour!
En attendant qu'on me renvoie,
Je jette noblement les meubles dans la cour.

LE MARQUIS et LA MARQUISE.

Hein?

BENOIT.

Et j'allume un feu de joie.

LE MARQUIS.

Comment?

LA MARQUISE.

Il a mis le feu?

BENOIT.

On court, on crie. — Ah! quel désordre!
J'en riais à me tordre.

LA MARQUISE.

Il riait!

BENOIT.

Ce n'était qu'un jeu,
Le guet vient, je pars sans l'attendre,
En allongeant le pas.

LA MARQUISE.

Mes filles!

PACOME.

Monseigneur, vous auriez dû les prendre.

BENOIT.

Je ne les connais pas.

SCÈNE XVI

LES MÊMES, MERLUSSAC, GAUTRU.

MERLUSSAC et GAUTRU, entrant effarés.

Ah! quel événement!

MITON, vivement.

Un simple feu de paille.

PACOME.

Mais nous avons un bon vent.

BENOIT, fièrement.

Je n'aime pas qu'on me raille.

GAUTRU.

On vient d'ouvrir les portes du couvent.

SCÈNE XVII

LES MÊMES, AGATHE, CHIMÈNE, ANGÉLIQUE, PHILOMÈLE.

Agathe, Chimène, Angélique et Philomèle accourent dans leurs costumes du couvent
en se tenant par la main.

LES QUATRE JEUNES FILLES.

On nous renvoie,
Ah! quelle joie
Et quel bonheur
D'avoir eu peur!

PHILOMÈLE.

Un beau jeune homme
Était entré;
Vous savez comme
Tout est muré.

CHIMÈNE.

On le met à la porte.

ANGÉLIQUE.

Le voilà qui s'emporte...

AGATHE.

Et qui jette un tison
Dans la sainte maison.

ANGÉLIQUE.

Puis il circule.

CHIMÈNE.

Mais on apprend
Qu'un rideau brûle.

AGATHE.

La peur nous prend.

PHILOMÈLE.

Quel émoi ! quelle alerte !
Ce n'est rien : vains efforts !
La porte s'est ouverte.
Et nous voilà dehors.
On nous renvoie,
Ah ! quelle joie
Et quel bonheur
D'avoir eu peur !

BENOIT, rassuré, se présentant fièrement.

Je suis ravi d'avoir pu vous distraire.

LES QUATRE JEUNES FILLES, étonnées.

C'est lui !

Elles se rangent de chaque côté, le laissant au milieu et le saluant poliment.

BENOIT.

Vous méritez, parbleu ! des défenseurs.
Papa, présentez-moi mes sœurs.

VI. 25.

LE MARQUIS.

Comment?

LA MARQUISE.

Ciel!

LES JEUNES FILLES, étonnées.

Nous avons un frère?

LE MARQUIS.

J'oubliais de vous l'annoncer.

LES JEUNES FILLES, vivement.

Ah! nous voulons l'embrasser.

LA MARQUISE.

Ah! mon Dieu!

LE MARQUIS.

Non, non.

LA MARQUISE.

Mes filles!

BENOIT.

Elles sont vraiment gentilles.

LES JEUNES FILLES.

Ah! qu'il est doux
D'avoir un frère
Pas trop sévère!
Embrassons-nous.

LE MARQUIS et LA MARQUISE.

Arrêtez-vous;
On se modère
Pour un grand frère
Embrassez-nous.

FLARAMBEL et LA BLUETTE.

> Ah ! qu'il est doux
> D'avoir un frère
> Pas trop sévère !
> J'en suis jaloux.

BENOIT.

> Mon sort est doux ;
> Je suis le frère,
> La chose est claire ;
> Embrassons-nous.

MERLUSSAC et GAUTRU, montrant le marquis et la marquise.

> Comme ils sont doux
> Pour ce grand frère !
> Le téméraire
> Se rit de nous.

LE MARQUIS et LA MARQUISE.

Assez ! assez !

BENOIT.

> Ah ! mon cœur se dilate
> En regardant ces beaux yeux attendris.

Les appelant sans les regarder.

Venez, belle Chimène ; avancez, belle Agathe.

Les jetant dans les bras de Flarambel et de la Bluette.

> Voici vos maris.

LE MARQUIS et LA MARQUISE.

Quoi !

MERLUSSAC et GAUTRU.

Que dit-il !

LES JEUNES FILLES et LES JEUNES GENS.

> Est-ce un rêve ?

BENOIT.

Non, je vous unis.

MERLUSSAC et GAUTRU.

Il nous les enlève.

LE MARQUIS et LA MARQUISE.

Ah ! ce trait-là m'achève.

BENOIT.

Et je vous bénis.

LES JEUNES GENS et LES JEUNES FILLES.

Quel bonheur ! quelle ivresse !

LE MARQUIS et LA MARQUISE.

Quelle scélératesse !

MITON.

Il va de prouesse en prouesse.

MERLUSSAC et GAUTRU.

N'avons-nous pas votre promesse ?

LE MARQUIS.

Je suis seul maître en ma maison.

MERLUSSAC et GAUTRU.

Marquis, vous nous rendrez raison.

BENOIT.

A leurs amours je m'intéresse.

LES JEUNES FILLES et LES JEUNES GENS.

Croyez toujours à mes serments.

BENOIT, gaiement.

Il faut protéger les amants.

LA MARQUISE, exaspérée, au marquis désolé.

Voilà le fruit de vos déportements.

ACTE TROISIÈME

Un coin de parc, avec des charmilles à droite et à gauche.

SCÈNE PREMIÈRE

PACOME, puis JAVOTTE, Chœur.

Une fête dans le parc, avec une foule très mélangée. — Les uns boivent, les autres chantent. — Des jeunes gens, en dominos bleus, intriguent des jeunes filles en dominos roses. — D'autres traversent les groupes en dansant.

LES DOMINOS.

Pour le ciel bleu de la féerie,
  Quittons la réalité ;
Vivons de folle rêverie
  Et de bruyante gaieté.

Dominos bleus, dominos roses,
  Parlez bas de vos amours.
Comme on se dit de douces choses
  Sous le masque de velours !

Pacome, en grande livrée, aperçoit Javotte habillée en paysanne, qui passe timidement.

PACOME.

C'est Javotte en villageoise.
Tu t'en vas donc vraiment, sournoise ?

JAVOTTE.

J'ai voulu voir le bal de monseigneur Benoît.

PACOME.

Oh ! mon maître a bien fait les choses ;
Et les inconnus qu'il reçoit
Ne sont pas moroses.

JAVOTTE.

Les grands-parents doivent être surpris ?

PACOME.

Ils sont à Paris,
Pour amasser les dots qu'ils ont promises.

JAVOTTE.

Et leur fils bien-aimé ?

PACOME.

Craignant de nouvelles sottises,
Ils l'ont enfermé.

JAVOTTE.

Lui ?

PACOME.

C'est moi qui fais seul les honneurs de la fête.
Elle était prête.
Je n'ai jamais tant salué ;
J'en suis exténué.

Il s'éloigne en saluant à tort et à travers les gens qu'il rencontre.

JAVOTTE, se glissant toute craintive au milieu des dominos.

Ah ! je n'avais qu'un courage
Trompeur !
J'ai beau cacher mon visage,
J'ai peur.

Les dominos remontent.

Il disait : « Toute ma vie
» A toi ! »
J'acceptais, l'âme ravie,
Sa foi,

Se peut-il que l'on oublie
         Ainsi ?
Que me sert d'être jolie,
         Pour lui ?
Hélas ! d'où vient que je l'aime
         Autant ?
Mon cœur, se trompant lui-même,
         L'attend.

REPRISE DU CHŒUR.

JAVOTTE, seule.

Aimer le fils d'un marquis ? Oh ! Javotte !
Comme tu paraîtrais sotte !

SCÈNE II

MITON, JAVOTTE, puis PACOME

MITON, s'arrêtant au fond, furieux.

Le garnement,
Pour nous donner une fête bizarre,
         Sans crier gare,
Choisit bien son moment.

Apercevant Javotte, il prend un air contrit, en croisant ses mains sur sa poitrine ;
il est tout en violet.

JAVOTTE, étonnée.

Vous êtes en deuil ?

MITON.

Non. Cet aspect lamentable
Et cet habit inconsolable
Me donnent l'air d'un revenant,
Mais c'est la mode maintenant.

JAVOTTE.

La mode ?

MITON.

Qu'il faut bien suivre.
Le grand roi, qui ne rit plus,
Trouvant nos plaisirs superflus.
A donné l'ordre de bien vivre.

JAVOTTE, étonnée.

Bien vivre ?...

MITON.

Il a suffi d'un mot,
Et tout le monde est dévot ;
On ne voit plus que mines coites,
Figures benoites,
Regards contrits,
Fronts moroses,
Bouches closes
Et costumes gris.
Cette nouvelle mode
M'oblige à changer ma méthode.
Mais ce n'est rien, un principe à poser.
Tu vas me comprendre :
Ne donnez plus votre main à baiser,
Laissez-la prendre.

JAVOTTE.

Voilà tout ?

MITON.

Tout, de point en point.
Le surplus ne compte point.
Tes jeunes maîtresses
Vont s'habiller en pécheresses
Et n'auront plus les yeux au vent.

JAVOTTE.

Elles vont rentrer au couvent ?

MITON.

Non pas, Agathe et Chimène
Épouseront Merlussac et Gautru,
Cette semaine.

JAVOTTE.

Et les jeunes marquis?

MITON.

Je prends part à leur peine,
Mais tout est convenu.

JAVOTTE.

Oh! les pauvres demoiselles!

MITON.

Leur grand frère, disent-elles,
S'est chargé de leur bonheur.
Laissons-les dans cette erreur.
Le gaillard donne un bal, sans consulter personne,
Invitant Dieu sait qui, les passants, je soupçonne.
Où donc est-il?

JAVOTTE.

Il est sous clé.

MITON.

Ah! on a peur de mon écervelé.
Mais, dans cette fête bouffonne,
C'est lui que tu cherchais, mignonne?

JAVOTTE.

Non. Je sais maintenant qu'il n'y faut plus penser.

MITON.

Tu feras une autre conquête.

JAVOTTE.

Madame avec monsieur causaient en tête à tête,

Le hasard m'a fait passer.
J'entendais : « Voix du sang, mensonge, stratagème!
» D'ailleurs, il vous ressemble. »

MITON.

Ah bah!

JAVOTTE,

Et j'ai compris
Que Benoît est le fils naturel du marquis.

MITON, à part, triomphant.

J'en étais sûr. Voilà qu'il s'y trompe lui-même.

PACOME, accourant éploré.

Ah! monsieur! Quel malheur!

MITON.

Quoi? Qu'est-il arrivé?

PACOME.

Le comte Benoît s'est sauvé.
On l'a vu cette nuit, chantant et faisant rage,
En buvant le vin du cru
Dans un tripot du voisinage,
Ensuite il a disparu.

JAVOTTE.

Et toi, tu restes là sans souci de ton maître?

MITON, à part.

Elle l'aime toujours!

PACOME.

Il reviendra peut-être.

JAVOTTE.

Ah! tu n'as pas de cœur!

Elle sort vivement.

PACOME.

Les bagarres me font peur.

MITON.

J'aurais dû la suivre.

PACOME, criant.

Monsieur, c'est lui! Quel bonheur!

MITON.

Je crois, palsambleu! qu'il est ivre.
Ça ne lui va pas mal; il est né grand seigneur.

SCÈNE III

BENOIT, MITON, PACOME.

BENOIT.

Benoît est en fort piteux état; — sa perruque a fort mauvaise mine, ses habits son
déchirés. — Il s'avance avec un air lamentable, et sa démarche est encore ma
assurée.

Porter l'épée est agréable,
Mais quelquefois c'est bien gênant;
J'aurais donné la mienne au diable;
Je sais m'en servir maintenant.

Hier, j'ai sauté par la fenêtre,
Et j'ai couru dans un tripot,
Jouant et jurant comme un reître,
Buvant à tire-larigot.

J'ai tout perdu, tout... et le reste;
Ce bel habit n'est plus à moi,
Je dois ma perruque et ma veste;
Vous devinez mon désarroi.

Le vin d'Anjou me rend folâtre
Et je tape sur mes amis,
Mais ils me battent comme plâtre,
Et vous voyez comme ils m'ont mis.

Porter l'épée est agréable,
Mais quelquefois c'est bien gênant;
J'aurais donné la mienne au diable
Je sais m'en servir maintenant.

MITON.

Et comment t'en sers-tu?

BENOIT.

Comme d'une breloque!
Je revenais en rêvant
Et je riais au vent.
Un passant croit que je me moque.
Il crie : « Halte-là, fanfaron! »
Je le regarde; — il m'appelle : « Poltron! »
Je veux le battre, il prend la mouche.
« Votre épée est-elle en plomb?
« En garde! » — Il fond sur moi. — Mais avant qu'il me
Je tombe mort avec aplomb.   [touche,

MITON.

Pas mal.

BENOIT.

Le spadassin, stupéfait, prend la fuite.
Je me relève, alors, et je m'assieds,
Tout fier de ma noble conduite.
Que quelqu'un, maintenant, me marche sur les pieds!

PACOME.

Et moi qui vous pleurais, monsieur, depuis une heure!

BENOIT, vivement.

Je n'aime pas qu'on me pleure.
A Miton.
Qu'a pensé le marquis, mon père?

MITON.

Il ne sait rien.

Merlussac l'a pris et le garde.
Mais quand il rentrera, Monseigneur, prenez garde!
Si vous passez toute mesure...

BENOIT, tranquillement.

Eh bien?

MITON, bas.

Il peut vous renvoyer.

BENOIT.

Je suis indispensable.

MITON, de même.

Vous voulez désoler ce père vénérable?

BENOIT.

Pour être un fils vraisemblable.

MITON.

Il a réponse à tout.

BENOIT.

Tu vois que je me tiens, solidement, debout.
Mais mon habit a quelques anicroches.

MITON.

Vous pouvez le changer. C'est facile.

BENOIT.

Tu crois?

MITON.

Vous en avez trois.

BENOIT.

Mais je les ai vendus.

MITON.

Ah!

BENOIT.

Pour garnir mes poches.

MITON.

Alors, arrangez-vous un peu.

BENOIT.

Je vais mettre un domino bleu.

PACOME, qui était remonté.

Le marquis vient d'entrer.

BENOIT, s'esquivant.

Je vais à sa rencontre.

PACOME.

C'est de l'autre côté.

BENOIT, poursuivant son chemin.

Crois-tu qu'il me fait peur?

PACOME.

Vous lui tournez le dos.

BENOIT.

J'affronte sa fureur.

PACOME.

Et la marquise, on la suit, on la montre.

MITON.

Oh! oh! quel désarroi!
Que ce ne soit pas sur moi
Que la première bombe
Tombe!

Il disparaît.

SCÈNE IV

LE MARQUIS, LA MARQUISE, puis BENOIT.

Le marquis et la marquise entrent poursuivis par les dominos.

LE MARQUIS, exaspéré.

Des gens masqués dans ma maison!

LA MARQUISE.

Je tombe en pâmoison.

Les dominos les entourent.

LES DOMINOS.

Géronte est plein de flamme,
Araminte s'exclame;
Les beaux jours sont passés.
Tournez, virez, dansez.

ils entraînent le marquis et la marquise dans une ronde effrénée.

Araminte est confuse
Et Géronte s'excuse;
Les beaux jours sont passés.
Tournez, virez, dansez.

Le marquis et la marquise se trouvent au milieu d'une double ronde de dominos. — Un groupe de danseurs disparaît par le fond; les autres restent autour du marquis et de la marquise.

BENOIT, accourant.

Arrêtez! arrêtez! c'est le marquis, mon père.

TOUS.

Le papa! c'était le papa!

LA MARQUISE.

La plaisanterie est amère.

BENOIT.

Et ma respectable mère.

Les dominos s'inclinent.

Ils font leur *meâ culpâ.*

LE MARQUIS, furibond.

Renvoyez-moi tous ces gens-là!

Les dominos se retirent.

SCÈNE V

LE MARQUIS, BENOIT, MITON, LA MARQUISE.

LE MARQUIS.

D'où peut sortir un pareil monde?

BENOIT, sans se déconcerter.

Vous êtes de retour ; ma joie est sans seconde.

LE MARQUIS.

Qui t'a délivré?

BENOIT.

J'ai trouvé, par les toits, une route à mon gré.

LE MARQUIS.

Rien ne t'arrête.
Tu mets ma maison à l'envers.

BENOIT.

N'est-il pas de bel air de donner une fête?

LE MARQUIS.

Scélérat ! animal pervers !
Tu m'amènes des gens ramassés...

BENOIT.

Tous illustres !

LE MARQUIS.

Des rustres.

BENOIT.

Du meilleur ton.

LE MARQUIS.

Qui me faisaient tourner comme un simple tonton !
Vous l'approuvez, Miton ?

MITON.

Je blâme les masques.

LE MARQUIS, à part.

Et ma femme se tait. C'est signe de bourrasques.
Revenant à Benoît.

Ôte ce domino, butor, traître, apostat.

BENOIT.

Volontiers, me voici.

LE MARQUIS, stupéfait.

Grand Dieu ! dans quel état
Est-ce là ta perruque ! Elle était magnifique.

BENOIT.

J'y tiens si peu !

LE MARQUIS, furieux.

Comment ?

BENOIT.

Je l'ai perdue au jeu.

LE MARQUIS.

Et ce pourpoint ?

VI.   26

BENOIT.

Perdu sur l'as de pique.

LE MARQUIS.

Voyez-moi son air triomphant.
Je te battrais !

MITON.

Oh ! marquis, votre enfant !

LE MARQUIS, calmé,

Sais-tu qu'il ne faut plus qu'on joue et qu'on s'enivre ?
Ne fais plus rougir tes aïeux ;
Le roi prescrit de bien vivre.

BENOIT.

Je ne demande pas mieux.

LE MARQUIS.

Je te dirai demain quelques paroles brèves,
Mais j'ai mis dans ta chambre un costume nouveau.
Va vite l'endosser.

BENOIT, lui sautant au cou.

Bravo !
Vous êtes bien le papa de mes rêves !

Il sort vivement

LE MARQUIS, essuyant ses joues.

Ce villageois
A quelquefois
Des façons tendres.

LA MARQUISE, avec éclat.

Et nos futurs gendres
Qui vont venir !

LE MARQUIS.

Marquise, il faut les éblouir.

LA MARQUISE.

Pourrai-je me réjouir ?
Et comment oublier les incartades folles
De monsieur votre fils !

LE MARQUIS.

Un fils artificiel.

LA MARQUISE.

Vous n'avez eu pour lui que de douces paroles.

LE MARQUIS.

Moi ?

LA MARQUISE.

Vous étiez tout sucre et miel.

LE MARQUIS.

Comment ?

LA MARQUISE.

Ah ! l'abîme se creuse !

Elle sort vivement.

LE MARQUIS, la suivant éperdu.

Marquise !

MITON, avec calme.

Elle est nerveuse.
Voilà le ménage troublé
Par ce fils endiablé !
Certe, il fera damner son auguste famille.
Mais qu'il batte à présent, qu'il casse ou qu'il gaspille,
On est forcé de le garder.

Un domino rose, le visage caché par un loup, paraît au fond, dans le parc.

Quel est ce domino qui paraît s'attarder ?
Une curieuse !
La démarche est gracieuse,

J'ai vu ces petits pieds fripons à ma leçon,
    Je reconnais ma façon.

*Trois autres dominos roses ont paru à droite et à gauche. Miton, étonné,
se dissimule.*

SCÈNE VI

MITON, CHIMÈNE, AGATHE, ANGÉLIQUE, PHILOMÈLE.

Elles se réunissent toutes les quatre sans voir Miton.

PHILOMÈLE, *déconcertée.*

Plus personne.

CHIMÈNE, *de même.*

Plus rien.

AGATHE, *de même.*

C'est fini !

ANGÉLIQUE, *de même.*

Quel dommage !

PHILOMÈLE.

On faisait tout à l'heure un si joli tapage !

ANGÉLIQUE.

On dirait maintenant que tout le monde dort !

MITON, *qui s'est avancé à pas de loup, derrière elles.*

Les principes d'abord.

LES JEUNES FILLES, *effrayées.*

Ah !

MITON, *sévère.*

Voilà mes ingénues !

AGATHE.

Vous nous avez reconnues?

MITON.

Sans peine.

CHIMÈNE.

A quoi?

MITON.

A ces grands airs qu'on ne prend que chez moi.

Avec reproche.

Et vous veniez?

PHILOMÈLE.

Pour nous distraire.

MITON.

Avec des dominos?

ANGÉLIQUE.

On ne peut pas nous voir.

MITON.

Où les avez-vous pris?

AGATHE.

Dans nos chambres, hier soir.

MITON.

Ils n'y sont pas venus tout seuls.

LES JEUNES FILLES.

C'est notre frère!

Miton lève les bras au ciel.

CHIMÈNE.

Je n'en ai pas dormi.

ANGÉLIQUE.

Ni moi!

AGATHE.

J'en ai rêvé !

PHILOMÈLE, avec douleur.

Et nous venons quand tout est achevé !

MITON.

Heureusement!

ANGÉLIQUE.

Vous êtes trop sévère.

MITON.

Aviez-vous consulté vos parents?

AGATHE.

Pas encor.

CHIMÈNE.

Puisqu'ils étaient absents.

MITON.

Vous deviez au contraire...

TOUTES, l'interrompant.

Nous avions notre frère.

MITON, furieux.

Le joli mentor !

PHILOMÈLE, très câline.

Oh ! ne soyez pas revêche !

MITON.

Ce n'est plus un jeu !

PHILOMÈLE.

Est-ce que l'on pêche,
En s'amusant un peu
D'une façon gentille,
Dans sa famille?

MITON.

Sa famille !

AGATHE.

Quel mal voyez-vous à cela?

PHILOMÈLE.

Et maintenant vous êtes là.

MITON.

Je suis là. Qu'est-ce à dire?

PHILOMÈLE.

Nous avons un chaperon.
Voulez-vous danser en rond?

Elles veulent le faire danser, il se récrie.

MITON.

Ce n'est plus l'heure de rire.

ANGÉLIQUE,

Oh! monsieur Miton, pourquoi?

MITON.

Connaissez-vous la volonté du Roi?

CHIMÈNE.

Oh! oui.

MITON.

C'est la vertu qui devient à la mode.
Nous changeons de méthode.

AGATHE.

Mais nous prendrons l'air candide obligé.

CHIMÈNE.

Quand il faudra.

ANGÉLIQUE.

Soyez tranquille.

PHILOMÈLE.

C'est si facile !

MITON, les regardant.

Mais rien n'est changé !

TOUTES.

Oh ! si.

Elles entr'ouvrent un peu leurs dominos et laissent voir une robe grise, très simple.

MITON.

Très bien ! très bien ! D'une main leste
Enlevez-moi ces dominos proscrits.
Savoir passer, à point, du rose au gris,
C'est une habileté qui dispense du reste.

Elles enlèvent les dominos et les donnent à Miton.

Mettez sur vos cheveux quelque voile modeste.

Elles prennent un fichu de dentelle blanche qu'elles avaient au cou et le posent
sur leur tête en façon de capuchon.

PHILOMÈLE.

Ayons le regard céleste,
Avec des airs attendris.

MITON, enchanté.

Bravo ! Vous m'avez compris.
La candeur a bien son prix,

PHILOMÈLE.

I

Portons toujours des robes sombres ;
Quittons les falbalas joyeux,
Parlons tout bas comme des ombres
Et ne levons jamais les yeux.
Il ne faut pas qu'une dévote
   Mette les cœurs en émoi,
      Mais on plait malgré soi
         Quand on n'est pas sotte.

II

Je vois l'amour qui rit sous cape,
Cherchant à retrouver son bien ;
Dieu sait comment il se rattrape ;
Le sournois ne perd jamais rien.
Il ne faut pas qu'une dévote
   Mette les cœurs en émoi,
      Mais on plait malgré soi
         Quand on n'est pas sotte.

MITON, enthousiasmé.

O femme ! ô femme ! être charmant !
S'il t'a fallu prendre une pomme
Pour plaire à ton premier amant,
C'est qu'Adam était un pauvre homme !

SCÈNE VII

LES MÊMES, FLARAMBEL, LA BLUETTE.

LA BLUETTE, arrivant très ému.

Enfin !

FLARAMBEL.

Nous vous trouvons.

LES QUATRE JEUNES FILLES, baissant les yeux avec pudeur.

Messieurs !

LA BLUETTE, stupéfait.

Quelle froideur

AGATHE.

Ne prenez pas la mouche.

CHIMÈNE.

Cette candeur
Est de rigueur.

PHILOMÈLE.

Mais on n'en est pas plus farouche.

FLARAMBEL.

Quoi ! vous riez ?

LA BLUETTE.

Vous ne savez donc pas ?

FLARAMBEL.

C'est à nos deux rivaux que le marquis vous donne.

LA BLUETTE.

Ils arrivent sur nos pas.

CHIMÈNE.

Notre frère nous abandonne ?

MITON.

En quoi pourrait-il vous aider ?
Il s'est fait enfermer hier pour son incartade
Voulait-il marier ses sœurs par escalade ?

AGATHE.

Nous n'avons plus personne !

CHIMÈNE.

Il faudra donc céder ?

FLARAMBEL.

Faites votre devoir. — Nous, nous ferons le nôtre.
Je tuerai Merlussac.

LA BLUETTE.

Et moi, je tuerai l'autre

MITON.

Tout doux ! — Vous connaissez l'édit sur le duel ?

FLARAMBEL, tragique.

Eh ! qu'importe la vie au point où nous en sommes !

LA BLUETTE plus tragique encore.

Nous mourrons en gentilshommes

CHIMÈNE, avec désespoir.

Oh ! que notre père est cruel !

AGATHE, de même.

Oui, oui, cruel.

ANGÉLIQUE, pleurant.

Oh ! il me semble,
A moi, que l'on m'a pris Robert.

PHILOMÈLE.

Et que je perds
Maxime !

MITON.

Allons, pleurons ensemble ;
C'est excellent pour les nerfs.

Ils pleurent tous silencieusement.

SCÈNE VIII

LES MÊMES, BENOIT.
Benoit revient transformé, dans un costume gris perle.

BENOIT, se regardant dans une glace à main.
Le gris me fait le teint plus rose,
Je me sens plus léger ainsi vêtu ;
    J'aime assez la vertu :
        Cela repose.

Les jeunes filles lèvent la tête.
LES JEUNES FILLES.
Ah !

BENOIT, étonné.
Comment! des larmes? Pourquoi?

FLARAMBEL.
Vous le devinez bien.

LA BLUETTE.
En voyant notre émoi.

FLARAMBEL.
Vous savez ce qui se passe ?

LA BLUETTE.
Nos rivaux triomphants !...

BENOIT, l'interrompant.
Oh ! calmez-vous, de grâce !
Changeant de ton.
Merlussac, un simple baron,
    Joue avec le nom
De sa cousine Maintenon.

Vous êtes marquis, palsanguienne !
Allez demander au roi
Qu'il vous soutienne.
Vous lui parlerez de moi.

MITON.

Quelle noble assurance !

FLARAMBEL.

Vous conservez quelque espérance ?

BENOIT.

Mes sœurs ont daigné vous choisir ;
Vous serez leur mari, puisque c'est leur désir.

LA BLUETTE.

Si tout est décidé...

BENOIT.

Sornettes !

FLARAMBEL.

Comment pourriez-vous réussir ?

BENOIT.

J'ai des bottes secrètes.

CHIMÈNE.

Ils se seraient battus, tous deux !

BENOIT.

Mais je vous le défends ; par mes nobles aïeux !
Quand il faut tomber en garde,
C'est moi que cela regarde.

PACOME, entrant.

Monsieur de Merlussac !

BENOIT.

Merlussac ! Laissez-nous.

FLARAMBEL et LA BLUETTE.

Mais, monsieur...

BENOIT.

Allez voir le roi.

FLARAMBEL et LA BLUETTE.

Mais...

BENOIT.

Je l'exige.

Je vais être éloquent et doux.
Rentrez tous.

MITON.

Son aplomb me donne le vertige.

Benoit reste seul avec Pacome.

SCÈNE IX

BENOIT, PACOME, puis MERLUSSAC.

BENOIT, en aparté.

Merlussac! Vertuchoux! Croit-on qu'il me fait peur?
Quand il m'aura tué, d'un seul coup, le bretteur,
    Pour échapper à l'édit salutaire,
        Il partira pour l'Angleterre
        Ou pour des pays inconnus.
            Nous ne le verrons plus.
Il faut que je me donne une mine imposante.

PACOME, l'admirant.

Ah! qu'il est beau, de face et de profil!

MERLUSSAC, entrant joyeux.

Gautru me suit toujours, comme une ombre gênante...
Mon beau-frère!

BENOIT, froidement.

Pacome, à qui donc parle-t-il?

MERLUSSAC.

Voyez ma joie.

BENOIT.

Elle est impertinente.

MERLUSSAC, interloqué.

Monsieur le comte!

BENOIT.

Eh! monsieur le baron!

MERLUSSAC.

Ce ton et ce langage...

BENOIT.

Pas de tapage,
Vous êtes un fanfaron.

MERLUSSAC, ahuri.

Vous dites?...

BENOIT.

Si ton épée

N'est pas en plomb...

MERLUSSAC.

En plomb!

BENOIT.

Est-elle bien trempée?

MERLUSSAC.

Quoi! Des parents?

BENOIT.

Vous êtes un poltron.

MERLUSSAC.

Moi ?

BENOIT.

Là, sous cette charmille.
A deux pas...

MERLUSSAC.

C'est un fou !... Je vais l'égratigner,
Et je le ferai soigner
Dans ma famille.

BENOIT.

En garde !

MERLUSSAC.

Je vous suis.
Ils disparaissent.

PACOME.

Ah ! Comme son œil brille !
Comme il se pose bien ! Tout droit, sans embarras...
Ah ! mon Dieu ! le voilà par terre.

MERLUSSAC, reparaissant effaré.

Quel malheur inouï !... J'ai tué mon beau-frère...
En allongeant le bras.
A quoi tient l'existence
Quand on n'a pas de chance !
Apercevant Pacome.
Ce valet va me dénoncer.
Il a l'air de me menacer ;
Il faut de la prudence.

PACOME, sanglotant.

Hou ! Hou !

MERLUSSAC, avec effroi, en se sauvant.

Je suis perdu !

PACOME, seul.

Le lâche ! il s'échappe !
Et monseigneur est là, sur le sol étendu.
J'irais le relever ; mais quand la peur m'attrape,
Je ne suis plus bon à rien.
Je le regrette bien.

En s'en allant.

Oh ! mon pauvre maître !

BENOIT, revenant, inquiet.

Pacome ?

PACOME, s'arrêtant effaré.

Hein ?... Quoi ?... Monsieur s'est relevé.

BENOIT.

Merlussac ?

PACOME.

Il s'est sauvé.

BENOIT, tranquille.

Il m'aurait transpercé, le traître,
Si je n'étais pas mort à temps !

PACOME.

Je vous entends :
C'était une malice !

BENOIT.

Me crois-tu novice ?
Une façon de m'en débarrasser.
Voici Gautru, je vais recommencer.

Il se dirige vers la gauche.

PACOME.

Oh ! que monseigneur se batte
A son gré !

Je le regarderai
Le cœur tranquille et la bouche béate.

Regardant.

Monsieur Gautru n'a pas l'air satisfait.
C'est égal ! Flic-floc-flac ! C'est fait !

Avec joie.

Ah ! ces batailles-là sont dans mon caractère !

SCÈNE X

GAUTRU, PACOME.

GAUTRU, entrant effaré.

Catastrophe sans nom ! J'ai tué mon beau-frère
Avant de le toucher.

Changeant de ton.

Je ne me croyais pas si solide à l'épée.
Comment cacher
Cette équipée ?
On n'a rien vu, rien entendu.

PACOME, avec des sanglots.

Un seigneur si vaillant, si beau !

GAUTRU, effaré.

Je suis perdu !

PACOME.

Mourir à la fleur de l'âge !

GAUTRU, avec effroi.

Il va me dénoncer !

A Pacome.

Où fuir ? Par où passer ?

PACOME, hurlant plus fort.

Ah ! quel dommage !

GAUTRU, éperdu, lui donnant une bourse.

Où fuir?

PACOME, indiquant la droite.

C'est par là que l'on sort.

GAUTRU, se sauvant.

Jamais un financier n'eut autant de courage !

PACOME, gaiement.

Celui-ci vers le sud, et l'autre vers le nord !

SCÈNE XI

PACOME, JAVOTTE.

JAVOTTE, accourant.

Ah ! Pacome, c'est horrible !
Monsieur de Merlussac, dans un duel terrible,
A tué le comte Benoit.

PACOME, étonné.

Bah ! Déjà tu le sais ?

JAVOTTE.

Il court à la frontière.

Pacome se frotte les mains avec joie.

Tu te frottes les mains ?

PACOME.

Mais non, non, au contraire.

Inquiet, tout à coup.

Aurait-il été maladroit ?

Benoit paraît timidement.

Non, non.

Revenant à Javotte.

Elle sanglote !

JAVOTTE.

Parce que je l'aimais...

BENOIT, près d'elle.

Que dis-tu là, Javotte ?

JAVOTTE.

Hein ? quoi ?... C'est lui vivant !

PACOME.

Elle allait se pâmer !

BENOIT.

Tu pleurais ? tu pleurais ?

PACOME.

Elle ose vous aimer.

Avec importance.

C'est une pauvre cervelle,
Qui ne sait pas raisonner.

BENOIT.

Pacome, va là-bas attendre qu'on t'appelle.

PACOME.

Oui, Monseigneur ! Il faut lui pardonner.

SCÈNE XII

JAVOTTE, BENOIT.

BENOIT.

Je suis Benoit, Benoît qui t'aime
Et qui ne sait aimer que toi,
Et je reviens, toujours le même,
A ce passé si doux pour moi.

JAVOTTE.

Puisqu'à présent tout nous sépare,
Pourquoi me retenir ici?
Votre amour me trouble et m'égare,
Pourquoi me parlez-vous ainsi?

Hélas! Benoît, Benoît que j'aime
Ne peut plus me garder sa foi.
J'ai renoncé, comme vous-même,
A ce passé si doux pour moi.

Vous êtes le fils de mon maître.

BENOIT.

Mais c'est à moi que ton cœur s'est donné.

JAVOTTE.

Je vous aimais sans vous connaître.

BENOIT.

Je te l'ai déjà pardonné.
Oublions mes grandeurs.

JAVOTTE.

Non.

BENOIT.

Tu les exagères.

JAVOTTE.

Adieu!

BENOIT.

Tu me fais trop d'honneur.

JAVOTTE.

Mais aujourd'hui, vous êtes grand seigneur.

BENOIT.

N'a-t-on pas vu des rois épouser des bergères?

VI.   27.

JAVOTTE.

Je veux partir.

BENOIT.

Laissons les respects superflus.

JAVOTTE.

Ayez pitié de moi, monsieur le comte.

BENOIT.

Mais tu me tutoyais jadis.

JAVOTTE.

J'en meurs de honte.

BENOIT.

Regarde-moi.

JAVOTTE.

Je n'ose plus.

BENOIT.

Javotte était moins sauvage.

JAVOTTE.

Ne parlons plus de ce temps-là ;
Je retourne au village.

BENOIT, tendrement, pendant que l'orchestre joue le refrain de la chanson de Jacquot.

Le bonheur n'est venu que pour moi, mais cela
Se partage.

JAVOTTE.

Benoît, que dites-vous?

BENOIT.

Je mets mon titre à tes genoux ;
Jusqu'à moi je t'élève.

JAVOTTE.

Suis-je folle? — Est-ce un rêve?

BENOIT.

Les duchesses diront
Ce qu'elles voudront,
C'est toi que j'aime!
Et le grand roi lui-même,
Ne pourrait, par ma foi,
Me donner mieux que toi.

JAVOTTE.

Les duchesses riront,
Et se moqueront
De moi qui t'aime!
Non, tu n'es plus le même,
On te présente au roi
Et je renonce à toi.

BENOIT, appelant.

Pacome!

PACOME, accourant.

Monseigneur?

BENOIT.

Sans perdre une seconde,
Va chercher mes nobles parents.

JAVOTTE.

Je veux partir avant qu'on vous réponde.

BENOIT, la retenant.

Des obstacles? morbleu! Je les voudrais plus grands!
Ta présence me réconforte;
Tu vas voir comment se comporte
Un Moncontour de la branche à côté.

SCÈNE XIII

Les Mêmes, LE MARQUIS, LA MARQUISE.

LE MARQUIS.

Nous arrivons.

BENOIT.

Ah! c'est trop de bonté!

LE MARQUIS.

Que se passe-t-il donc?

JAVOTTE, à part.

Je tremble!

BENOIT, gravement.

Puisque nous sommes tous à présent vertueux,
Rester garçon me semble
Défectueux.
Permettez-moi, mon père, et vous, madame,
De vous présenter ma femme.

LE MARQUIS.

Javotte?

PACOME.

Javotte!...

LA MARQUISE, indignée.

Oh!

BENOIT.

Je la trouve à mon goût.

LE MARQUIS.

Ce trait dépasse tout!

· LA MARQUISE.

Il ne nous manquait plus, marquis, que cette injure.

LE MARQUIS.

Je me pendrais plutôt au haut de mon beffroi.

BENOIT, bas.

Vous me la donnerez, ou je dis tout au roi.

LE MARQUIS, suppliant.

Benoît, mon fils, je te conjure...

Il est interrompu par l'entrée de Pacome qui apporte une lettre.

SCÈNE XIV

LES MÊMES, PACOME, CHIMÈNE, AGATHE,
ANGÉLIQUE, PHILOMÈLE.

Les jeunes filles sont entrées curieusement à la suite de Pacome, qui rit en dessous.

LA MARQUISE, qui a regardé l'enveloppe.

C'est du baron!

LE MARQUIS, lisant.

« Père irrité... »
— Qui? moi? — « Je pars pour la Hollande. »

LE MARQUIS et LA MARQUISE, se regardant stupéfaits.

Il part!

LE MARQUIS, continuant.

« Ma vivacité
» A tout gâté.
» La perte est grande.
» Mais on se retrouve au ciel;
» C'est l'essentiel. »
Comment, au ciel?...

AGATHE, avec joie.

Oh! le brave homme!

Pacome, riant sous cape, présente au marquis une seconde lettre.

LE MARQUIS.

Encor?

Lisant.

« Prions pour lui! »

Allant à la signature.

« Gautru. — Je pars pour Rome.
» Bourrelé de remords,
» Comme saint Antoine,
» Je me fais moine,
» Pour expier mes torts. »

CHIMÈNE, avec joie.

Oh! que c'est bien!

LE MARQUIS.

Moine! Et son mariage?

LES JEUNES FILLES.

Il est cassé.

LE MARQUIS.

Mes gendres s'en vont?

LES JEUNES FILLES.

Bon voyage!

LE MARQUIS.

Que s'est-il passé?

LA MARQUISE.

On ne part pas ainsi pour la Hollande?

LE MARQUIS.

Non.   ..

LA MARQUISE.

Ce n'est pas naturel.

LE MARQUIS.

Pourquoi veut-il nous retrouver au ciel?

LA MARQUISE.

Sans qu'on le lui demande.
Qui les a décidés à partir?

BENOIT, s'avançant gaiement.

C'est moi.

LE MARQUIS.

Toi?
Qu'as-tu fait, malheureux? Quelque nouvel esclandre?

PACOME, rentrant vivement.

On vient de la part du roi.

LE MARQUIS.

Du roi? Ne faites pas attendre.

Benoît, toujours inquiet quand on annonce quelqu'un, se retire discrètement à gauche,
de sorte qu'on ne peut le voir en entrant. Flarambel et La Bluette paraissent,
suivis de Miton, avec des airs profondément affligés.

AGATHE et CHIMÈNE.

Qu'ont-ils donc?

PHILOMÈLE, étonnée.

Ils ont l'air désespéré. Pourquoi?

LE MARQUIS, effrayé.

On m'envoie à la Bastille!

SCÈNE XV

LES MÊMES, MITON, FLARAMBEL, LA BLUETTE.

FLARAMBEL, avec des larmes dans la voix.

Si bon pour ses amis!

LA BLUETTE, de même.

Si bon pour sa famille!

MITON, de même.

Si bon pour tout le monde!

FLARAMBEL.

Esprit charmant!

LA BLUETTE

Cœur d'or!

MITON.

Et tant de qualités!

FLARAMBEL et LA BLUETTE.

Hélas!

MITON.

Un vrai trésor!

LA BLUETTE.

Nous étions chez le roi quand vint cette nouvelle.

FLARAMBEL.

Douleur éternelle!

MITON.

Regrets superflus!

FLARAMBEL, LA BLUETTE et MITON.

Ah ! madame ! Ah ! monsieur ! Ah ! chère demoiselle !

LE MARQUIS, stupéfait.

Anaïs, comprends-tu ?

LA MARQUISE.

Pas du tout.

LE MARQUIS.

Moi non plus.

MITON, au marquis, bas.

Pleurez, marquis, pleurez par bienséance.

LA BLUETTE.

Le roi s'est écrié devant toute sa cour...

FLARAMBEL.

« Que l'on porte au marquis Othon de Moncontour
» Mes compliments... »

LE MARQUIS, avec joie.

Oh !

MITON.

« De condoléance. »

LE MARQUIS, déconcerté.

Comment ?

LA MARQUISE, étonnée.

Pourquoi ?

MITON, bas, au marquis ahuri.

Pleurez, pleurez plus fort.

LA BLUETTE, reprenant.

« Monsieur de Merlussac mérite qu'on le pende. »

LE MARQUIS, vivement.

Tout est rompu, — tout, tout.

LA MARQUISE.

Il part pour la Hollande.

FLARAMBEL, continuant.

« Mais je sais réparer un tort. »

LA BLUETTE.

« Et le malheur du marquis m'intéresse :
» C'est lui qui sera duc. »

LE MARQUIS, transporté.

Embrassons-nous, duchesse.

Duc ! duc ! ·

MITON.

« Puisque son fils est mort. »

LE MARQUIS, étonné, cherchant Benoît des yeux.

Mort ? lui !

FLARAMBEL.

« Dans un duel funeste. »

LE MARQUIS, aux deux jeunes gens, avec joie.

Le grand roi vous a dit que le fils que j'aimais ?...

LA BLUETTE.

S'est fait tuer.

LE MARQUIS, vivement.

Le roi ne se trompe jamais.

FLARAMBEL et LA BLUETTE, voyant Benoît qui s'avance
en souriant.

Il est vivant !

LE MARQUIS, avec joie.

Non pas, mort, mort, le roi l'atteste.

BENOIT.

Je me porte très bien.

LE MARQUIS.

Tu mens.

Aux jeunes gens.

J'accepte vos compliments ;
Je redeviens pimpant et leste.

BENOIT.

Mais papa...

LE MARQUIS, triomphant.

Vous êtes mort.

Tout le monde est d'accord ;
A ces messieurs je m'en rapporte ;
Le roi l'a dit : vous êtes mort,
Prenez la porte.

MITON, à Benoît.

Tout le monde est d'accord ;
A ces messieurs je m'en rapporte ;
Soyez sage et faites le mort,
Prenez la porte.

BENOIT et JAVOTTE.

Tout le monde est d'accord ;
A ces messieurs je m'en rapporte ;
Si le comte Benoît est mort,
Prenons la porte.

PACOME.

Tout le monde est d'accord ;
Pourtant l'erreur est un peu forte ;
Mais le roi ne peut avoir tort ;
Prenez la porte.

LES JEUNES GENS et LES JEUNES FILLES.

Tout le monde est d'accord ;
Pourtant l'erreur est un peu forte ;

Mais grâce à lui, quel coup du sort!
L'amour l'emporte.

LE MARQUIS et LA MARQUISE.

Tout le monde est d'accord ;
A ces messieurs je m'en rapporte ;
Le roi l'a dit : vous êtes mort,
Prenez la porte.

BENOIT.

Eh bien, Javotte?

JAVOTTE.

Eh bien?

BENOIT, vivement.

Je crois que ma mort te fait rire.

JAVOTTE.

Ah! moi, je n'y perds rien,
Et j'ai tout ce que je désire.

Les jeunes gens et les jeunes filles entourent Javotte et Benoit.

LES JEUNES GENS et LES JEUNES FILLES.

Le bonheur nous vient de vous,
Il faut que l'amour vous dote.

LES JEUNES FILLES.

Compte sur nous, Javotte.

LES JEUNES GENS.

Benoît, compte sur nous,

Les jeunes gens, les jeunes filles jettent tout ce qu'ils ont d'argent et de bijoux dans
le tablier de Javotte, qui les salue gaiement avec Benoît ébaubi.

LE MARQUIS, galamment, à la marquise.

Vous repentirez-vous de m'avoir cru coupable,
Tendre Anaïs?

LA MARQUISE.

Ah ! je le savais bien ; vous étiez incapable
D'avoir un fils.

Benoit et Javotte se tiennent par la main.

JAVOTTE, saluant.

Bonsoir, mes belles demoiselles.

BENOIT.

Adieu, rubans et dentelles !

Ils se retirent en saluant tout le monde.

BENOIT et JAVOTTE, gaiement.

Tout le monde est d'accord ;
A ces messieurs je m'en rapporte ;
Bonjour, bonsoir, le comte est mort,
Prenons la porte.

FIN DE : LE ROI L'A DIT.

A MOLIÈRE

Vers dits à la Comédie-Française, le 15 janvier 1871,
249ᵉ Anniversaire de la Naissance de Molière
par M. COQUELIN, aîné.

A MOLIÈRE

En quel temps serions-nous plus jaloux de nos gloires?
Il semble que jamais ton nom n'avait jeté
Tant d'éclat, ô poète ! — Et leurs sombres victoires
Nous font plus grande encor ton immortalité.

Mais ce n'est plus Paris souriant et sceptique
Qui va fêter Agnès, Alceste ou Scapin. — Non,
C'est Paris prisonnier, meurtri, blessé, stoïque,
Qui fête le génie au bruit de leur canon.

En s'élevant à toi, l'âme se rassérène.
Jamais l'esprit français n'a raisonné si fort,
Et dans le doux pays où ton rêve nous mène,
Nous nous sentons plus loin de ces hordes du Nord.

Nous cherchions la bataille audacieuse et fière.
Mais eux, patiemment, sourdement, par les bois,
Ils ont versé sur nous leur Allemagne entière,
Pour nous vaincre sans gloire, écrasés sous leur poids.

Comme ils nous voient vivants dans leurs savantes trames,
Comme notre agonie à leur gré tarde un peu,
Pour tuer au hasard des enfants et des femmes,
Ils font passer sur nous des ouragans de feu.

Vous disiez que Paris appartenait au monde,
Stupides nations ! — Paris est bien à nous.
Nous le sentons enfin à la haine profonde
Qui, mieux que nos remparts, nous sépare de vous.

Ils traînent avec eux le meurtre et la souillure ;
Ils ont tout dévasté sous leurs pas insultants ;
Sur notre sol béni qu'enchante la nature,
Ils ont peur de laisser une place au printemps.

Ils brûlent nos palais ; ils campent à Versailles,
Ce Versailles, Molière, où tout parle de toi,
Plein de notre passé, vivant de nos batailles.
Ils croient que nos splendeurs peuvent grandir leur roi.

Qu'ils refassent un trône au maître qui les mène,
Qu'ils fixent à son front la couronne de fer,
Qu'ils se courbent encore, et qu'ils rivent leur chaîne
Jusqu'à ce que l'anneau pénètre dans la chair ;

Qu'ils aillent, promenant par la ville muette
Des fantômes de rois pour se faire une cour. —
O sublime railleur, ô penseur, ô poète,
Qu'ils te semblent petits, ces conquérants d'un jour !

Que ce vieil empereur, triomphateur inerte,
Prépare à son tombeau de superbes lambris !
Sa pourpre ne vaut pas la tombe toujours verte
Du dernier des soldats qui meurt pour son pays.

Bénissons nos revers. — Que l'Europe assombrie
S'agenouille à loisir sous le droit du plus fort.
Nous avons retrouvé l'amour de la patrie,
Le mépris du succès et l'orgueil de la mort !

Nous vivions follement, dédaigneux de conquêtes,
Jetant notre existence aux dieux que nous aimons.
Et les peuples jaloux se ruaient à nos fêtes
Pour voir ce qu'il restait de sang dans nos poumons.

Ce sont les battements de nos cœurs que tu comptes,
Roi Guillaume ! Eh bien ! va, compte-les jusqu'au bout.
La France, d'un coup d'aile, a secoué ses hontes,
Et les envahisseurs la retrouvent debout,

Debout, le front baigné de gloire et de lumière,
Et montrant sa blessure au monde épouvanté ;
Plus belle que jamais, plus ardente, plus fière,
Dominant tous les bruits du cri de liberté.

LISTE DES ŒUVRES

CONTENUES DANS LES SIX VOLUMES

DE LA PRÉSENTE ÉDITION

———

. . . .

TOME IV

TOME V

TOME VI

. LISTE DES

ŒUVRES D'EDMOND GONDINET

QUI NE SONT PAS COMPRISES DANS

L'ÉDITION DÉFINITIVE.

———

TROP CURIEUX, comédie en un acte, représentée à la Comédie-Française le 25 juin 1863 [1].

LES VICTIMES DE L'ARGENT, comédie en trois actes, représentée au Gymnase le 15 juin 1865 [1].

LE COMTE JACQUES, comédie en trois actes et en vers, représentée au Gymnase le 22 janvier 1868 [1].

PARIS CHEZ LUI, comédie en trois actes, représentée au Gymnase le 12 mars 1872 [1].

PANAZOL, comédie en un acte et en vers, représentée au Vaudeville le 10 juin 1873 [1].

GILBERTE, comédie en quatre actes, représentée au Gymnase le 19 septembre 1874. Collaborateur : M. Raymond DESLANDES [1].

LE DADA, vaudeville en trois actes, représenté aux Variétés le 18 février 1876. Collaborateur pour la musique : M. Jules COSTÉ. Cette pièce n'a pas été imprimée.

LE PÉLICAN BLEU, comédie en un acte, représentée aux Variétés le 4 février 1876. Cette pièce, qui n'est qu'une réduction du *Chef de division* destinée à être jouée en lever de rideau, n'a pas été imprimée.

PROFESSEUR POUR DAMES, comédie en un acte, représentée aux Variétés, le 4 avril 1877. N'a pas été imprimée.

1. Calmann Lévy, éditeur.

LA BELLE MADAME DONIS, comédie en quatre actes, représentée au Gymnase le 29 décembre 1877. Collaborateur : M. Hector MALOT [1].

LES VIEILLES COUCHES, comédie en trois actes, représentée au Palais-Royal le 20 mars 1878 [1].

LES CASCADES, comédie en un acte, représentée au Gymnase le 18 novembre 1878 [1]

TANT PLUS ÇA CHANGE, vaudeville-revue en trois actes, représenté au Palais-Royal le 28 décembre 1878 [1]. Collaborateur : M. Pierre Véron.

LE GRAND CASIMIR, vaudeville en trois actes, représenté aux Variétés le 11 janvier 1879. Collaborateurs : MM. J. PRÉVEL et A. DE SAINT-ALBIN pour les paroles, M. Charles LECOCQ pour la musique. Bien que publiée [1], cette pièce ne porte pas la signature d'Edmond Gondinet.

LES VOLTIGEURS DE LA 32me, opéra-comique en trois actes, représenté à la Renaissance le 7 janvier 1880. Collaborateurs : M. Georges DUVAL pour les paroles; M. Robert PLANQUETTE pour la musique [1].

LE NABAB, comédie en cinq actes, représentée au Vaudeville le 30 janvier 1880. Collaborateurs : MM. Alphonse DAUDET, et Pierre ELZÉAR. Bien que publiée [1], cette pièce ne porte pas la signature d'Edmond Gondinet.

JEAN DE NIVELLE, opéra-comique en trois actes, représenté à l'Opéra-Comique le 8 mars 1880. Collaborateurs : M. Philippe GILLE pour le livret; M. Léo DELIBES pour la musique [1].

LES BRAVES GENS, comédie en quatre actes, représentée au Gymnase le 3 décembre 1880 [1].

UNE SOIRÉE PARISIENNE, fantaisie en trois actes, représentée aux Variétés le 9 novembre 1881. Collaborateur : M. Ernest BLUM. Cette pièce n'a pas été imprimée.

LE VOLCAN, comédie en trois actes, représentée au Palais-Royal le 25 mars 1882. Collaborateurs : MM. François OSWALD et Pierre GIFFARD. Cette pièce n'a pas été imprimée.

PEAU NEUVE, comédie en trois actes, représentée au Palais-Royal le 6 mars 1883. Collaborateur : M. DEBRIT. Cette pièce n'a pas été imprimée.

1. Calmann Lévy, éditeur.

AKMÉ, opéra-comique en trois actes, représenté à l'Opéra-Comique le 14 avril 1883. Collaborateurs : M. Philippe GILLE pour le livret; M. Léo DELIBES pour la musique [1].

LES AFFOLÉS, comédie en quatre actes, représentée au Vaudeville le 8 octobre 1883. Collaborateur : M. Pierre VÉRON [1].

MAM'ZELLE GAVROCHE, opérette en trois actes, représentée aux Variétés le 24 janvier 1885. Collaborateurs : MM. Ernest BLUM et A. DE SAINT-ALBIN pour les paroles ; M. HERVÉ pour la musique. Cette pièce n'a pas été imprimée.

VIVIANE, ballet-féerie en cinq actes, représenté à l'Éden-Théâtre le 28 octobre 1886. Collaborateurs pour la musique : MM. Raoul PUGNO et Clément LIPPACHER [2].

LE BARON DE CARABASSE, comédie en trois actes, représentée au Palais-Royal le 10 décembre 1885. Collaborateur : M. Émile BERGERAT. Cette pièce n'a pas été imprimée.

DÉGOMMÉ ! comédie en trois actes, représentée au Gymnase le 30 septembre 1887. Cette pièce n'a pas été imprimée.

Il convient d'ajouter à cette liste :

1° UN MARI QUI DORT, comédie en un acte et en vers, qui n'a été représentée sur aucun théâtre mais qui a été éditée dans le *Théâtre de Campagne* [3].

2° Six petites pièces, œuvres de jeunesse, représentées à Montpellier et imprimées dans cette ville. Nous ne citons que pour mé‑moire ces pièces qui sont aujourd'hui à peu près introuvables

AH ! ENFIN ! OU LA CONSPIRATION DE M. DE LA ROUTINE, prologue-revue en un acte et deux tableaux, représenté le 27 septembre 1855 (Gelly, imprimeur). Cette pièce ne porte pas de nom d'auteur.

A QUOI SERVENT LES AMIS, proverbe en un acte, signé Julien de Laurières (Gelly, imprimeur, 1855).

SUR LE BORD DE L'ABIME, vaudeville en un acte, représenté le 18 avril 1856. Cette pièce est signée Edmond Gondinet (Dumas, imprimeur).

---

1. Calmann Lévy, éditeur.
2. Heugel, éditeur.
3. Ollendorff, éditeur.

LA VIGNE SAUVÉE, OU LE TRIOMPHE DU SOUFRE, tragédie en cinq petits actes et en vers, non imitée de l'antique, représentée le 11 février 1857. Pièce signée Edmond Gondinet (Dumas, imprimeur).

LE DIABLE Y PERDRAIT SON LATIN, proverbe en un acte, signé Edmond Gondinet (Dumas, imprimeur, 1857).

ERREUR N'EST PAS COMPTE, proverbe en un acte, signé Edmond Gondinet (Dumas, imprimeur, 1857).

3° Les pièces suivantes auxquelles Edmond Gondinet a plus ou moins collaboré sans les signer :

SOUS CLOCHE, vaudeville en un acte, signé de Pagès, représenté au Vaudeville le 21 février 1864.

LES POINTS NOIRS, comédie en un acte signée Albert Wolf, représentée au Palais-Royal le 16 avril 1870.

LE SANGLIER DES ARDENNES, comédie en un acte, signée Amédée Achard, représentée au Gymnase le 14 juillet 1875.

LES BOTTES DU CAPITAINE, comédie en un acte, signée Paul Parfait, représentée au Gymnase le 15 novembre 1878.

LA FAMILLE, comédie en un acte, signée Georges Boyer, représentée au Palais-Royal, le 18 septembre 1879.

L'HÉRITIÈRE, comédie en un acte, signée E. Morand, représentée au Théâtre-Français le 2 décembre 1885.

MONSIEUR LE DÉPUTÉ, comédie en un acte, signée E. Blum et A. de Saint-Albin, représentée aux Variétés le 8 décembre 1885.

LES GRANDES MANŒUVRES, vaudeville, représenté aux Variétés le 5 avril 1890 (après la mort d'Edmond Gondinet), signé Hippolyte Raymond et A. de Saint-Albin.

FIN DU SIXIÈME ET DERNIER TOME

TABLE

—

IMPRIMERIE CHAIX, RUE BERGÈRE, 20, PARIS. — 1060-1-96. — (Encre Lorilleux).